10|18
12, avenue d'Italie — Paris XIIIᵉ

Sur l'auteur

D'origine indienne, Shani Mootoo est née à Dublin en 1958, mais a longtemps vécu à Trinidad, à Cuba. Son premier roman, *Fleur de nuit*, très remarqué par la presse canadienne et américaine, a été finaliste de nombreux prix. Elle a aussi publié des recueils de poèmes et de nouvelles, dont *Out On Main Street*. Également peintre et cinéaste, Shani Mootoo vit aujourd'hui à Vancouver.

FLEUR DE NUIT

PAR

SHANI MOOTOO

Traduit de l'anglais
par Lisa ROSENBAUM

10 18

« Domaine étranger »
dirigé par Jean-Claude Zylberstein

ROBERT LAFFONT

Titre original :
Cereus Blooms at Night

ISBN 2-264-03539-0

À mes parents, Indra et Romesh

1.

Moi, Tyler, comme on m'appelle — ou M. Tyler, l'infirmier, si l'on veut se montrer très poli —, j'ai voulu mettre cette histoire par écrit car je crois au pouvoir des mots imprimés, et j'espère de tout cœur qu'Asha Ramchandin — qui a vécu à Paradise, Lantanacamara —, où qu'elle soit aujourd'hui, tombera sur ce livre et s'y reconnaîtra.

Si vous n'êtes pas Asha Ramchandin — il reste possible qu'elle ait changé de nom — mais pensez la connaître, elle ou un membre de sa famille, donnez-lui, s'il vous plaît, cet ouvrage et priez-la de le lire. Bien que narrateur, je tiens à préciser que je ne cherche pas pour autant à attirer l'attention sur ma personne. Cependant, comme je me suis trouvé à la lisière des faits relatés ici, je ne peux éviter de figurer dans cette histoire. Je m'efforcerai toutefois — alors que j'aurais matière à dire — de ne pas m'immiscer dans ce récit et vous voudrez bien m'excuser si je manque — et inévitablement j'y manquerai — à cette résolution, mais vous comprendrez qu'en gommant certains épisodes j'aurais eu à m'effacer.

La floraison des *cereus* est imminente. Je venais de quitter mon village, à l'opposé de l'île, pour m'installer ici, à Paradise, quand nous en avons planté une bouture dans la cour. Il m'avait d'abord fallu persuader M. Hector, le jardinier, qui n'avait vu là qu'un inextricable fouillis de tiges grêles et molles indignes de ses plates-bandes. Mais la naissance de bourgeons garance bien renflés a su piquer sa curiosité. À présent, il visite chaque jour les cactées et tasse consciencieusement le fumier à leurs pieds.

Je gage que vous en tomberez d'accord avec moi dès lors que vous aurez suivi le déroulement des événements : il ne saurait y avoir de coïncidence entre mon arrivée à Paradise et l'*œil* du scandale.

La ville m'avait paru calme, déserte. Chacun avait laissé en plan ses occupations et s'était précipité à Hill Side. Même si Paradise se développe et empiète, mètre après mètre, sur les champs de canne à sucre, elle n'en demeure pas moins l'une des plus petites villes de Lantanacamara, si petite que la seule évocation d'un étranger de passage provoque un raz de marée de commérages.

Pourtant, le scandale, qui devint vite le sujet de prédilection à Paradise, m'éclipsa, tout comme la présence menaçante de ce nuage bas qui enserrait depuis quelques jours la bourgade.

J'étais un étranger — le suis encore et le demeurerai fort probablement — et il m'a semblé que je ne devais pas me prêter à ce plaisir de disséquer tout nouveau ragot, encore moins de l'essaimer.

Quand le scandale a cessé d'exercer sa fascination, je n'étais déjà plus une nouveauté. On m'a ignoré alors qu'on aurait pu m'accueillir en grande pompe ! Après tout, j'étais le seul homme de Lantanacamara à être infirmier. J'avais poursuivi des études dans les Terres humides septentrionales où, à ma surprise, un petit nombre d'hommes suivaient aussi ces cours. Cependant, je demeure le seul infirmier non seulement à Paradise mais dans tout Lantanacamara.

Toutefois, mon diplôme étranger — alors que la plupart des infirmières apprennent leur métier sur le tas — n'a pas impressionné la directrice de l'hospice de Paradise. *Madame* la directrice m'a désigné un seau, un morceau de savon bleu de cobalt, une brosse, et m'a envoyé sous un ciel plombé nettoyer les douches des pensionnaires. Le ton était donné. Par la suite, les infirmières m'expédiaient en courses ou m'assignaient à de basses besognes. Qu'importe. Chaque matin, je me présentais vêtu d'une chemise blanche immaculée et amidonnée ainsi que d'un pantalon au pli impeccable — du même coton que les uniformes des infirmières — dans l'espoir qu'on me demanderait de m'occuper d'un des vieillards. Mon seul désir était de leur faire sentir qu'on les appréciait et d'amener un sourire sur l'un de ces visages.

Malgré toutes ces rumeurs infondées — plantées, labourées, moissonnées par tout un chacun — et malgré le pauvre intérêt que je suscitais, l'ironie du sort a voulu que je sois celui à qui la vérité, toute la vérité, dans ses plus infimes replis, s'est révélée. Et j'en fais bon usage en la consignant ici dans l'espoir qu'un membre de la famille de Mala Ramchandin — que ce soit Asha, sa jeune sœur chérie, ou n'importe qui d'autre — puisse rendre visite à cette vieille dame.

Trois semaines après mon arrivée — le nuage suffocant s'était mystérieusement volatilisé entre-temps —, j'étais en train de balayer la cour sur ordre de la directrice (Toby, le garçon préposé à ce travail, me regardait de loin en se passant la langue sur les dents et crachait des injures dans ma direction) quand une automobile est apparue. Dans un pays où les ouvriers agricoles ont eu du mal à abandonner leurs charrettes à âne et les riches bourgeois leurs cabriolets, l'arrivée d'un quelconque véhicule provoque encore une intense excitation, d'autant qu'ici il s'agissait d'une austère voiture de police. Un groupe d'infirmières — et de vieillards encore alertes — regardait d'un œil anxieux deux hommes, minces, descendre et ouvrir le hayon. En voyant le brancard, les commères se sont tues. Ils amenaient la nouvelle pensionnaire.

Mala Ramchandin n'a jamais été jugée. Le juge Walter Bissey avait rejeté l'affaire en quelques minutes après avoir interpellé plusieurs fois le ministère public :

— Désolé, je ne vous suis pas. Où sont les preuves ? Quel est le chef d'accusation ?

Comment osait-on lui faire ainsi perdre son temps ? Après s'être demandé un moment comment éviter de vexer la police et la partie plaignante, il avait fini par déclarer :

— Vous me dites que vous ne pouvez pas présenter de victime et qu'il n'y a pas de témoins ! En outre, rien ne prouve qu'un crime ait jamais été commis, n'est-ce pas ? Et vous voulez faire condamner une pauvre femme ! Cette histoire ne tient pas debout. Ou bien est-ce que quelque chose m'échappe ?

S'il y avait eu la moindre preuve, elle se serait évanouie avec les ravages du temps. Il refusait de juger une vieille femme à l'esprit dérangé sur la base de rumeurs. Pas de victime, pas de preuves, pas de témoins, donc pas de crime.

Cette audience ne représentait qu'une perte de temps pour la Cour et, pour les contribuables, un gaspillage d'argent.

Cependant, dans l'intérêt de la santé de l'accusée, il ordonna qu'on l'emmène à l'hospice de Paradise où elle recevrait les soins qu'exigeait son état, et ce jusqu'à la fin de sa vie. On raconte que, le jour du jugement, le nuage commença à se disloquer et à se dissiper vers le sud, par-dessus l'océan, laissant le soleil de nouveau briller sur Paradise.

Quelques mécontents continuent de discuter ce non-lieu qui les a privés d'une occasion rarissime, celle d'avoir une meurtrière parmi eux. Certains restent persuadés qu'un crime a été commis et que Mala Ramchandin en est l'auteur. Oui — ils se tapotent la tête, réfléchissent un moment —, ils se souviennent très bien de ceci, et de cela, et de ceci encore. Et le policier de service ce jour-là. À lui, il est insupportable que ce mystère demeure non résolu — pourtant il l'a vu, ce cadavre, de ses propres yeux —, c'est comme si on lui interdisait de se gratter alors que la gale rampe sous sa peau et le dévore.

La directrice partageait ce sentiment. Dès qu'elle a su qu'on avait choisi son établissement, elle est allée protester auprès du juge Bissey. En vain.

À présent, elle s'approchait d'un pas énergique de ce brancard qui paraissait n'abriter qu'un drap blanc.

— Oui, je savais qu'elle viendrait, mais j'ignorais quand, a-t-elle dit. On aurait dû me prévenir. Aucune chambre n'est prête. Ce n'est pas une auberge, ici. Ce sera une bouche supplémentaire et nous devons planifier ce genre de chose.

— Oh, ça, ça sera pas un problème, a répondu un des agents. Regardez. Elle mange à peine. Un jour, ils lui ont laissé du poulet. Ils sont revenus, tout était éparpillé. Un autre, ils lui ont donné du poisson, et elle s'en est même pas approchée. Elle mange pas. Un biscuit, un peu de thé, ça lui suffit.

Les deux brancardiers étaient à peine plus âgés — ou à peine plus jeunes — que moi. Sanglés dans leur uniforme, je leur trouvais un petit air de héros. À la vue de leur taille mince — la chemise kaki ajustée, soigneusement glissée dans le pantalon du même kaki —, j'ai senti mes joues s'empourprer. J'ai éprouvé, mêlé d'un certain plaisir, un sentiment d'infériorité et, quand ils sont passés devant moi, j'ai baissé les yeux pour les poser sur la forme étendue. Seul dépassait un halo de cheveux argentés aux reflets jaunis, son visage était tourné de l'autre côté.

Madame continuait de grommeler.

— Nous sommes un hospice, un établissement pour les pauvres, pas un asile de fous. La chambre n'est pas pr...

Arrivant près de moi, elle m'a attrapé par le bras et entraîné. À la porte de son bureau, l'agent a répondu :

— Désolée, madame, mais nous devons laisser cette femme ici. Vous pourrez aller parler au juge plus tard. Pour l'instant, ce sont les ordres. Si vous avez un lit, on l'y met. Toujours ça de gagné ! Façon, elle est pas lourde. Un enfant la soulèverait d'un doigt. Une plume !

Écartant légèrement les jambes, il a lâché un des bras de la civière pour prouver qu'il pouvait la supporter d'une seule main. Un murmure peu discret de oh ! et de ah ! est monté du groupe des infirmières pour saluer l'hercule. Je partageais leur admiration, mais, prudent, je me suis contenté d'afficher mon sourire le plus aimable.

Contrariée, la directrice les a regardés déposer à terre le corps inerte et elle a apposé à contrecœur sa signature sur le bordereau du tribunal.

— Ayez pas peur, a dit le policier d'un ton acide avant de sortir, elle est pas dangereuse. À moins, évidemment, que vous lui ayez cassé ses vitres ou volé des mangues dans votre enfance !

La directrice s'est détournée brusquement et a pâli. La flèche semblait avoir atteint le cœur de sa cible.

Les infirmières qui bavardaient à mi-voix à la porte du

bureau se sont écartées pour laisser passer les policiers. J'étais soulagé de les voir partir, car la brûlure du désir, les prémices de l'autoflagellation commençaient à obscurcir mon jugement et à me laisser les jambes en coton : il était temps de renoncer à l'admiration.

La directrice a retenu deux infirmières afin d'aller préparer la chambre de Mala Ramchandin. Elle m'a ordonné de rester « surveiller » la silhouette attachée avec des lanières. Avant de s'éloigner, elle a attrapé mon balai, que j'avais appuyé contre le mur, et me l'a mis entre les mains.

— Gardez ça. On ne sait jamais, m'a-t-elle dit d'un air grave.

Tout fier, j'ai pris le balai. Heureusement, on ne me demandait pas, à moi, seul homme parmi le personnel soignant, d'être fort, téméraire, insouciant.

C'était la première fois qu'on me confiait une tâche de cette importance : m'occuper de l'un des pensionnaires. J'avais passé la majeure partie des trois dernières semaines à quatre pattes, à frotter les allées cimentées qui relient les pavillons de l'hospice. J'avais fourré mon balai dans les toiles d'araignées de tous les plafonds de la maison. J'avais lavé avec un tuyau d'arrosage les poubelles rangées dans l'arrière-cour. Un jour — ce fut la première et dernière fois, heureusement —, on m'avait même chargé d'aider Toby à réparer une fuite du toit. (Je ne m'appesantirai pas sur les injures à mon endroit ; je dirai seulement qu'il n'a pas cherché à masquer le mépris que je lui inspirais. À la fin de cette épreuve, il m'a carrément déclaré qu'il quitterait son emploi si jamais il devait retravailler avec une tapette comme moi.) Une autre fois, j'ai aidé M. Hector à déplacer de gros meubles. Tandis que je me débattais avec les lourdes pièces, dont certaines très peu maniables, je l'ai vu qui me regardait d'un air bizarre. Malgré sa réserve, il s'est montré plus généreux que d'autres. Quand j'ai essayé de réparer un tabouret cassé, il m'a appris à tenir le marteau par le haut du manche pour frapper avec plus de force.

Il m'a regardé faire, s'assurant que je ne risquais pas de me blesser ou de détruire le siège. Et moi qui m'inquiétais de pouvoir enfin exercer mon vrai métier...

Malgré cette apparence d'ectoplasme, la nouvelle pensionnaire, plongée dans un sommeil narcotique, respirait bruyamment. Je me suis accroupi à côté du brancard de toile. Au lieu de gris, comme je m'y attendais, son visage était ocre, pareil à une belle terre cuite. On devinait la forme de son squelette. Sa peau fine recouvrait des os protubérants, s'affaissait en creux là où autrefois s'épanouissaient des muscles. Malgré cela, on voyait sans peine qu'elle avait dû avoir une certaine dignité. Elle continuait à dormir profondément. Si elle l'avait fait pendant tout le trajet sur les routes défoncées de Paradise, ce n'était pas mon inspection qui allait la réveiller.

Soudain, une irrésistible envie de la toucher m'a envahi. J'ai posé doucement ma main sur ses cheveux argentés. Je m'attendais à les trouver épais et rêches, qualités qui auraient conforté les rumeurs ; cependant, malgré le manque de soins qui les rendait gras, ils étaient doux et soyeux. Cette caresse a transformé cet être tout droit sorti de contes d'horreur en l'une de ces personnes âgées auxquelles j'ai consacré ma vie. Il me fallait connaître la femme cachée sous ce drap blanc. Mon balai toujours à la main, j'ai découvert ses épaules. « La peau sur les os », ai-je pensé, mais c'est surtout la prédominance des os qui m'a frappé. J'ai entouré de ma paume l'attache de son épaule : une grosse bille, ronde et glacée. Mala Ramchandin ne dégageait pas cette odeur douceâtre et sure habituelle aux vieilles personnes. Au contraire, un arôme puissant d'humus s'est échappé de dessous le drap. J'ai touché son cou. Certes, cette peau était celle d'une vieille femme : fine, flasque, mais aussi moite et froide. Malgré le sommeil pesant dû aux sédatifs, je devinai qu'une peur terrible habitait ce corps. Je me suis rappelé les paroles du policier — « un biscuit... » —, et une immense colère m'a saisi.

Après avoir refusé le poulet et le poisson fumé, n'avait-elle reçu — et ne recevrait-elle — que du thé et des biscuits pour toute nourriture ? Quoi qu'il en soit, j'avais le sentiment d'être confronté à un véritable cas de négligence.

Je l'ai déshabillée un peu plus. Un tas d'os très fins. Des os d'étourneau sur mon assiette à la fin d'un repas dominical — telle est l'image qui m'est venue à l'esprit. J'ai jeté le balai à terre et j'ai dénoué les grosses sangles qui la clouaient au brancard. Je n'ai pas — et n'ai jamais eu — une très grande force physique, pas plus que je n'ai la réputation d'être irascible ou d'exprimer ouvertement ma colère. Pourtant, ce jour-là, j'ai glissé un de mes bras sous les épaules de la vieille dame, l'autre sous ses genoux, et je l'ai soulevée. M'étant basé sur sa frêle apparence, et oubliant un instant la densité des os, j'ai été surpris par son poids. Mais la rage m'a donné la force et le courage de descendre les marches du bureau, Mala Ramchandin dans les bras. En parcourant l'allée, j'ai de nouveau senti son odeur. Un curieux parfum de... nature. Les paroles du policier me sont revenues ; la vieille femme avait éparpillé le plat de volaille et dédaigné celui de poisson. J'ai compris alors qu'elle n'avait pas dû manger de chair animale depuis très longtemps.

Bien entendu, quand je suis arrivé à la porte de la chambre qu'on préparait pour Mlle Ramchandin, la directrice et les deux infirmières ont poussé un cri. Aucune d'elles n'a voulu s'approcher de moi et de mon fardeau humain. La directrice m'a dit de la ramener au bureau. J'ai soudain ressenti la pesanteur de ma charge, mes genoux ont fléchi. Croyant que j'allais la lâcher, la directrice a poussé un autre cri et m'a ordonné de déposer la nouvelle pensionnaire sur le lit, qui n'avait pas encore été fait, et de la rattacher. À peine avais-je ouvert la bouche pour expliquer que Mlle Ramchandin était trop frêle pour faire du mal à une mouche que la directrice me tombait dessus. Elle m'a reproché d'être insolent et carrément rebelle. J'ai placé Mlle Ramchandin sur le lit, mais j'hésitais toujours à aller chercher les sangles. Alors, la directrice s'est précipitée dans la cour et en a rapporté un bout de corde appartenant à M. Hector. Je suis retourné en courant au bureau, ai arraché les lanières du brancard et suis revenu à temps pour attacher Mlle Ramchandin moi-même.

J'ai tiré ostensiblement sur les sangles ; en fait, je les ai à peine serrées. Confronté à la menace de perdre mon emploi, j'ai promis de ne plus les défaire. La directrice aurait bien aimé me bannir de cette chambre, mais aucune infirmière, y compris elle-même, ne voulait y rester. C'est donc à moi qu'a échu la tâche de m'occuper de la vieille dame. Enfin j'ai pu exercer mes talents d'infirmier.

L'effet des calmants s'est lentement dissipé. Au moment où elle émergeait de son sommeil narcotique, ma nouvelle patiente a laissé échapper quelques sanglots. Vers le soir, elle a essayé de se tourner, mais elle était trop faible pour lutter contre ses liens. Elle a ouvert les yeux, puis elle a eu l'air d'avoir peur de les refermer. Des larmes roulaient sur ses joues. J'ai commencé à lui parler, à lui expliquer où elle était, mais, au son de ma voix, elle a poussé de grands gémissements effrayés. Le moindre de mes mouvements semblait la terrifier au plus haut point. Je me suis alors assis sur une chaise, près de son lit. Elle m'a regardé pendant une heure tandis que j'essayais de rester parfaitement immobile, même quand la pièce s'est remplie de moustiques agressifs. Dehors, le jour baissait et, par la fenêtre, je voyais des ampoules électriques briller dans la vallée. Néanmoins, je n'ai pas bougé. Finalement, la faim m'a fait tourner la tête et je me suis levé doucement. La vieille dame s'est remise à gémir. Elle s'est recroquevillée dans son lit comme si elle avait peur que je ne la frappe. Je n'avais pas le choix : il fallait qu'elle mange et, de toute évidence, personne n'allait lui apporter à dîner. J'ai quitté la pièce à tout petits pas. Elle m'a suivi des yeux, sa respiration est devenue laborieuse. J'étais incapable de dire si elle voulait que je reste ou que je parte.

Les autres pensionnaires avaient déjà mangé. Les infirmières terminaient leur repas dans la salle à manger du personnel. D'un œil sévère, la directrice m'a regardé me diriger vers la cuisine.

— Pour le dîner des pensionnaires, vous arrivez trop tard. Et pour celui du personnel aussi. Qu'est-ce que vous avez fabriqué ?

— J'étais dans la chambre de mademoiselle Ramchandin, madame. Elle s'est réveillée et j'ai reconnu dans son comportement ce que je crois être les symptômes d'un état de choc. Je n'ai pas osé la laisser seule.

— Monsieur Tyler, je sais que vous avez fait des études à l'étranger et tout ça, mais cela ne vous autorise pas à édicter vos propres règles. Il y aura toujours des pensionnaires difficiles ; à leur âge, ce sont tous des enfants, en fin de compte. Or, les enfants turbulents, il faut les dresser, n'est-ce pas ? Cessez de vous préoccuper autant de cette Mala Ramchandin. C'est une...

— Excusez-moi, madame la directrice, mais il n'y a eu ni procès ni preuve qu'elle ait commis un crime. Elle n'a pas mangé depuis des heures. Si on ne lui donne rien maintenant, elle va mourir d'inanition.

J'ai entendu une des infirmières assises à la table pousser un soupir exaspéré. La directrice a gardé un instant le silence pour marquer son accord avec ce soupir, puis elle a repris :

— C'est une vieille femme, et qui risque donc de mourir d'un instant à l'autre, avec ou sans nourriture. C'est ça travailler dans une maison de retraite, monsieur Tyler. Les autres pensionnaires ont eu du potage au *dasheen* et des sandwiches aux œufs. Voyez un peu si elle en veut. Si elle n'en veut pas, tant pis pour elle. Elle mangera si et quand elle en aura envie. Si vous la dorlotez, elle nous rendra la vie impossible. Vaut mieux ne pas leur donner de mauvaises habitudes. Vous comprenez, monsieur Tyler ?

— Oui, madame la directrice.

— Vous resterez dans sa chambre ce soir. Ne la détachez pas avant que je la voie, c'est-à-dire demain matin. Compris ? C'est moi qui déciderai si elle représente encore un danger pour elle-même ou pour l'un de nous.

Avant de retourner au pavillon de Mala Ramchandin, je suis allé reprendre mon sang-froid dans ma chambre. J'ai entendu le bavardage des infirmières à travers le plancher et leurs rires scandaleux. Je me suis peigné, puis j'ai noué un foulard autour de mon cou pour me préserver de la fraîcheur du soir. En sortant, j'ai dû passer à nouveau devant la salle à manger et les infirmières. La directrice s'était retirée. Mes collègues se sont tues et m'ont regardé. L'une d'elles s'est exclamée :

— Oh ! là là ! monsieur Tyler ! Quelle élégance ! Où allez-vous comme ça ?

— Vous voulez parler de mon foulard ?

— Euh... oui... (La femme s'est tournée vers les autres.) Il est ravissant, non ? Vous vous habillez drôlement bien, monsieur Tyler. C'est en quoi ?

— Oh, rien d'extraordinaire. Un coton léger, juste pour ne pas prendre froid.

— Ça vous va si bien. Jolie couleur ! Il faudra que vous me donniez des conseils un de ces jours, hein.

Les infirmières ont échangé des signes de tête et des commentaires, tous sur le même ton condescendant. Celui qu'on emploie pour abreuver un enfant de conseils. Mais je ne suis pas un enfant et je discernais de la malveillance dans leurs propos. Toute personne pour qui cela est une question de survie a l'oreille assez fine pour détecter la moquerie sous la flatterie. Je pourrais décrire en détail les innombrables fois où cette musique s'est fait entendre. Je saurais définir les subtils et croissants degrés de l'hostilité — depuis le sourire contraint jusqu'à la bousculade apparemment involontaire. J'en ai expérimenté toute la gamme. Mais à quoi bon vous parler de tout ça ? J'admets être très tenté de jouer les victimes romantiques. L'acteur en moi meurt d'envie d'interpréter ce rôle, mais je dois me montrer rigoureux et m'en tenir à mon intention de raconter l'histoire de Mala Ramchandin.

J'ajouterai simplement ceci : j'ai alors employé la méthode de survie qui m'a maintes et maintes fois sauvé, ici et dans les Terres humides. Ne pouvant me cacher et sachant que parader eût été stupide, j'ai affiché une sorte de fierté tranquille et n'ai pas essayé de protester bêtement. J'ai souri à cette infirmière.

— Oui, je serais ravi de vous donner un petit conseil, ai-je dit. Mais excusez-moi : je dois y aller. Passez une bonne soirée.

J'ai pris la nourriture avant que quelqu'un ait pu ajouter un mot, plutôt content de cette relative victoire.

Devant le pavillon de Mala Ramchandin, on n'entendait que la stridulation des grillons et le coassement des grenouilles. J'ai frappé non pas parce que j'attendais une réponse, mais pour annoncer mon retour. Quand je suis entré, les yeux vigilants de la vieille dame étaient déjà posés sur moi.

— C'est de la soupe, ai-je annoncé d'un ton naturel. Elle sent plutôt bon. J'en ai apporté un autre bol pour moi. Je me suis dit que nous pourrions dîner ensemble.

J'ai détourné le regard, mais je sentais qu'elle continuait à me fixer. Elle ne faisait aucun bruit. On aurait même dit qu'elle régulait elle-même sa respiration.

— Il fait frais dehors. Les grenouilles et les grillons adorent cette température. Vous les entendez ? C'est comme s'ils donnaient un concert ensemble. Je peux mettre le plateau ici ?

J'ai posé les deux bols de soupe et quelques tranches de pain (sans œufs) sur le lit et j'ai approché une chaise. Ses yeux grands ouverts et dénués d'expression semblaient s'accrocher au moindre de mes mouvements. Évitant de la dévisager, par peur de rompre le charme, j'ai regardé ses cheveux.

— Je vais juste vous relever cette mèche.

Je lui ai caressé deux fois le front. Il n'y avait pas de mèche à relever, mais je voulais lui faire comprendre par ce geste qu'elle n'avait rien à craindre de moi. Heureusement, sa peau n'était plus aussi moite quoique encore assez fraîche.

— Vous avez froid, mademoiselle Ramchandin ?

Silence.

— Bon, eh bien, je vous couvrirai juste les pieds avec le drap. Si vous avez trop chaud, vous pouvez toujours le repousser. Un petit coup de pied, et ça y est.

J'étais mal à l'aise : je ne voulais pas que son attention fût attirée sur les sangles. Elle ne réagissait toujours pas. J'ai pris conscience de chacun de mes mouvements et de la moindre nuance de ma voix — c'étaient mes seuls moyens de communiquer avec elle.

— Mmm, ça sent bon ! Des feuilles fraîches de dasheen, de l'eau, du sel, et c'est tout. Goûtez-en un peu.

J'ai porté une cuiller à moitié pleine à ses lèvres, puis je me suis rendu compte que, pour éviter de répandre de la soupe partout, je devais lui soulever la tête. Elle n'a pas bougé, elle n'a même pas regardé la cuiller. Elle gardait les yeux rivés sur moi. Puis j'ai perçu un léger changement dans son expression : un minuscule froncement de sourcils, comme si elle était perplexe ou surprise. J'ai reposé le bol sur le plateau, j'ai roulé sa serviette de toilette en boule et l'ai glissée sous sa tête.

— Ça va comme ça ? Si c'est inconfortable, dites-le-moi et j'arrangerai ça.

Quand j'ai approché à nouveau la cuiller à ses lèvres, elle a détourné la tête, les muscles autour de sa bouche ont tressailli. Elle rivait toujours ses yeux aux miens. Cependant, malgré son apparent refus de nourriture, j'étais fou de joie qu'elle m'eût fait connaître sa volonté.

— Bien, vous ne voulez pas de soupe. Pas de problème. Pourtant, c'est un peu dommage de la gaspiller. Elle est bonne et saine. Mangez juste un petit bout de pain. Il faut vous alimenter un peu. Regardez, je vais le ramollir.

J'ai rompu un morceau de pain si petit qu'on aurait pu le donner à un bébé dont la première dent vient de percer. Je l'ai trempé dans la soupe et écrasé du pouce. Puis, du bout des doigts, je l'ai approché de ses lèvres closes. Elle n'a pas protesté. Le pain était à l'intérieur de cette bouche inerte. Retenant mon souffle, je me suis concentré sur un autre morceau de pain comme si j'étais sûr qu'elle avalerait le premier et serait prête à en manger un autre. Quand elle a commencé à mâcher, je n'ai pas bronché, mais j'ai profité de l'occasion pour lui donner un morceau un peu plus gros. Cette fois, elle a ouvert très légèrement la bouche. J'ai trempé un morceau semblable pour moi-même. Pendant que nous mastiquions de concert, j'ai levé les yeux au plafond, car je sentais qu'elle continuait à me fixer, puis mon regard est revenu vers la fenêtre, mon assiette, mes ongles, et j'ai essayé de dire quelque chose qui aurait pu la pousser à répondre ou du moins établir un climat de confiance entre nous. Toutefois, les seuls sujets qui me sont venus à l'esprit étaient précisément ceux que je devais éviter. Son père. La prison. Les ragots. L'épaisseur et la solidité des sangles de cuir qui l'immobilisaient. Le plat de poulet. La morue salée.

Mes actes se sont révélés plus éloquents que toutes mes paroles. Elle a mangé une tranche entière de pain trempé dans la soupe et a avalé quelques gorgées d'eau. Puis ses yeux, toujours attachés à moi, se sont mis à papillonner, et elle s'est endormie. Avec un sentiment de triomphe, j'ai remonté le drap jusqu'à son cou et suis parti à pas de loup.

Couché dans mon lit, je suis resté éveillé pendant plus d'une heure. Mes yeux brûlaient de fatigue, mais mon cerveau bouillonnait joyeusement et je me racontais tous ces moments vécus avec Mala Ramchandin. Tandis qu'ils défilaient dans ma tête, j'ai imaginé d'autres succès, d'autres exploits que je pourrais accomplir grâce à ma compréhension et à ma générosité. Finalement, écœuré par l'enflure de mon outrecuidance, je me suis endormi.

Je me suis réveillé avec l'impression d'avoir dormi des heures. Une lampe de poche à la main, la directrice, penchée au-dessus de moi, me secouait par l'épaule.

— Mlle Ramchandin va mal. Écoutez ! Venez vite !

J'ai entendu des plaintes lugubres. Comment avais-je pu continuer à dormir avec ce bruit sinistre ? J'ai rapidement enfilé ma robe de chambre, tout en me rendant compte qu'elle ne manquerait pas de susciter des commentaires, et je me suis précipité au-dehors. Je craignais que la vieille femme ne fût tombée malade et j'étais déçu à la pensée d'une possible rechute après tous ces progrès qu'elle avait accomplis dans la soirée.

Plusieurs infirmières, de garde cette nuit-là, s'étaient rassemblées devant le pavillon. On entrevoyait, à leur fenêtre qu'ils venaient d'entrebâiller, des pensionnaires. Mala Ramchandin faisait un vacarme épouvantable. Je suis entré dans sa chambre sans frapper. Vêtue elle aussi d'une robe de chambre (plus ordinaire que la mienne), la directrice est restée à la porte. J'ai allumé une lampe. Les hurlements de Mala Ramchandin ont brusquement cessé, remplacés par des hoquets de frayeur. Ses cheveux trempés collaient à sa figure et à son cou, des mèches entraient dans sa bouche. Quand je lui ai essuyé le visage, sa tête s'est raidie. Elle regardait loin devant elle, bien au-delà de moi.

— Mademoiselle Ramchandin, que se passe-t-il ? Que se passe-t-il ? ai-je murmuré.

J'ai senti l'odeur forte et douceâtre que dégage l'urine des vieillards. Certaine à présent que la nouvelle pensionnaire était toujours attachée, la directrice s'est approchée prudemment.

— Qu'est-ce que c'est que ce raffut ? a-t-elle dit. Ça ne va pas ? Qu'est-ce qui vous arrive ? (Sa façon de crier comme si Mala Ramchandin était dure d'oreille masquait mal sa nervosité.) Vous réveillez tout le monde. Vous êtes malade ou quoi ? Vous voulez voir un médecin ?

Mala Ramchandin a fixé son regard sur un point encore plus distant. J'aurais voulu lui offrir un antidote à la dureté de la directrice, mais je ne pouvais me permettre de contrarier ma supérieure. Pour montrer mon inquiétude, j'ai tâté le cou et la joue de la vieille dame comme si je vérifiais sa température. Puis j'ai rabattu le drap. Avec une serviette, j'ai doucement frotté ses épaules humides. Je n'ai constaté aucun signe alarmant, mais ses poings serrés trahissaient un esprit révolté. La directrice a marmonné :

— Mmm ! Ce n'est pas un asile de fous ici. Mmm ! Je me demande bien pourquoi ils me l'ont envoyée.

Je me suis hâté d'intervenir.

— Madame la directrice, je pense que ces sangles sont très inconfortables. Rester couchée si longtemps dans la même...

La directrice m'a lancé un regard furieux, puis une idée a semblé germer dans son cerveau. D'une voix forte et distincte, elle a dit :

— Mademoiselle Ramchandin, écoutez-moi. Si vous êtes sage cette nuit, je vous détacherai demain matin. Vous m'entendez ? Maintenant vous dormez et vous ne faites plus de bruit. Demain matin, je m'assurerai qu'on vous enlève les sangles et que le médecin vienne vous voir. Mais, si vous persistez à crier comme ça, vous resterez attachée. C'est compris ? Et le docteur devra vous donner un somnifère. Vous n'êtes pas seule ici, vous savez. Il y a des gens qui essaient de dormir.

Respirant plus profondément, Mala Ramchandin a fait

entendre une sorte de grognement sourd. Un détail ne cessait de me tracasser.

— Madame la directrice, une des infirmières doit venir la laver.

Pour ne pas la vexer, j'ai pris soin d'adopter un ton purement professionnel. Ma supérieure a inspiré profondément, puis elle a poussé un soupir. Elle a regardé le plancher comme si elle s'attendait à ce que je résolve le problème. Je ne répugnais pas du tout à me charger de cette besogne, mais, par respect pour la femme couchée dans le lit et afin de ne pas bouleverser le règlement de la maison, j'ai gardé le silence.

De la langue, la directrice a lissé ses dents.

— Aucune d'elles n'acceptera d'entrer dans cette chambre.

J'ai continué à me taire. La directrice est sortie en trombe. Je l'ai regardée parler longuement à deux infirmières qui se tenaient dehors, à l'affût de quelques bribes de ragots, j'imagine. Je n'entendais pas leurs paroles. Leurs gestes me parurent suffisamment éloquents. Elles ont reculé de plusieurs pas. La directrice est revenue.

— S'il vous plaît... Si ça ne vous ennuie pas... Je sais bien que vous n'êtes pas de garde cette nuit et que vous êtes un homme... mais puisque vous... enfin, je veux dire... vos collègues...

Elle s'est interrompue, espérant visiblement que je lui offrirais mes services. Que Mala Ramchandin puisse entendre cette conversation m'ennuyait. Dans ce conflit qui m'opposait à la directrice, mon instinct de conservation l'a emporté. J'ai acquiescé d'un signe de tête à la question non posée. Soulagée, ma supérieure s'est hâtée de sortir.

Mala Ramchandin s'est laissée retourner sans vouloir m'aider, ce que je compris, et j'ai fait mon travail en silence, essayant de me rendre aussi invisible que possible quand je lui ai touché les parties intimes. Elle commençait à me troubler non parce qu'elle m'effrayait, mais plutôt parce que je me sentais si proche : ses poings serrés, son regard de défi, sa moue dédaigneuse et sa respiration lente, profonde, contrôlée — une empathie que les mots seuls ne peuvent traduire.

Elle était différente des autres pensionnaires, bien qu'à la vérité je ne connusse ceux-ci que de loin. Depuis son arrivée, Mala Ramchandin était restée couchée, attachée, à l'exception du bref moment où je l'avais portée dans mes bras ; pourtant, je discernais en elle une étincelle de farouche indépendance, contrairement aux autres vieux de l'hospice qui préféraient montrer une confiance facile et une absolue docilité. Dans les Terres humides, j'avais appris mon métier d'infirmier en médecine générale et soins palliatifs réservés aux vieillards, mais pas en soins médicaux ou psychiatriques ; je suis donc incompétent en la matière. Cependant, mon intuition me disait que cette femme étendue sur le lit se révélerait n'être ni folle ni malade et qu'elle se porterait beaucoup mieux si on lui donnait plus de liberté. Par ailleurs, mon intuition n'était peut-être qu'un désir de ma nature rebelle, car je croyais que le reste du monde nous traitait de la même façon, elle et moi.

J'ai arpenté sa chambre. J'avais une envie folle de détacher la vieille dame, mais, au moment de contrevenir aux ordres, j'ai pris peur. Que se passerait-il si je le faisais et que dans un mouvement de colère — pas de pure folie, mais d'une colère justifiée — elle se blessât ou blessât quelqu'un d'autre ?

J'ai approché mon visage tout près du sien et j'ai murmuré :

— Moi aussi, je détesterais être attaché comme ça.

Puis je me suis senti tout bête. En effet, à quoi cela rimait-il d'éprouver une telle empathie si je n'agissais pas ? J'ai de nouveau eu envie de la toucher, mais j'ai quitté la pièce et suis retourné dans ma chambre, me sentant faible et sans ressource.

Je n'avais pas même ôté ma robe de chambre que les cris ont repris, cette fois moins forts et moins frénétiques. J'ai bondi et j'avais à peine la tête hors de ma chambre que la directrice m'a arrêté et ordonné de laisser Mala Ramchandin hurler jusqu'à ce qu'elle s'endorme. Elle a juré qu'elle ferait venir le médecin, lui demanderait des calmants pour la nuit suivante et discuterait avec lui de la façon dont on pouvait faire interner la vieille femme. Puis elle est retournée dans sa chambre et a fermé énergiquement sa porte, me laissant dans le couloir.

Mala Ramchandin a continué à gémir. J'ai attendu plusieurs longues minutes que la lumière s'éteigne sous la porte de la directrice, puis je me suis rendu furtivement jusqu'à la chambre de la vieille dame qui, cette fois, n'a pas cessé de pleurer. Des larmes ruisselaient sur ses joues, son corps était tout tordu.

Furieux, j'ai défait les sangles qui emprisonnaient ses pieds, puis celles qui enserraient ses cuisses et sa poitrine. Mala Ramchandin continuait à pleurer comme si elle n'avait pas conscience de ma présence. Peu à peu son corps s'est contracté, se raidissant encore davantage dans la position où les courroies la contraignaient. Assis près de sa tête, j'ai glissé un bras sous son dos et l'ai attirée vers moi. La pressant contre ma poitrine, je l'ai bercée jusqu'à ce que les premières lueurs du jour transpercent le ciel noir. Entre-temps, elle s'était endormie. J'ai continué à la bercer et à caresser doucement ses mains. Malgré mon envie de dormir, je suis resté aux aguets. Entendant les infirmières se réveiller, je me suis dégagé et j'ai recouché Mala Ramchandin sur son lit. Je l'ai secouée par les épaules. Elle a ouvert des yeux terrifiés. J'ai pris son visage entre mes mains.

— Chut ! Chut ! N'ayez pas peur, tout va bien, ai-je murmuré à quelques centimètres de sa figure. Je dois m'en aller maintenant, mais je reviendrai un peu plus tard et resterai toute la journée avec vous. Je suis obligé de remettre les sangles, mais je vous promets — je vous promets — que ça ne sera pas pour longtemps. Pardonnez-moi et faites-moi confiance. Essayez de vous rendormir. À votre réveil, je serai de nouveau auprès de vous.

Plus fatiguée qu'effrayée, elle avait un air absent. Quand je l'ai rattachée, elle est demeurée immobile. Silencieuse, elle m'a regardé dans les yeux. La flamme de la vie s'est remise à brûler dans les siens. Ensuite, je suis parti.

Alors que je me hâtais vers la maison principale, nerveux à la pensée que la directrice pourrait me surprendre, j'ai essayé de déchiffrer le message que j'avais lu dans ses yeux. Je n'y avais pas discerné de crainte, juste une supplication. Sans doute me demandait-elle de tenir parole.

À peine vingt-quatre heures après son arrivée, Mala Ramchandin avait déjà des visites. Trois messieurs en un jour. La directrice n'avait accepté que celle du médecin attaché à notre établissement. Ni Mala Ramchandin ni moi-même n'avons vu les deux autres hommes. La directrice les a reçus, a pris réception de leur cadeau — une bouture —, puis les a congédiés, expliquant que la nouvelle pensionnaire ne pouvait encore voir personne. Elle m'a apporté la plante.

— Faites-en ce que vous voudrez, a-t-elle dit.

Je l'ai reconnue tout de suite. J'en avais déjà vu un spécimen, en fleur, dans la collection de plantes exotiques du SNW National Botanical Garden : une variété rare de cereus qui fleurit la nuit. Sans fleurs, elle a l'apparence d'un banal fouillis de feuilles enchevêtrées, d'où le dédain de la directrice. Cependant, une fois éclose, elle est éblouissante et superbe. J'ai plongé la tige dans un pot à lait rempli d'eau pour qu'elle fasse des racines.

Quand je suis entré, Mala Ramchandin m'a regardé intensément, mais n'a prêté aucune attention à la bouture. (Celle-ci a bientôt fait partie du paysage, au même titre que le bassin hygiénique, et même j'ai fini par l'oublier, tout comme j'ai oublié les visiteurs. J'avais conclu, sans la moindre raison, que c'étaient des avocats ou des personnes de ce genre.)

Que le médecin m'ait fait rougir est sans importance pour cette histoire, mais passer sous silence que je me suis senti si vivant et si plein d'entrain durant sa visite serait dénigrer cette part de moi-même qui aspire à la liberté. Je ne sais ce qu'il a pensé de moi pendant que j'essayais de satisfaire à ses demandes. Ce que je sais en revanche, c'est qu'il a parlé et plaisanté avec moi comme il l'aurait fait avec n'importe quel autre membre du personnel. Mes tendances, pourtant assez visibles, ne l'ont pas gêné. Pour la première fois depuis des semaines, j'ai cessé d'être une curiosité. J'ai tellement l'habitude d'être vu ainsi que, lorsqu'on me regarde comme un être normal, j'en deviens maladroit et pique un fard. J'ai compris, là, à quel point je désespérais d'être traité comme n'importe qui d'autre.

Le si aimable et si beau médecin a ri un peu nerveusement à la vue des sangles. Il a taquiné la directrice, lui reprochant d'avoir peur d'une vieille et faible femme, et a répété que personne ne savait si celle-ci avait vraiment commis le crime. Je me suis abstenu de faire remarquer que personne ne pouvait même affirmer avec certitude qu'il y en avait eu un, de crime. D'un air pensif, il a observé Mala Ramchandin ; il a fait, d'une démarche élégante, le tour de son lit, l'examinant sous divers angles, puis il a déclaré ceci : se basant sur son expérience, il considérait que Mala Ramchandin n'avait pas la personnalité d'une criminelle et que la détacher n'entraînerait aucune conséquence fâcheuse.

— À moins, évidemment, que vous n'ayez fait partie des gens qui persécutaient cette pauvre femme ! a-t-il ajouté en riant.

Plaisanterie qui semble avoir fait ensuite le tour de la ville.

Il a défait lui-même les sangles. Tout en évoquant avec

la directrice une connaissance commune, il les a enroulées autour de sa main droite bien musclée et a fait rebondir sur sa paume gauche les trois extrémités des lanières. Puis il est parti avec, souhaitant une bonne journée à Mala Ramchandin et à moi-même — et cela, je le précise, sans le moindre sous-entendu. La vieille dame a alors fait le geste le plus expressif depuis son arrivée : elle a suivi le docteur non seulement des yeux, mais aussi en tournant la tête.

Ce soir-là, je me suis endormi en la serrant dans mes bras, par précaution. Quand je me suis réveillé au milieu de la nuit, elle dormait, le visage serein.

Le lendemain, je l'ai installée dans un fauteuil roulant et l'ai promenée dans l'allée. Les autres pensionnaires étaient moins méfiants que les membres du personnel. Ils sont passés tout près de nous ; deux d'entre eux ont même essayé de se présenter et de faire la conversation, heureux et excités de voir un nouveau visage que l'on pouvait initier ou chercher à épater. Cependant, ils ont vite perdu tout intérêt pour elle : murée dans son silence, elle semblait vivre dans un monde où ils n'existaient pas.

Aucun autre son que des pleurs, des gémissements, des plaintes et des soupirs ne sortait de sa bouche. Bien que persuadé de son incapacité à me répondre, je lui parlais souvent. Je regardais ses yeux, que j'en étais venu à considérer comme son unique moyen de communication. Puis un soir, alors que, perchés sur une éminence à la limite de la propriété, nous regardions le soleil se coucher dans un flamboiement orange et la lointaine vallée se teinter de mauve — enfin, moi je contemplais ce spectacle, j'ignore ce qui se passait dans sa tête à elle —, deux perroquets ont traversé le ciel dans un grand battement d'ailes et un concert de gloussements. Mala Ramchandin est restée immobile, mais j'ai entendu distinctement une parfaite imitation de leurs appels. Je suis tombé à genoux près d'elle.

— Mademoiselle Ramchandin ! Était-ce vous ? C'était parfait ! Et si beau ! Recommencez, je vous en prie !

Elle n'a pas répondu, mais j'ai constaté que ses yeux s'étaient mis à briller, soit à la vue des oiseaux, soit à celle de ma surprise, je ne sais trop. Ensuite, tandis que je la ramenais à son pavillon, après que le soleil s'était couché, j'ai entendu une sorte de trémolo aigu et vu sa gorge vibrer comme celle d'un grillon entamant son rituel nocturne. Bouche bée d'admiration et d'étonnement, j'ai regardé la vieille dame. Elle m'a rendu mon regard avec fierté et, pour la première fois, l'ombre d'un sourire a éclairé son visage. Puis elle n'a cessé de striduler une bonne partie de la soirée, sans jamais perdre le rythme.

Pendant plusieurs jours, elle a poursuivi son récital, juste assez fort pour que je l'entende : de parfaites imitations de toutes les espèces qui se rassemblaient dans le jardin ou ponctuaient le ciel tropical de Lantanacamara. Je la surprenais qui me lorgnait du coin de l'œil pendant qu'elle jouait l'oiseau, le grillon ou la grenouille, comme si elle voulait m'amuser.

Mala Ramchandin continuait à être l'objet de commérages. S'apercevant bientôt que j'étais devenu son protecteur, le personnel se taisait en ma présence, mais je sentais qu'il ne se privait pas de jaser. J'admets que je pensais de temps à autre aux histoires que j'avais entendues. Dès que je l'imaginais dans les rôles qu'on lui avait attribués, je me dérobais à sa vue. Il m'était en effet venu à l'esprit que cette femme étrange pouvait lire dans mes pensées.

Je me souviens du jour où j'ai entendu le nom de Chandin Ramchandin pour la première fois. C'était bien avant que je ne vienne travailler à l'hospice de Paradise. En fait, les récentes rumeurs amplifiaient les histoires qu'on m'avait racontées à son sujet, il y avait des années de cela, à une époque où j'étais trop jeune pour m'y intéresser.

Je devais avoir dix ans. J'étais en compagnie de mémé

qui fume des cigarettes (ainsi surnommée pour la distinguer de mémé qui cite la Bible que je n'aimais pas trop, et réciproquement, étant donné que je ne montrais pas assez de qualités viriles pour satisfaire ses ambitions de bigote). Nous étions assis sur les marches de l'escalier à l'arrière de la maison. Moi, je me fatiguais les méninges à essayer de comprendre le sens des relations familiales. Un neveu pouvait-il être le père de son oncle ? me demandais-je. Une mère pouvait-elle avoir un autre lien de parenté avec son enfant ? Pouvait-elle être son père ? (J'implore votre indulgence. J'étais un enfant, rappelez-vous, et, à cette époque, les enfants étaient innocents, voire ignorants.) Votre sœur pouvait-elle être aussi votre frère ? Votre frère pouvait-il être votre père ? Pour finir, je décidai d'interroger mémé la fumeuse.

— Mémé, quelque chose me tracasse.

— Ah oui ? De quoi s'agit-il, mon petit ?

— Est-ce que votre papa peut être à la fois votre papa et votre pépé ?

Mémé leva la tête vers le ciel et fronça le nez.

— Hein ? Tu dis ?

Exaspéré par la lenteur qu'elle mettait à comprendre une question qui me paraissait toute simple, je répétai celle-ci en détachant chaque mot. Yeux écarquillés, mémé me regarda gravement pendant un bon moment. Je me dis que ma question était tellement intéressante qu'elle exigeait d'elle un effort supplémentaire de concentration. L'air songeur, elle tira une grande bouffée de cigarette, puis elle réfléchit, réfléchit, essayant plusieurs fois de me répondre, mais ne cessant de s'interrompre.

Finalement, elle dit :

— Oui, mon petit, c'est possible. Le père pourrait être aussi le grand-père. Ça n'arrive pas souvent et ce n'est pas bien, pas joli, tu sais, fiston.

— Ah bon ? fis-je, et j'attendis.

Je n'avais pas la moindre idée de ce dont elle parlait.

— Tyler, mon petit, pourquoi es-tu si curieux ? Pourquoi penses-tu à des choses pareilles ?

Je continuai à attendre. Soudain, mémé parut s'animer comme si elle avait entrevu une parfaite explication.

— Écoute, fiston, il y avait un gars... il n'était pas d'ici, mais de Paradise, un gars nommé Chandin, Chandin Ramchandin. Il n'avait qu'une poignée d'années de plus que moi, mais, quand j'avais ton âge, on nous disait que nous devions être très studieux pour avoir la même chance que lui. Hum... je me demande ce qu'il est devenu. On n'entend plus parler de lui. C'est comme s'il avait disparu de la surface de la terre.

Là-dessus, mémé tira sur son mégot. Puis elle rejeta lentement la fumée vers le ciel.

Le vieux Ramchandin, qu'on ne connut jamais que sous ce nom-là, était un ouvrier agricole indien. Chaque soir, après sa journée de travail, il se reposait dans son hamac en toile de sac accroché à un anacardier, derrière les baraques construites sur la plantation. Il avait les yeux clos, mais, comme à son habitude, il ne dormait pas. Le vieil homme restait éveillé, tourmenté par l'avenir de son enfant. Il se livrait à des estimations mathématiques, les tournant et les retournant dans tous les sens. Et, comme à son habitude, il avait la migraine à force d'essayer de prévoir leurs finances si sa femme, Janaki, et lui-même travaillaient chacun une heure, voire deux, de plus par jour de façon à épargner assez d'argent pour envoyer Chandin dans une université de la capitale, ou même à l'étranger, pour y apprendre un métier. Il rythmait avec ses cuisses le balancement du hamac et calculait dans combien d'années Chandin serait en âge de faire des études supérieures, et combien d'heures supplémentaires cela représentait — multipliées par deux si sa femme en faisait aussi — et en incluant une augmentation possible de leurs salaires. Il alla même jusqu'à faire quelques divisions et additions pour tenir compte de la hausse inévitable du coût de la vie.

Le vieux Ramchandin pensait à sa vie dans le baraquement et à celle qu'il menait en Inde avant son embauche. Elles étaient pareilles. Cependant, en entreprenant ce long voyage sur deux océans, il avait espéré laisser derrière lui, comme le lui avait promis le recruteur, son karma de paysan servile — sinon le sien, du moins celui de son fils né juste avant leur départ. À Lantanacamara, il était plus facile d'échapper à sa caste. Il avait l'intention de travailler dur, d'économiser de l'argent et de donner à Chandin une éducation qui le sortirait à jamais des champs.

Au beau milieu de ces réflexions confuses, il entendit un crissement de gravier, puis le vacarme d'une voiture à cheval qu'on manœuvrait dans le chemin poussiéreux. Ramchandin se hissa hors du hamac. Son rêve diurne s'évapora comme rosée au soleil. Devant lui s'étalait la dure réalité de son logement *ajoupa* de deux pièces. Il devait encore attacher ses deux vaches étiques avant la nuit. Il était épuisé. Il aurait pu demander à Chandin de s'en occuper, mais il considérait que c'était là une trop basse tâche pour la prunelle de ses yeux. Il se redressa, lissa son *kurta* et son *dhoti* blancs qui flottaient sur son corps raide et se dirigea vers la cour de devant avec autant de dignité que le lui permettaient son âge et sa fatigue. Debout près de la véranda, son fils grattait le sol sec de son pied nu. Le bruit du boghei montant l'allée à une heure si tardive avait moins surpris le garçon que ses parents. En fait, il attendait cette visite. Sentant le charbon, les aubergines brûlées, et exhalant une sueur toute empreinte de l'odeur âcre de grains de moutarde chauds qui embarrassait son fils, Mme Ramchandin avait abandonné le four d'argile construit à l'arrière de leur logement. Se couvrant rapidement la tête, le nez et la bouche de son *orhanie*, elle s'était précipitée dans la cour de devant.

Plein de tact, le révérend Thoroughly fit semblant de ne

pas remarquer la poussière qu'avait soulevée son boghei et qui était retombée sur lui. Il déclina l'offre d'un verre d'eau et, sans autre formalité, entra aussitôt dans le vif du sujet.

Avant même que le révérend ne rentre chez lui, les ouvriers immigrés de tous les baraquements de Lantanacamara avaient eu vent de sa visite et entendu prononcer le nom de Chandin, fils de Ramchandin. Même à l'autre bout de l'île, dans l'humble village de mémé, on discutait déjà de cet événement et du brillant avenir qui s'annonçait pour Chandin.

— C'est un révérend qui vient des Terres humides. Un homme blanc. Y crée une école et une église pour les Indiens. Y a traversé toute la plantation pour aller aux baraquements.

— Eh ! traversé, avec toute la poussière !

— Y a pris la route de terre pour apporter la nouvelle. Paraît qu'en arrivant à leur maison sa figure, ses cheveux, ses habits et ses souliers étaient blancs comme un drap.

— Eh !

— Va donc prendre le gamin chez lui ? Pour qu'y vive dans sa maison ?

— Oui.

— Dans *sa* maison ? Mmm.

— Et va l'élever comme *son* fils ?

— Eh ! Eh !

— Ce Chandin est l' plus vieux de toute l'école. Y sera donc le premier, et l' plus vieux, à passer l'examen avec cérémonie et tout le bazar. Et le révérend, y veut envoyer l' premier diplômé de son école à l'université. Alors, le prend chez lui pour être sûr qu'y travaille fort, fort.

— L'en a de la chance, ce gosse ! C'est quoi son nom déjà ?

— Ramchandin. S'appelle Chandin. Chandin Ramchandin.

— Et les parents, z'en ont de la chance, eux aussi !

— Croyez ? On m'a dit qu'y z'avaient été obligés de se convertir. C'est le prix pour que l'enfant soit à l'école. Moi, je pourrais pas. Je refuserais.

— Qu'est-ce que vous racontez ? Vous le feriez pas ? Si c'est le seul moyen d'y donner de l'instruction ? Pour qu'y ait pas besoin de travailler comme un nègre, suer et se casser l'échine au soleil pour un salaire de misère ? Vais vous dire ce que je pense, moi. Depuis que les Africains sont plus des esclaves, tout le monde regarde voir le gouvernement comment y les traite. Commission par-ci, commission par-là, faut pas les négliger. Z'ont des écoles, des contrôles médicaux gratuits. Bon, et pour nous, voyez des écoles ouvertes à part celle du révérend ? Quand nous tombons malades, qui s'occupe ? Nous-mêmes parce que personne d'autre prend la peine. À part le révérend et sa mission des Terres humides septentrionales. Tout ce qu'y nous demande, c'est de nous convertir à sa religion. Si j'avais des enfants, je le ferais ! Eh ! chacun de nous est seul à savoir quel dieu y prie. Convertissez-vous, mon vieux ! Emmenez vos enfants à l'école de la mission. En priant, fermez-vous les yeux et la bouche. C'est pas compliqué.

— Z'avez sans doute raison. Ça paraît logique.

— Mm.

— Chandin Ramchandin, y sera l' premier d'entre nous à avoir une profession. L' premier enfant indien de Lantanacamara à obtenir un titre. Rappelez-vous ce nom. Je vous assure, si j'avais des enfants, je voudrais ça pour eux. Y a rien de mal à désirer ce qu'y a de mieux pour ses gosses.

Ainsi, la nouvelle de la chance de Chandin se répandit dans toute l'île. Et, avant même qu'il fût entré au séminaire du révérend, il avait déjà involontairement contribué à convertir des Indiens au christianisme.

Mémé se roula une autre cigarette. J'aimais l'odeur soufrée de l'allumette quand elle l'éteignait, et elle avait une manière fascinante de mettre ses mains en coupe autour et d'aspirer par à-coups pour bien l'allumer.

— Est-ce qu'il était intelligent, mémé ? Est-ce qu'il est parti faire des études à l'étranger ?

— Il était intelligent, oui. Mais ne crois pas qu'il soit allé à l'étranger.

Voyant ma déception et sachant que je rêvais d'y faire des études, elle se tut un moment.

— En fait, il n'en a pas eu besoin. Je te dirai même plus : le révérend a ouvert un séminaire dans l'île, à Paradise, et c'est à çui-là que Chandin est allé...

Dès que le jeune Ramchandin eut quitté les baraques, il répugna à y retourner. Il voyait à peine son père, mais sa mère allait aux offices religieux au moins un jour par semaine. C'était surtout pour regarder son fils assis là, au premier rang, à côté de l'épouse du révérend. Malgré son teint foncé, il avait l'air d'un étranger, endimanché comme il l'était avec veste et cravate. Les rares fois où il se rendit à la plantation, il constata que sa mère ne s'était pas réellement convertie au christianisme. Quand il lui demanda où était le crucifix de cuivre, cadeau du révérend, qu'elle était censée mettre au-dessus de la porte d'entrée, elle répondit d'une voix timide qu'elle l'avait soigneusement enveloppé dans un tissu blanc bien propre et l'avait rangé en lieu sûr dans une malle. En revanche, Chandin remarqua que le nombre de dieux et de déesses indiens alignés contre le mur avait augmenté depuis son départ de la maison. Du camphre et de l'encens sacrés employés pour les prières hindoues teintaient parfois l'air, et un léger nuage de fumée rituelle imprégnait toujours les cheveux et les vêtements de ses parents, remplaçant les odeurs de charbon et d'épices qui émanaient d'habitude du corps de sa mère. L'hésitation de ses parents à embrasser la religion plus élégante du révérend le gênait. Et, au grand chagrin de sa famille, il cessa bientôt ses visites.

Le révérend et sa femme envisagèrent de rebaptiser Chandin. Selon Mme Thoroughly, un nom chrétien, voire des Terres humides septentrionales, conviendrait mieux à leur nouveau fils. Chandin, lui, aurait bien voulu qu'on oubliât son nom indien. Mme Thoroughly proposa Matthew, Mark, Luke ou John. Elle suggéra même Ovid, Errol, Oscar ou Atticus. Plaisantant à moitié, elle dit que ce serait la première et sans doute la dernière occasion qu'elle aurait de prénommer un garçon. Cependant, le sage révérend fit remarquer que Chandin Ramchandin serait un jour professeur de théologie et missionnaire ; sa réussite sur le terrain dépendrait, certes, de la grâce de Dieu, mais aussi du fait que les gens s'ouvriraient davantage à l'influence d'un des leurs. Chandin et Mme Thoroughly se rallièrent à cette idée neuve, à savoir que le vrai nom de Chandin lui attirerait la confiance de son peuple.

Chandin accompagnait partout sa nouvelle famille. Quand les Thoroughly se rendaient dans d'autres villes et tenaient des réunions pastorales sous des tentes, il s'asseyait sur l'estrade avec les autres missionnaires des Terres humides, où il constituait souvent le principal centre d'intérêt. On le présentait comme le fils du révérend. Et on citait son cas, déjà connu de tous les ouvriers agricoles, comme un exemple tangible de l'intérêt de la conversion.

Être le fils adoptif du révérend et de Mme Ernest Thoroughly présentait des avantages dont le plus grand, aux yeux de Chandin, était celui de vivre avec Lavinia Thoroughly, sa nouvelle sœur.

Pour lui, le meilleur moment de la journée, c'était le soir, après le dîner, quand la famille se réunissait pour une heure de détente au salon. Parfois, il se demandait quelle était sa place dans ce nouveau foyer. Il se sentait souvent perdu et pensait que tout le monde voyait son désarroi.

Mais le soir, au salon, il avait sa place à lui. Le révérend s'installait dans un fauteuil qui lui était réservé, tout comme Mme Thoroughly. Lavinia se couchait sur le dos ou sur le ventre, toujours sur le même bout de tapis, ou s'asseyait sur un tabouret près de sa mère. Chandin découvrit que le fauteuil capitonné à dossier droit lui avait été attribué. Celui-ci servit d'antidote au chaos engendré par son déracinement.

Il était fasciné par le lustre en cristal qui pendait assez bas au milieu de la pièce. Il passait plus de temps à regarder les scintillements bleus, rouges et violets des pendeloques en forme de feuille qu'à étudier. Combien d'habitants de la plantation avaient déjà vu pareille merveille ? Il aurait aimé leur montrer non seulement cet objet, mais aussi les jolies vitrines, les chaises sculptées, les guéridons et les lampes aux abat-jour décorés. Au début, c'était parce que ces choses étaient nouvelles et excitantes pour lui. Ensuite, il espéra qu'elles les inciteraient à adopter non seulement la foi, mais aussi le goût du pasteur. Il pensait naïvement que les gens de sa race étaient démunis de ces agréments à cause de leur indolence et de leur manque d'ambition. Il songeait à la maison de ses parents, à leurs meubles : les *peerah* sur lesquels ils s'asseyaient, les planches grossières qui servaient d'étagères, les *cattiyas* montés sur de hauts cadres en bois en guise de matelas, la vaisselle en métal émaillé, les misérables lampes à kérosène et le pire, les latrines où régnait cette odeur particulière qui se gravait à jamais dans votre mémoire. Il éprouvait un profond dégoût pour les gens de son milieu et leur cadre de vie. Contemplant le lustre avec un profond respect, il renouvelait chaque jour sa promesse d'être la première personne de couleur de Lantanacamara à en posséder un tout pareil.

La brise parfumée des champs de canne à sucre qui ondoyaient dans la vallée pénétrait par les deux grandes fenêtres du salon. Pendant que le révérend et son épouse s'y rafraîchissaient, bavardant un instant, se taisant ensuite, absorbés par la lecture ou la rédaction de leurs journaux intimes, Chandin les observait et écoutait les conversations — de celles que l'on a en famille. Dans ces moments-là, il était intimement persuadé que la place qui lui était dévolue n'était pas uniquement circonscrite à son fauteuil.

À son arrivée dans la maison du révérend, Lavinia, qui était un peu plus jeune que lui, se montrait une enfant silencieuse et qui ne demandait qu'à passer inaperçue. Pour les camarades de classe de Chandin, elle n'avait de remarquables que sa peau blanche, des cheveux couleur de lin et le privilège d'être la fille du directeur. Ces attributs, cependant, suffisaient amplement à attirer les admirateurs. Les garçons se livraient à toutes sortes de bouffonneries ou à des actes héroïques dans l'espoir qu'elle les remarquerait, mais Lavinia était aveugle et semblait repliée sur elle-même, ce qui les faisait redoubler d'efforts.

Il y avait une autre fille à l'école, mais qui intéressait moins les garçons. Elle venait des mêmes baraquements que Chandin ; pourtant, ses parents s'étaient convertis d'une façon plus convaincante, au point que toute la famille avait été rebaptisée. Et Mme Thoroughly avait nommé la petite fille Sarah.

Sarah était la seule personne dont Lavinia se sentît proche. Constater que Lavinia n'avait pas de préjugés envers sa race permit à Chandin de considérer cette amitié d'un assez bon œil puisqu'elle inclinait sa sœur à se trouver à l'aise avec les Indiens, donc avec lui. Mais il était jaloux de Sarah, se demandant ce qu'elle avait de plus que lui. Il aurait aimé que Lavinia parlât et rît avec lui comme elle le faisait avec la petite fille à la peau noire des baraquements. Quand on encourageait Chandin et Lavinia à inviter chacun un ou une amie à passer la journée avec eux, Lavinia choisissait sans varier Sarah, tandis que Chandin, qui avait honte des manières des fils d'ouvriers agricoles, n'en invitait jamais aucun.

En l'espace de deux ans, au profond étonnement de tous, et même de ses parents, Lavinia se transforma en une jeune femme exceptionnellement grande et belle. Sa maussaderie fit place à une agréable indépendance. À l'école de la mission, l'attrait de Lavinia — disparu pendant quelque temps — connut un regain. Les garçons rivalisaient avec elle dans le domaine des sports et dans celui des études où sa supériorité, alors qu'elle n'était qu'une fille, les stupéfiait et attisait leur flamme.

Chandin observait l'effronterie et l'émulation agressive de ses camarades. Des bouffées de jalousie assombrissaient ses jours ; la nuit, elles le faisaient transpirer et s'agiter dans son lit. La vue de Lavinia lui donnait le vertige. Il parlait de moins en moins à sa sœur, son esprit paraissant se brouiller en sa présence au point qu'il devenait incapable de décider s'il avait soif ou non. Pendant une période, il cessa de la regarder, craignant que le feu qui brûlait ses joues, l'étrange et innommable sensation qui remplissait son pantalon et l'expression suppliante de ses yeux ne fussent trop visibles. Ses sentiments le torturaient d'autant plus qu'il les croyait inavouables.

L'indifférence de Lavinia à son égard ne diminua pas sa passion : elle la transforma. Des braises d'adoration et de désir rougeoyaient en lui, mais c'étaient des flammes de colère et de haine de soi qui surgissaient. Il se mit à détester son aspect, la couleur de sa peau, la texture de ses cheveux, son accent, les baraquements, ses vrais parents, parfois même le révérend et son dieu. Que Lavinia ne fût pas sa vraie sœur commença à lui importer.

L'école attisait cette haine. Lavinia continuait à dédaigner tous ses camarades, même s'ils étaient prêts à accomplir des miracles pour elle. Ils en conclurent qu'une fille comme elle ne tomberait amoureuse que d'un garçon de sa race. Ils se mirent donc à singer la démarche et les gestes du révérend. Dans l'intimité de sa chambre à coucher, Chandin s'examinait dans le long miroir de son armoire.

Ce qu'il y voyait confirmait ses craintes : un Indien de Lantanacamara, petit, brun foncé, aux cheveux aile de corbeau. Il ressemblait indubitablement à ses camarades de classe, aux garçons qui venaient des baraquements construits dans les plantations de canne à sucre.

Il décida, alors, de changer une fois pour toutes certains aspects de sa personne. Il observa le maintien rigide, austère, du révérend, si différent de la tendance qu'avait son père à se courber, à se tordre ou à se plier selon les exigences de son confort physique. Il s'exerça à s'asseoir très droit, les jambes fermement plantées sur le sol ou strictement croisées. Parfois, il étudiait et imitait avec soin la façon qu'avait le révérend de se caresser pensivement le menton ou de tapoter un livre. Bien qu'à quatorze ans il eût déjà atteint sa taille définitive, qui était petite, il marchait à grandes enjambées et nouait les mains derrière le dos comme l'imposant pasteur. Son sérieux habituel devint pesant. À présent, il méditait avec une expression de mélancolie romantique. Il se caressait sans cesse le menton et se délectait à la tragique pensée que sa blessure d'amour pouvait saigner abondamment en lui, invisible, du moins le croyait-il, aux yeux de sa famille et à ceux de ses camarades.

Aussi fut-il très surpris quand, un soir, le révérend Thoroughly entra brusquement dans sa chambre et lui demanda de l'accompagner au presbytère, invitation qui ressemblait plutôt à un ordre. Le presbytère était à peine à cinq minutes de marche de la maison. Le révérend posa sa paume sur le cou charnu de Chandin et le tint doucement, mais fermement, comme s'il poussait le garçon en avant. La chaleur et le poids de sa main intensifiaient entre eux une intimité qui plut à Chandin. À cause de ce lien momentané, il envisagea de confier au pasteur ses sentiments à l'égard de Lavinia. Il décida de prendre un peu plus de temps pour choisir ses mots : il fallait éviter le manque d'éloquence. Il demanderait conseil à son père adoptif dans une semaine.

Arrivé au presbytère, le révérend s'assit à son bureau où il se mit à feuilleter un livre de comptes. Chandin resta nonchalamment debout, dans la position qu'il imaginait être celle du fils qui attend son père. Il s'approcha de la bibliothèque et lissa du doigt le dos de quelques livres, sentant sous ses doigts les petits ravins dessinés par les caractères du titre. En esprit, il retourna au salon. Il alla à la fenêtre et pressa son visage contre la vitre, mettant ses mains en coupe pour éliminer les reflets de la lumière. Il regarda en direction des champs depuis longtemps engloutis par les ténèbres. Il ne pensait qu'à Lavinia et aurait bien voulu être au salon avec elle et avec sa mère. Allongée sur la natte de paille, elle lisait. Il aurait voulu avoir le courage de s'étendre à côté d'elle et de lui demander ce qui l'absorbait tant. Après tout, raisonna-t-il, même s'ils n'étaient pas vraiment frère et sœur, ils étaient censés se traiter comme tels, et un frère devait avoir le droit de faire ce genre de chose. En même temps, il savait qu'une fois couché près d'elle il se mettrait à trembler comme une feuille de manguier dans la tempête. Alors qu'il éloignait son visage de la fenêtre, il vit dans le reflet que le révérend avait fait pivoter son fauteuil vers lui.

— Chandin ! Je te parle !

Le pasteur ne l'avait encore jamais interpellé si sévèrement.

— Oh ! excusez-moi, monsieur. J'étais... j'étais juste...

Le révérend s'adoucit. Baissant la voix, il demanda :

— À quoi pensais-tu ?

— À rien, en fait. À tout. À rien.

Chandin ébaucha un sourire. Il songea de nouveau à se confier au révérend.

Celui-ci demeura grave.

— Je vais te parler aussi clairement que possible, Chandin. Si je te parais dur, je te prie de m'excuser. L'expérience m'a appris que traiter un sujet délicat avec trop de délicatesse ne fait que prolonger et embrouiller inutilement une discussion.

Les oreilles de Chandin s'empourprèrent. Il n'avait encore jamais entendu le pasteur s'exprimer d'un ton aussi ferme et solennel, sauf quand il priait en chaire. Un poids écrasa sa poitrine, son souffle se fit court. Il croisa les jambes pour lutter contre un besoin urgent de sortir se soulager dans l'une des plates-bandes de Mme Thoroughly. Le révérend allait-il le sermonner au sujet de ses études ? Lui, Chandin, avait-il déçu sa famille adoptive ? Pendant un long moment, il eut l'affreux sentiment qu'on allait lui dire qu'il avait échoué, qu'on le renvoyait dans les plantations de canne à sucre où il lui faudrait vivre, à jamais accablé par la honte et les regrets de ses parents.

— Monsieur ?

Ce mot qu'il avait voulu prononcer avec dignité s'échappa dans un murmure rauque. Gêné, il contempla le sol en ciment.

— Tout le monde a remarqué ton humeur morose. Non seulement elle est aussi désagréable que ces cerises aigres dont vous raffolez, vous les garçons, ou qu'un orage en pleine garden-party, mais elle ne t'aidera pas à séduire une jeune fille.

Le visage en feu, Chandin leva les yeux vers le révérend. Son amour n'était donc pas passé inaperçu ! Croyant que le révérend lui donnait une sorte de conseil, il sourit nerveusement. Le pasteur se leva et s'approcha de la bibliothèque. Le dos tourné, il poursuivit :

— Mon fils, depuis combien de temps vis-tu chez nous, avec ma femme et moi ?

Instinctivement, Chandin sentit que la suite de ce discours n'aurait rien de plaisant, mais les muscles de son visage tressaillirent et son sourire s'élargit.

Le révérend pivota sur les talons de ses chaussures luisantes et regarda Chandin dans les yeux.

— Ça t'amuse, on dirait. Réponds-moi ! Cela fait combien de temps ? Trois ans. Cela ne fait-il pas trois ans, mon fils ?

Chandin essaya vainement d'effacer le douloureux rictus qu'il avait aux lèvres. Baissant les yeux, il acquiesça de la tête.

— Ne nous considères-tu pas comme ta famille ? demanda le révérend avec un accent désappointé.

Les yeux de Chandin s'emplirent de larmes. Son sourire s'était figé.

— J'ai assumé loyalement le rôle de père et Mme Thoroughly a été une bonne mère pour toi, n'est-ce pas ?

Incapable d'émettre un son, Chandin hocha de nouveau la tête.

— J'ai été ton père, mon épouse a été ta mère. Quelle sorte de relation as-tu avec ma fille ?

Chandin sentit son cœur bondir dans sa poitrine. Tout tourna autour de lui. Il craignit de verser des larmes embarrassantes. Son sourire disparut enfin.

— Je crois que tu me comprends. Ma femme et moi avons remarqué ton empressement auprès d'elle.

Le révérend se tut comme s'il attendait une réponse. N'en recevant pas, il poursuivit, l'air exaspéré :

— Écoute-moi. Tu dois être un frère pour Lavinia, et rien d'autre. Un frère. Elle est ta sœur, tu es son frère. Un frère protège, soutient et réconforte sa sœur. Il n'y a aucun mal à aimer sa sœur. Ou sa mère. Ou son père. Mais cet amour doit rester pur, aussi pur que l'amour de Dieu pour ses enfants.

Le révérend s'approcha de son bureau et, du poing, frappa le dessus en acajou.

— Tu ne peux pas, tu ne dois pas désirer ta sœur, Lavinia. C'est sûrement contraire à la volonté de Dieu. Comprends-tu ? Comprends-tu, Chandin ? Sinon...

L'air las, le révérend s'assit. Il adoucit le ton.

— Il est l'heure d'aller au lit. Je resterai ici et prierai le

Seigneur. Je te conseille de te rendre dans ta chambre et d'en faire autant. Va. Et dis à Mme Thoroughly de ne pas s'inquiéter. Je rentrerai dans un moment.

Chandin ne retourna pas tout de suite à la maison. Il s'attarda un instant dehors, pressant son estomac noué. Il avait de terribles crampes et fut incapable de réprimer une crise de larmes brûlantes. Son univers semblait avoir soudain rétréci. Il leva la tête vers les étoiles et murmura : « Imbécile ! Qu'as-tu à sourire quand tu es embarrassé ? À sourire comme un imbécile ? Lavinia n'est pas ma sœur. Pourquoi ne lui ai-je pas répondu ça au lieu de sourire ? Elle n'est pas ma sœur. Alors, où est le mal ? Il ne peut y en avoir. »

Il mit un certain temps à remarquer les lucioles qui voletaient dans les ténèbres. L'une d'elles luisait quelques secondes, s'éteignait, disparaissait. Aussitôt, une minuscule lumière se rallumait tout à côté. Les yeux encore irrités d'avoir pleuré, Chandin essaya de suivre le vol d'un de ces insectes. Tandis qu'il les contemplait, une idée lui traversa l'esprit. Il la prit comme une réponse à sa question. Il aimerait Lavinia toute sa vie. Il cacherait si bien cet amour que personne ne le détecterait. Lui seul, dans l'intimité de sa chambre obscurcie, saurait qu'il brillait toujours. Puis, à un moment propice, il le sortirait au grand jour, et il brûlerait aussi fort que les champs de canne à sucre en flammes. Lavinia, devenue plus mûre entre-temps, lui déclarerait alors le sien.

Aussi, pendant les années suivantes, même après la fin de ses études secondaires et son entrée au séminaire, le révérend et sa femme se réjouirent de ce que Chandin eût réagi à cette conversation nocturne avec autant de sérieux et de maturité.

Au séminaire, Chandin Ramchandin était le seul garçon d'origine indienne, le seul non-Blanc, en fait. Il partageait une maison avec dix-sept autres jeunes gens. Tous originaires des Terres humides, ses camarades étaient là pour étudier la théologie et acquérir de l'expérience dans un climat tropical, parmi des non-chrétiens. La plupart d'entre eux voulaient rester à Lantanacamara, d'autres avaient l'intention de se rendre dans des missions en Inde ou en Afrique.

Ces hommes de haute taille, blonds, à l'accent prononcé, semblaient trouver Chandin sympathique, mais ce dernier se demandait si c'était parce qu'il était le fils adoptif du révérend et le frère de Lavinia, ou parce qu'il appartenait à la race qu'ils devaient convertir. Bien qu'ils eussent presque tous son âge, ils avaient l'air de mieux connaître le monde que lui. Il se mit à copier leurs manières, leur tenue vestimentaire — chemise et pantalon blancs que les gens des Terres humides considéraient comme le comble du chic tropical. Il ruminait leurs phrases jusqu'à ce qu'il trouvât le courage de les prononcer. « Je vous serais très obligé, Chandin, mon cher... » « ... parole d'honneur ! » « ... infiniment supérieur... »

Les jeunes gens se réunissaient souvent dans le jardin des Thoroughly pour prendre le thé ou jouer au croquet. Chandin regardait ses camarades s'empresser auprès de Lavinia. La jeune fille répondait à leurs avances en riant. Cependant, il était le seul à qui elle accordât quelque attention. Il aurait pu se sentir flatté, mais il ne comprenait que trop bien la raison de son comportement : c'était leur relation prétendument fraternelle qui la faisait s'approcher de lui avec de petits rires et lui murmurer des confidences au sujet de tel ou tel séminariste. Malgré toutes ses prières, rien n'indiquait qu'elle serait jamais attirée par lui ou qu'elle voudrait un jour partager sa vie. S'il n'agissait pas bientôt, quelqu'un de plus audacieux que lui se mettrait sur les rangs et la lui volerait. Il avait fait ses preuves à l'école et au séminaire. Tous deux étaient adultes maintenant. En outre, ils n'étaient pas frère et sœur, criait-il dans le vide de sa tête. Il décida de lui parler à la première occasion.

Celle-ci se présenta de façon tout à fait inattendue. Les Thoroughly et deux familles de missionnaires habitant d'autres parties de l'île avaient organisé un match de cricket pour les séminaristes. Cette fête destinée à célébrer la fin de la saison sèche coïncidait avec le début des vacances. Lavinia, qui venait de passer son bac, était là, ainsi que Sarah. Cette dernière était la seule non-Blanche, à part Chandin. Vêtus de tenues de cricket d'un blanc éclatant, tous les hommes semblaient manier la batte pour les deux jeunes filles.

Chandin frappait la balle d'un coup long et puissant, ensuite il tirait sur son pull-over à encolure en V et regardait Lavinia avec fierté. Au début, celle-ci l'encourageait avec des « Bravo ! Bravo ! » Cette approbation en public ne faisait que le troubler. Quand ils interrompirent la partie pour déjeuner, Chandin n'était toujours pas éliminé. Une assiette de canapés au fromage à la main, le révérend Thoroughly le prit à part.

— Chandin, mon garçon, quel jeu magnifique ! Inspiré, oui, vraiment inspiré !

En nage, mais toujours vêtu de son pull de cricket, Chandin rougit et bredouilla des remerciements. Il avait l'impression que le révérend lui parlait comme si un tiers les observait.

— Je dois te faire part d'un grand événement. J'aurais dû t'en parler plus tôt, mais, avec tout le travail que m'ont donné les examens, ça m'est sorti de la tête. Lavinia a été reçue au séminaire.

« C'est vous le séminaire, donc c'est vous qui l'avez reçue », songea Chandin. Mais il réussit à prendre un ton joyeux pour répondre :

— Quelle bonne nouvelle ! C'est formidable ! Elle doit être très heureuse.

— En effet. Nous le sommes tous, heureux. Et voilà le

grand événement : j'ai décidé qu'avant la reprise des cours j'allais emmener la famille passer quelques mois dans les Terres humides. Comme tu le sais, cela fait longtemps que nous n'y sommes pas allés.

Pensant qu'il serait du voyage, Chandin sentit son cœur bondir d'allégresse.

— Mme Thoroughly, Lavinia et moi partirons dans quelques jours, poursuivit le révérend.

— Mais, monsieur, il n'y aura pas de bateau pendant au moins quatre mois, jusqu'à la fin de la mauvaise saison ! s'indigna Chandin.

— Oui, toutefois un départ extraordinaire a lieu dans trois jours, pour devancer les tempêtes, justement. Étant donné les circonstances, nous avons la chance de pouvoir embarquer sans grands préparatifs.

Tandis que le révérend continuait à parler, Chandin fut envahi de crainte. Dans son pays natal, Lavinia rencontrerait forcément une âme sœur dont elle s'éprendrait et qu'elle épouserait. Il entendit vaguement le révérend lui dire qu'il leur manquerait. Il n'avait qu'une idée : déclarer sur-le-champ sa flamme à Lavinia.

Sa sœur adoptive et Sarah flânaient au bord du terrain de cricket, loin de la foule. Chandin se mit à courir en criant le nom de Lavinia. Celle-ci ne parut pas l'entendre. En arrivant près d'elle, il la prit fermement par le coude, sans s'excuser

— Lavinia, je dois te parler.

— Quoi ! Que diable se passe-t-il ? Tu interromps notre conversation. Et que signifie ceci ? ajouta-t-elle en glissant un regard vers la main qui la retenait.

— Excuse-moi, Sarah, excuse-nous, je dois parler d'une affaire urgente à Mlle Thoroughly.

— Chandin, tu sais bien que Sarah m'appelle par mon prénom. Pourquoi es-tu si solennel ? Et qu'est-ce qui peut bien être si urgent ?

Quand Sarah s'éloigna d'un air légèrement pincé, Chandin exprima ses regrets et retrouva ses bonnes manières.

— Cela fait un moment que je veux te parler, mais je n'en ai pas eu l'occasion jusqu'au match d'aujourd'hui...

— À propos, tu as joué divinement ! J'ignorais que tu étais un champion de cricket.

Se plantant devant elle, Chandin prit les deux mains de la jeune fille et les posa sur sa poitrine.

— Tous les coups que j'ai joués étaient pour toi, Lavinia. Je voulais...

Ne comprenant que trop bien ses intentions, la jeune fille retira ses mains et s'écria, étonnée, l'ombre d'un rire dans la voix :

— Je crois que tu ferais bien de t'arrêter là !

— Lavinia, écoute-moi, s'il te plaît. Je ne pense qu'à toi. Je n'aime personne autant que je t'ai toujours aimée. Ton père vient de m'annoncer que vous partez dans quelques jours. Je t'attendrai et, à ton retour, j'irai voir ton père et lui demanderai...

Lavinia se frappa la cuisse.

— Non, pas question ! Tu n'es que mon frère.

— Lavinia, je t'en prie ! Nous ne sommes pas frère et sœur. Je t'...

— Non, non et non ! Tout ça est absurde. Tu dois avoir attrapé une insolation !

Chandin se tut. Il regarda Lavinia, l'air déconcerté.

— Ne souffle mot de ces bêtises à personne, Chandin. Je t'en prie. Je désapprouve et refuse de...

— Lavinia...

— Chchut ! Je ne veux pas en entendre parler.

Se tournant, elle aperçut sa mère chargée de deux carafes pleines de jus de mangue. Sans un mot de plus, elle courut l'aider. Après le déjeuner, Chandin fut mis hors jeu avec la première balle du premier tour. Du coin de l'œil, il vit que Lavinia n'avait rien remarqué. Manifestement indifférente au déroulement de la partie, elle tournait le dos au terrain et bavardait avec Sarah, qui riait.

Chandin passa de tristes vacances. Dénué du moindre appétit, il se ratatina. Il reçut une lettre de Mme Thoroughly. Celle-ci écrivait seulement qu'ils étaient ravis de revoir leur famille et de vieux amis. Elle ajoutait : « Tu nous manques. Nous parlons souvent de toi », mais ne mentionnait pas Lavinia. Le jour de leur retour, Chandin prit grand soin de sa toilette. Il se changea trois fois, essayant de trouver la tenue qui attirerait l'attention de Lavinia sans être trop voyante pour autant. Il arriva au port à temps pour regarder le paquebot parcourir le demi-mille qui le séparait du quai. Parmi les centaines de paires de mains qui s'agitaient frénétiquement, il distingua celles du révérend et de Mme Thoroughly. Ceux-ci l'avaient repéré depuis longtemps. À terre, il était l'une des rares personnes basanées à ne pas participer aux manœuvres d'amarrage. Lavinia était invisible.

Les Thoroughly le saluèrent chaleureusement. Son sourire contraint, son rire nerveux et la façon dont il parcourait la foule du regard ne passèrent pas inaperçus. Lui prenant les deux mains, Mme Thoroughly les pressa entre les siennes.

— Lavinia est encore dans notre pays. Mais pas pour très longtemps. Mon Dieu ! quelle canicule ! Notre absence n'a pas été bien longue, pourtant j'avais oublié à quel point il pouvait faire chaud ici ! Il n'empêche, je suis bien contente d'être de retour. Comment vas-tu, Chandin ?

Son accent des Terres humides était plus prononcé que dans le souvenir de Chandin. Elle lâcha les mains du jeune homme pour s'éventer avec un mouchoir parfumé.

Le révérend Thoroughly se taisait. Il surveillait le déchargement des bagages. À peine avait-il essuyé son front et son cou avec un grand mouchoir que des gouttes de sueur perlaient de nouveau sur sa peau. Apercevant leurs malles, il s'éloigna. Mme Thoroughly fit face à Chandin et se mit à parler très vite comme si elle essayait de répondre aux questions qu'elle lisait dans ses yeux.

— Nous avons des liens très forts avec les Terres humides. Toute ma famille et celle d'Ernest, je veux dire du révérend Thoroughly, vivent là-bas. Et ils savent tout sur toi. Tu as été le sujet d'un grand nombre de merveilleuses conversations et beaucoup de personnes qui ne te connaissent pas t'envoient leurs salutations et leur bénédiction. Que Lavinia y reste un peu plus longtemps est une bonne chose. Elle reviendra bientôt. Par le prochain bateau. Comme tu le sais, Chandin, Lavinia n'a pas vu ses grands-parents depuis des années. Elle a rencontré des cousins dont plusieurs n'étaient que des bébés ou n'étaient même pas nés quand nous sommes venus nous installer ici...

Envahi par le chagrin, Chandin sentit qu'il devait dire quelque chose, ne fût-ce que pour vérifier s'il respirait encore.

— Et ses projets, alors ? lâcha-t-il d'une voix faible. Son projet d'entrer au séminaire. Y a-t-elle renoncé ?

— Pas du tout ! Son père lui a promis de lui garder la place... Après tout, elle sera la première femme à y étudier ! Elle reviendra par le prochain bateau. Les Terres humides la fascinent, vois-tu. Elle a une si nombreuse famille là-bas. Et il y fait si humide, si frais, si merveilleusement humide...

Les Thoroughly invitèrent régulièrement Chandin à dîner, mais celui-ci était incapable d'entrer dans leur maison sans en revenir sans cesse à Lavinia. Il était obsédé par la date de son retour et par l'intérêt qu'elle pourrait avoir à partager sa vie. Prétextant ses études et la préparation aux examens, il refusait presque toujours. Il passait beaucoup de temps seul, dans sa chambre ou à la bibliothèque. Malgré les affirmations des parents de Lavinia, il avait perdu tout espoir de revoir la jeune femme. Il continuait à manquer d'appétit. Il dormait mal, maigrissait, devenait maussade. Même sa démarche changea ; ses muscles s'affaissèrent, ses os semblaient fléchir sous le poids du désespoir. Son désir d'imiter le maintien assuré et puissant du révérend avait complètement disparu.

À peine un mois après leur retour, le révérend arriva un après-midi à l'improviste dans la chambre de Chandin, au foyer des étudiants. Dès que le jeune homme eut ouvert la porte, il sentit une résignation lasse s'installer au creux de son estomac.

— Viens faire un petit tour avec moi, mon fils. Les *kanganillas* sont en fleur. Les as-tu vues aujourd'hui ?

Dehors sur la pelouse, sous un soleil éclatant, Chandin demeura silencieux. « Bon, vas-y, pensa-t-il. J'attends. Je suis prêt. Je sais fort bien que tu ne m'as pas emmené ici pour admirer les fleurs. Alors, ça vient ? »

Mais la nouvelle lui donna un choc. Le révérend Thoroughly glissa la main dans la poche de sa veste et en sortit un mince papier plié en deux. Il le tint devant ses yeux comme pour vérifier son existence, mais sans le déplier. « Un télégramme de Lavinia », dit-il, et il le porta brièvement à ses lèvres. Chandin sentit son cœur battre de peur et d'excitation. Il aurait au moins voulu effleurer le papier des doigts, mais le pasteur l'avait déjà remis dans sa poche.

— C'est une nouvelle merveilleuse, tout simplement merveilleuse pour un père. Lavinia est amoureuse...

Le souffle coupé, Chandin s'arrêta net. Tout en sachant que c'était absurde, il sentit une étincelle d'espoir jaillir dans son cœur.

— ... et nous demande la permission de se marier. Notre petite fille, ta sœur, va se marier !

Le sang monta brusquement à la tête de Chandin, lui donna le vertige. Des larmes lui vinrent aux yeux. Il se détourna et regarda en direction de la lointaine vallée.

— Ah... fit-il.

— Fenton Thoroughly. Un garçon charmant ! Nous...

Chandin tressaillit.

— Thoroughly ?

— Oui. C'est mon neveu.

Sans prendre la peine de cacher sa déception, Chandin se tourna vers le révérend.

— Son cousin ! Elle est amoureuse de son cousin ? Je ne comprends pas. Et ses études, alors ? Je ne comprends pas. Son cousin, monsieur ?

Thoroughly regarda le ciel, puis les kanganillas et le bâtiment du séminaire. Essayant d'adopter le ton de quelqu'un qui se confie simplement à un ami de la famille, il reprit :

— Oui, Chandin, je savais que cela te surprendrait. En fait, ce n'est pas son vrai cousin. Mon frère a épousé une femme qui avait déjà été mariée et eu un enfant : Fenton. Mon frère a eu la bonté — tu es d'accord ? — de l'élever comme son propre fils, de lui donner son nom et tout ça... Tu vois donc que ce n'est pas un vrai parent. C'est un parfait gentleman, à tous les points de vue, et, plus tard, il héritera une assez grande propriété de son père naturel. Il étudie la médecine.

— Et il est amoureux de Lavinia ?

— Évidemment ! Nous leur avons donné notre bénédiction. Le mariage aura lieu dès que...

Il aurait tout aussi bien pu faire nuit. Au mot de *mariage*, l'univers de Chandin se mit à tournoyer, à s'assombrir comme si on venait d'éteindre le soleil. Couvert de sueur, il frissonna. À son propre étonnement, il déclara :

— Je voulais vous parler. À vous et à Mme Thoroughly. Moi aussi... je voudrais...

— Quoi donc, Chandin ?

— Moi aussi, je songe à me marier. Je voulais moi aussi vous en demander la permission.

— Toi ?

— Oui. Il est... il est temps pour moi aussi. Je voudrais épouser Sarah. Sarah, vous savez... Sarah.

Chandin n'avait qu'une idée : se réfugier dans le giron d'une femme, une femme de son milieu. Or, Sarah était le meilleur parti en vue.

— Sarah ? Eh bien, quelle surprise ! Je ne m'en étais pas aperçu... Sarah, hein ? Écoute-moi, mon fils, dois-je écrire à ses parents ou aller les voir en ton nom ? J'en reste... sans voix. Stupéfait. Ses parents seront ravis. Nous devons l'annoncer tout de suite à Mme Thoroughly. Viens vite.

Six semaines plus tard, Chandin et Sarah étaient mariés.

Maintenant, quand je repense à l'histoire que mémé qui fume des cigarettes avait commencé à me raconter en réponse à ma naïveté, je me rends compte que je connaissais Mlle Ramchandin depuis des années. J'ai souvent envie d'appeler mémé là-haut, au ciel — où je suis sûr qu'elle est, tout autant que je suis sûr que mémé qui cite la Bible n'y est pas — et de lui dire : « Tu avais raison, absolument raison. Chandin Ramchandin a existé. Mais cette histoire est encore bien plus longue et compliquée. » C'est comme si mémé m'avait présenté à Mala Ramchandin et que celle-ci m'ait confirmé son récit.

Après avoir passé quelques jours dans le fauteuil roulant, Mala Ramchandin a repris assez de forces pour marcher. Nous nous sommes promenés dans le jardin, moi la tenant par le coude. Ce qu'elle préférait, c'était être dehors, en plein air. Alors, elle s'animait, émettait ses cris d'oiseaux et d'insectes. Un jour, pendant notre flânerie, un jeune chat errant est passé en courant à côté de nous, un peu méfiant, mais curieux. La réaction de Mala Ramchandin a été des plus révélatrices. Tombant à genoux, elle a étendu le bras et miaulé comme un chaton. En réponse, le chat s'est approché de sa main. La vieille dame l'a pris dans ses bras, s'est relevée et a pressé l'animal contre sa poitrine. J'étais perplexe. Je me demandais si ce chat pouvait avoir été le sien et avait fini par la retrouver. Mala Ramchandin a appuyé sa joue contre la tête de la bête et, pour la première fois depuis son arrivée, a prononcé deux mots.

— Pohpoh, Pohpoh, a-t-elle murmuré tendrement à l'oreille de l'animal comme si elle l'appelait par son nom.

Quand j'ai voulu savoir si c'était son chat, elle a fermé les yeux.

— Pohpoh, Pohpoh, a-t-elle répété.

C'est un surnom affectueux qu'on donne souvent aux enfants, et je me suis dit qu'il pouvait aussi servir pour un chat.

La petite bête est entrée dans le pavillon, blottie dans les bras de Mala Ramchandin. Ce soir-là, j'ai demandé timidement à la directrice si nous pouvions la garder.

— C'est peut-être une bonne idée. Y a des souris à la cuisine, a-t-elle répondu en haussant les épaules.

Que Mala Ramchandin ait pu garder l'animal a été à la fois une bonne chose et une erreur. Une bonne chose parce que cela lui donnait une occupation, une erreur parce que j'ai appris plus tard qu'au moment où elle pressait son visage contre la petite boule de poils en murmurant « Pohpoh », ce n'était pas un chat qu'elle appelait.

Quand mémé en vint enfin à répondre à ma question, elle ne put tout me dire.

— Chandin Ramchandin a donc épousé cette Sarah et lui a fait deux enfants, deux filles, poursuivit-elle. Tu sais, mon petit Tyler, une chose en a amené une autre et, pour résumer, Chandin s'est mis avec sa fille aînée. Elle n'a jamais eu d'enfant de lui, mais ç'aurait pu arriver. Voilà. Ç'aurait très bien pu arriver ! Bon, si elle lui avait donné un enfant, cet enfant aurait été son...

À cet instant, nous entendîmes la porte d'entrée s'ouvrir. Mémé s'interrompit, éteignit sa cigarette, l'écrasa du pied et agita frénétiquement les bras pour dissiper la fumée. Elle se leva d'un bond et feignit de s'affairer. Maman venait de rentrer de son travail en ville, voyez-vous. Le brusque silence de mémé me fit comprendre que son histoire se terminait là parce que maman, sa fille, n'aurait pas aimé qu'elle racontât ce genre de chose à un petit garçon comme moi. Cependant, même incomplet, le récit de mémé était alarmant. L'insinuation que comportait sa fin resta gravée dans ma mémoire. Pendant des années, je m'interrogeai sur les sexes, sur les rôles sexuels qu'assument les gens et sur les règles qui les accompagnent. Après mûre réflexion, je finis par me rendre compte que je voulais quitter les rivages de Lantanacamara pour faire des études ailleurs, mais encore plus pour être en un lieu où ma « perversion », dont j'essayais de me débarrasser, passerait inaperçue ou serait sans importance aux yeux de gens que seuls étonneraient mon aspect et mes manières d'étranger. Je tentai de comprendre ce qui était normal et ce qui était pervers, qui en décidait et pourquoi. Dans une certaine mesure, le cas de Chandin Ramchandin m'embrouillait les idées, car je mis longtemps à faire la différence entre sa perversion et ce que les autres appelaient la mienne. Une peur instinctive m'empêcha de reparler de ce sujet avec mémé, et je constatai qu'elle l'évitait aussi.

Deux décennies au moins ont passé depuis lors, et mémé n'est plus de ce monde. Elle m'avait raconté en peu de mots ce qui avait été une longue histoire, mais qu'en savait-elle exactement ? Si elle vivait encore, elle et moi pourrions-nous reprendre et terminer cette conversation entamée sur l'escalier de derrière ? Maintenant que j'ai grandi et découvert ma véritable nature, celle-ci l'irriterait-elle comme du gros papier de verre frotté sur la peau ? Je me demande si, en tant qu'adultes, elle et moi pourrions avoir aujourd'hui le même entretien sans que des griefs y affleurent. J'imagine que le lien qui s'est créé entre Mala Ramchandin et moi répond à ces questions. Les rapports existant entre mémé, ma mémé fumeuse de cigarettes, et moi, son « petit-fils spécial », étaient particuliers, en ce sens que nous cachions tous deux des choses à ma mère, sa fille. Mala Ramchandin et moi avons nous aussi des points communs : nous avons trouvé notre propre voie et nous sommes forgé une armure contre le reste du monde.

Que dirait mémé si elle savait quelles circonstances m'ont permis de connaître l'histoire dans sa totalité ? Car il y a eu la singularité que je partageais avec Mala Ramchandin et ma proximité avec ce Ramchandin dont mémé avait entendu parler. La seconde découlant de la première.

Sarah donna naissance à son premier enfant dix mois après son mariage et fut à nouveau enceinte deux ans plus tard. Chandin pensait souvent à Lavinia ; cependant, son amour pour elle s'était aigri : en fait, il s'estimait trahi. Vis-à-vis de Sarah, il se comportait en mari peu empressé, mais il aimait observer ses filles, quoique de loin. Calme et assidu, il s'acquittait avec zèle de ses devoirs en tant qu'interprète et assistant du révérend. Pourtant, il se sentait souvent esclave tout à la fois de l'église et des Thoroughly, et incapable d'inverser le cours qu'avait pris sa vie le jour où le révérend s'était rendu à la maison de ses parents.

Même quand il apprit que Lavinia avait rompu ses fiançailles, une seule pensée, froide et cynique, vint à son esprit : « Je savais que cela arriverait ! J'aurais pu lui dire que cela ne durerait pas ! » Tant qu'elle resterait dans les Terres humides, il serait capable de réprimer son inextinguible désir et sa haine féroce, non pas pour elle, mais pour son pouvoir néfaste. Il avait néanmoins conscience qu'une crise risquait d'éclater si jamais il se retrouvait en face d'elle — en supposant qu'elle retournât un jour dans l'île de Lantanacamara.

Avant que ce jour vînt, les parents de Pohpoh ne se parlaient qu'en cas d'absolue nécessité. Sarah, dont le caractère réservé s'accordait mal avec des activités paroissiales, passait son temps à moudre des épices dans la cour, plus fraîche que la cuisine, à désherber le jardin une fois le soleil couché derrière la maison ou à faire la lessive.

Les rapports que Chandin entretenait avec les Thoroughly changèrent. Son corps céda peu à peu à sa nature intrinsèque. Il commença à se voûter, comme son père, ce qui se voyait d'autant plus qu'il avait cessé de se vêtir à la mode des Terres humides pour adopter une tenue de régisseur. Il se détacha peu à peu de la famille du pasteur, réaction que celle-ci s'abstint de commenter, mais sembla respecter et peut-être même accueillir avec soulagement. En public, toutefois, les Thoroughly se montraient plus chaleureux envers Chandin, sa femme et ses deux filles, Pohpoh et Asha, qu'envers les autres Indiens convertis, qu'ils traitaient tous comme leurs enfants.

Quand Chandin n'était pas au presbytère, en train d'étudier ou de traduire un sermon, ou dans la demeure du révérend, occupé à discuter de problèmes paroissiaux, on le trouvait dans sa propre maison, acquise grâce à un prêt du séminaire. Des années plus tôt, il avait rêvé d'une bâtisse en pierre et en mortier avec des pièces réservées à ceci ou à cela — bibliothèque, office, chambre d'amis — tout comme chez les Thoroughly. Mais il avait acheté un terrain bon marché dans une partie peu développée de Paradise appelée Hill Side et embauché deux hommes pour abattre, à l'exception d'un arbre, tout le bosquet de *mudars* qui y poussait. Utilisant ce bois solide, il les chargea de lui construire, sur le modèle des modestes habitations de la région, une maison d'un étage. Elle était montée sur pilotis. En haut, il y avait un salon, une vaste cuisine et deux chambres à coucher. La plus petite abritait les enfants, la plus grande les adultes. Des vérandas longeaient le devant et le derrière de l'étage supérieur, chacune pourvue d'un escalier menant au jardin. Entre les chambres à coucher, une porte donnait sur un escalier intérieur, seul accès à une sorte de débarras baptisé « lingerie » qui occupait un quart du rez-de-chaussée. Les trois autres quarts s'ouvraient à l'air libre. Quand il était chez lui, Chandin ne s'intéressait pas aux problèmes domestiques. On le voyait invariablement couché dans son hamac, se balançant sur la véranda de derrière, lisant jusqu'à la tombée de la nuit.

Les familles d'autres pasteurs, plus jeunes, qui se répandaient rapidement dans le pays, partaient régulièrement en excursions — qu'ils appelaient des « journées de retraite » — au bord de la mer ou dans des parcs de la ville pour y communier avec la nature de Dieu. La famille de Chandin entreprenait rarement de telles balades. Leur principale sortie, c'était l'église, le dimanche matin. Chandin avait perdu toute la verve qu'il possédait au temps où la possibilité de voir Lavinia constituait sa seule raison de vivre.

Puis un jour, sans même avertir ses parents, Lavinia revint. Soudain, tout changea. Chandin ne l'avait pas vue, il avait simplement appris son arrivée ; cependant, il se mit à montrer plus d'entrain. Il attira l'attention de ses filles, agréablement surprises, sur des papillons, des plantes en fleurs, un coucher de soleil orange et violet. Ses collègues remarquèrent qu'à présent il était toujours disposé à apprécier l'esprit et l'humour des autres.

Néanmoins, il n'osait se rendre chez les Thoroughly. Un après-midi, Sarah revint à la maison et dit qu'elle était allée saluer Lavinia. Celle-ci passerait les visiter dans la semaine. Chandin devint aussi excité qu'un enfant. Le lendemain, il rentra chez lui avec un modeste lustre et paya un artisan pour qu'il le lui accrochât dans le salon. Il en paya un autre pour qu'il donnât deux couches de badigeon aux murs délabrés. Il acheta un petit tapis d'importation pour la salle de séjour. Il ressortit de l'armoire ses chemises et ses pantalons blancs que Sarah dut blanchir, amidonner et repasser. Il s'offrit un coûteux canotier orné d'un mince ruban de velours. Selon le chapelier, ce couvre-chef en provenance des Terres humides était le dernier cri de la mode là-bas. Il commença à s'habiller de façon impeccable, à parler avec l'accent des Terres humides et à se pavaner comme les natifs de ce pays, qui semblaient susciter de nouveau son admiration.

Le jour de la visite prévue de Lavinia, il se réveilla beaucoup plus tôt que d'habitude. Après s'être plaint à Sarah d'un manque d'énergie, il décida de faire une promenade en haut de Hill Side. À son retour, les enfants étaient levées. Sarah préparait le petit déjeuner. D'excellente humeur, Chandin la complimenta sur le repas. Après avoir mangé, il desservit la table et, à la surprise de Sarah, balaya le salon et la cuisine, puis les vérandas et les escaliers. Dans la maison, il arrangea et réarrangea les meubles. Il alla sur la véranda de devant et rentra dans la pièce, imaginant ce qu'un visiteur verrait en premier. Il ressortit, regarda à l'intérieur et admira son lustre.

L'heure du déjeuner passa, et toujours aucun signe de Lavinia. Essayant de cacher sa nervosité, Chandin alla se balancer dans son hamac. Pensant à Sarah, il se sentit étrangement loin d'elle, comme si un voile épais était tombé entre eux. La peau de ses filles lui parut soudain trop foncée, leur façon de parler grossière. Il aurait voulu se distancier de sa femme et de ses enfants, mais il savait que c'était impossible.

Lavinia arriva à l'heure du thé. Elle parut sincèrement heureuse de le voir. Elle lui montra les cadeaux qu'elle avait apportés pour les enfants. Tout en appréciant sa générosité, Chandin fut troublé : Lavinia avait l'air d'accepter trop facilement son statut d'homme marié. Il sortit deux chaises de cuisine sur la véranda de devant et invita Lavinia à s'asseoir avec lui, tandis que sa femme faisait le thé. Quand son invitée fit mine de vouloir aider Sarah, il se hâta de dire :

— Elle a appris à préparer du bon thé. Laisse-la faire et viens t'asseoir avec moi. Raconte-moi tout ce qui s'est passé depuis notre dernière rencontre.

Posant son bras sur l'épaule de Lavinia, il la guida vers la véranda. À grands gestes ostensibles, il lui tapota le dos, espérant paraître simplement fraternel.

Quand Pohpoh et Asha, qui jouaient dans l'arrière-cour, se rendirent compte que la fameuse tante Lavinia était là, elles montèrent l'escalier en courant. Les entendant entrer avec des cris d'excitation, Lavinia se précipita vers elles. Avec tout ce remue-ménage, on finit par servir le thé à la cuisine, à la grande déception de Chandin. Quand Lavinia leur remit les cadeaux — des livres de comptines et des contes populaires des Terres humides —, les fillettes lui demandèrent de leur en lire quelques-uns tout de suite. Un lien se forma aussitôt entre elles.

Lavinia était tellement absorbée par les enfants que Chandin, empêché de bavarder tranquillement avec elle en tête à tête, se sentit de nouveau rejeté. Debout sur la véranda de derrière, il la regarda d'un air maussade faire le tour du jardin, guidée par les enfants ravies. Sarah marchait à leur côté, riant de leur enthousiasme. À la fin de la visite, Chandin ressentait déjà le chagrin familier que lui causait l'éternelle inaccessibilité de Lavinia.

À son grand soulagement, Lavinia et Sarah renouèrent leurs liens d'amitié, et Lavinia vint souvent à la maison. Les heures qui s'écoulaient entre ses visites semblaient interminables et pleines de tension. Pour écourter leur attente, Asha ou Pohpoh demandaient parfois à Lavinia de les accompagner en excursion, à la plage ou au bord de la rivière. À ces occasions-là, ses parents se détendaient, remarqua Pohpoh. Bientôt Chandin s'enhardit, proposa des sorties qu'il savait être intéressantes pour l'aventureuse Lavinia. Celle-ci ne déclinait jamais une offre. Quand Sarah commença à l'inviter elle-même, Chandin bouda.

Un soir, Pohpoh l'entendit crier :

— Elle et moi, on s'est connus bien avant mon mariage avec toi. Avant de vraiment te connaître, je voulais l'épouser. Votre intimité m'est donc très désagréable.

— Mais elle et toi, c'était comme frère et sœur. T'aurais pas pu la marier, répondit Sarah.

— C'est absurde ! Tu sais parfaitement que ce n'est pas ma sœur. Ah, et puis autre chose : c'est comme ça que tu parles à Lavinia ?

— Qu'est-ce que tu veux dire ?

— Pourquoi ne parles-tu pas le langage qu'on t'a appris à l'école ? Qu'une femme éduquée, épouse d'un homme comme moi, refuse d'employer son savoir est lamentable. Ça fait mauvaise impression. Je me demande ce que peut bien en penser Lavinia.

— Si elle te plaît toujours, pourquoi t'as pas attendu qu'elle revient de l'étranger pour l'épouser ? Toi et moi, on est mariés maintenant. Demande-lui si tu l'intéresses encore. Demande-lui. D'ailleurs, elle s'offusque jamais de ma façon de parler. Y a que toi qu'arrêtes pas de me corriger.

Les samedis, quand Chandin passait toute la journée avec le révérend Thoroughly à discuter des problèmes de l'école et de la paroisse, Lavinia venait à la maison des Ramchandin dans son boghei. Parfois, elle arrivait, ses longs cheveux dorés tout ébouriffés et emmêlés par le vent, portant un panier rempli de bonbons et de pots-pourris odorants — cadeaux de ses grands-mères des Terres humides. Parfois, elle apparaissait, les cheveux négligemment rassemblés en un chignon, des mèches tombant sur son visage souriant, avec le gramophone qu'elle avait rapporté de son pays natal. Toute la journée, elle passait des disques. Riant et balbutiant de joie, les enfants dansaient et folâtraient au salon.

Lavinia aimait l'aspect sauvage, fantaisiste, du jardin de Sarah, si différent de celui de sa mère avec ses parterres bien ordonnés, aux couleurs assorties. Les ongles encore noirs de terre fraîche, elle apportait des boutures ou des plantes entières arrachées des plates-bandes de Mme Thoroughly. Elle apportait aussi des *ixoras* couleur feu pour

Sarah, et, un jour mémorable, elle vint avec deux cactées, l'une pour Pohpoh, l'autre pour Asha. C'étaient des cereus, dit-elle, prononçant leur nom latin comme celui de l'étoile brillante et floue — une plante grasse grimpante, aux feuilles et à la tige déchiquetées, qui ne serait belle qu'à la floraison.

— Une fois l'an, dit-elle, les fleurs vous offriront leur exquise élégance pour une seule et précieuse nuit.

Elle emporta les cereus dans la cour et elle choisit solennellement le meilleur endroit pour les planter. Un gros escargot bulbeux, dans les tons beige et doré, était prisonnier de leurs racines. Pohpoh en réclama la coquille : elle la voulait comme ornement. Tante Lavinia l'empêcha d'arracher le mollusque vivant de sa maison, la pressant d'attendre qu'il meure et abandonne de lui-même son abri.

— Tuer un escargot porte malheur, ma chérie, déclara-t-elle en plissant les yeux et en hochant la tête. Et maintenant, je vais te confier un petit secret. Si tu protèges un escargot vivant, à sa mort il se souviendra de toi. Comme la majorité de ce qui vit dans la nature, l'escargot a une excellente mémoire. Après sa mort, son âme, qui est invisible, veut retrouver sa vieille maison. Entre-temps, il, ou elle, aura grandi et forci. Il volera au-dessus de son ancien domaine et te protégera... à condition que tu l'aies protégé, toi ! Attends de trouver des coquilles qui se sont vidées naturellement, mon chou. Ensuite, voilà ce que tu fais : tu les alignes pour que les âmes flottantes des escargots qui les occupaient autrefois puissent les repérer facilement. Tu les presses dans la terre — autour d'une plate-bande, par exemple — ou bien tu les disposes en un joli motif. Alors toi, ma douce Pohpoh, ta maman, Asha et tous ceux que tu aimes bénéficierez de la protection des forces bienveillantes de l'univers.

Tante Lavinia lui fit un clin d'œil. Amusée par cette idée, Pohpoh eut un petit rire. Sarah secoua la tête en souriant ; elle aussi aimait les histoires que Lavinia semblait capable d'inventer sur-le-champ.

— Tu verras, poursuivit tante Lavinia, heureuse de l'effet produit, il faut juste un peu de patience. Tu auras ta collection. Mais je vais te dire autre chose : les coquilles fraîches peuvent dégager une odeur très désagréable, écœurante, surtout si tu en as une grande quantité. Avant de les garder comme décoration, tu dois les faire bouillir. Dans une grande casserole et pendant longtemps, jusqu'à ce que l'eau se soit presque entièrement évaporée. Ah, et puis autre chose : tu dois y mettre du sel, beaucoup de sel... C'est indispensable.

Pendant la semaine, Sarah et Lavinia se rendaient dans d'autres villes, ou au marché, en cabriolet. Pohpoh et Asha aimaient ces sorties. Elles s'arrêtaient pour faire de la balançoire dans le parc de l'El Dorado et y goûter. Tante Lavinia leur achetait toujours des pendentifs et des amulettes pour leurs cheveux. Elle menait le boghei elle-même. À l'insu de Chandin, elle en apprenait la manœuvre à Sarah, mais, prudente, celle-ci ne prenait les rênes qu'une fois hors du village, dans les plantations de canne à sucre, loin des yeux des commères. Chandin admirait en Lavinia des qualités qui lui auraient fait honte chez sa femme. Sarah conduisait entre deux villes jusqu'à ce que tante Lavinia lui crie de s'arrêter. Cette dernière grimpait alors sur le siège du boghei ou sautait sur le chemin de terre sans se soucier du sol boueux ou plein d'ornières. Elle sortait son Eastman Brownie et prenait des photos. Avant de rentrer à Paradise, elle reprenait les rênes.

Tante Lavinia continuait à venir les voir, mais les excursions du samedi à la ville et au marché cessèrent peu à peu. Les enfants eurent l'impression que leur maman et tante Lavinia préféraient rester à la maison. Quand elles la quittaient, elles se cantonnaient dans l'arrière-cour. Il y avait une photo de maman adossée contre l'évier de la cuisine, face à l'appareil. Peut-être était-ce cette photo qui, plus tard, fit croire à Pohpoh que tante Lavinia se tenait aux côtés de maman : elle avait en effet le souvenir indélébile des deux femmes debout devant l'étroit évier, hanche contre hanche. Gravée dans l'esprit de Pohpoh, cette image était renforcée par le souvenir de maman essayant de les envoyer jouer dehors comme si on leur cachait quelque chose. Elle se rappelait vaguement avoir quitté la cuisine, être descendue bruyamment par l'escalier de derrière, puis les avoir surprises en retournant doucement chercher des bonbons. Elle avait remonté les marches à pas de loup et écouté à la porte de la cuisine. C'était frustrant : maman et tante Lavinia avaient pris l'habitude de parler à voix basse, en courtes phrases. Elles semblaient communiquer davantage par de longs regards qu'avec des mots.

Pohpoh sentit son cœur bondir dans sa poitrine en voyant tante Lavinia serrer la taille de maman du bout des doigts. À cet instant, elle comprit quelque chose, mais, à part l'image fugitive du visage de son père qui s'imposa à son esprit, elle n'aurait su comment décrire sa découverte. Elle regarda de nouveau, essayant de ne pas poser les yeux trop longtemps sur les doigts de tante Lavinia. Celle-ci ôta sa main et s'approcha de Pohpoh. Sentant qu'elle avait été découverte en train de les épier et craignant les conséquences de sa conduite, la fillette se figea. Tante Lavinia s'accroupit devant elle et lui prit le visage entre les mains. Pohpoh perçut une odeur de lavande et se rappela les petits paquets de pot-pourri.

— Pohpoh, ta maman est ma meilleure amie, dit Lavinia d'une voix douce. Tu as une maman tout à fait exceptionnelle. Asha et toi, vous êtes tout à fait exceptionnelles, vous aussi. Vous êtes les meilleures enfants que j'aie jamais connues. J'aurais voulu que vous soyez mes filles. Je vous aime beaucoup toutes les trois.

Pohpoh fut incapable de répondre ; cependant, à partir de ce jour-là, elle passa toute la durée des visites de tante Lavinia à guetter anxieusement son père. Quand maman et tante Lavinia ne semblaient pas l'entendre rentrer, Pohpoh montait bruyamment l'escalier et faisait irruption dans la chambre où elles se trouvaient. Au début, tante Lavinia attendait le retour de Chandin et ne partait qu'après avoir, pour la forme, échangé quelques mots avec lui. Puis, quand il commença à se plaindre à Sarah que Lavinia ne s'intéressait plus à lui, même en tant que frère, celle-ci se mit à quitter la maison avant son arrivée.

Chandin consacra les vacances scolaires à voyager dans toute l'île avec le révérend Thoroughly. Vêtu d'une chemise, d'un pantalon et d'un chapeau blancs — comme le pasteur —, il prêchait l'Évangile et convertissait les ouvriers agricoles au christianisme. Tante Lavinia et Sarah passèrent la plupart de ces journées dans la lingerie. Elles n'essayaient même plus de cacher leur intimité à Pohpoh et à Asha. Maintenant, les fillettes se réveillaient de bonne heure, impatientes de voir tante Lavinia. Celle-ci continuait à jouer avec elles et à les poursuivre dans la cour. Elle tressait des fleurs, des graines et des plumes dans leurs cheveux, confectionnait des guirlandes toutes tintinnabulantes de coquilles vides d'escargots qu'elle avait fait bouillir pour dissiper leur odeur fétide. Après une nuit pluvieuse, quand le sol d'argile était détrempé, elle disposait sur le banc près de la lingerie des poignées de terre collante et leur apprenait à modeler de petits paniers, puis à les garnir d'œufs d'argile.

Même le dos tourné, Pohpoh savait où se trouvaient maman et tante Lavinia. Elles chuchotaient et riaient sous le mudar, ou en bas, dans la lingerie, assises sur le canapé-lit. Penchée en arrière, maman se prélassait dans les bras de tante Lavinia qui lui tressait les cheveux ou encore, debout derrière elle, l'enlaçait d'un geste protecteur. Un jour, les voyant face à face, Pohpoh détourna la tête. Elle les sentit s'approcher l'une de l'autre et s'étreindre. Elle les imagina en train de s'embrasser. Elle imagina papa les surprenant en train de s'embrasser.

Un jour, pendant les vacances, papa loua un cabriolet avec conducteur pour emmener sa famille et tante Lavinia à la mer. Tante Lavinia et maman s'assirent d'un côté de la voiture, papa, Pohpoh et Asha en face d'elles. Pohpoh discerna une dureté inhabituelle dans le visage de papa. Secouée par les cahots, elle se plaça en titubant entre maman et Lavinia. Appuyée contre tante Lavinia, elle lui prit les mains et les anima, jouant un jeu après l'autre. Étendue sur le siège vacant, Asha s'endormit. Maman contemplait en silence les champs et les maisons disséminées dans la campagne. Alors que les minutes s'écoulaient lentement, Pohpoh s'aperçut que papa regardait maman comme s'il la voyait pour la première fois.

Maman et tante Lavinia refusèrent de se baigner. Elles se promenèrent sur la plage, tandis que papa s'asseyait dans l'eau. Pohpoh s'accrochait à son dos, essayant vainement de le distraire. Asha était installée sur ses jambes étendues. Les vagues le faisaient vaciller, mais il gardait les yeux fixés sur maman et tante Lavinia. Les enfants bavardaient inlassablement sans qu'il semblât entendre leur babillage.

Après la baignade des petites, tante Lavinia sortit son appareil. Elle prit une photo de maman et de papa, puis plusieurs autres : Pohpoh avec maman, Asha avec maman, maman seule, maman avec les deux enfants. Pohpoh demanda la permission d'en prendre une de maman, papa et tante Lavinia ensemble, au bord de l'eau. Attrapant au vol l'idée de Pohpoh, papa, comme par jeu, arracha l'appareil à Lavinia et ordonna à ses filles de s'écarter. Il regarda par le viseur. Malgré les rires et les plaisanteries, il ne manqua pas de voir Lavinia se placer derrière maman et maman se presser contre elle. Il vit les mains de Lavinia serrer tendrement la taille de maman. Il vit tout cela parce que, ce jour-là, il avait décidé de le voir. Et Pohpoh le regarda regarder.

Sur le chemin du retour, personne ne parla. Bien que

fatiguée par le bain, les vagues, la brise salée et les jeux sur la plage, Pohpoh s'efforça de rester éveillée pendant tout le trajet. Sans le bruit du cabriolet écrasant les pierres et la terre sèche, sans le martèlement régulier des sabots des chevaux, le silence dans la voiture eût été assourdissant.

Cette nuit-là, une fois la lumière éteinte, Pohpoh resta couchée dans son lit à contempler le jambosier qui se dressait devant sa fenêtre ouverte. Elle tendit l'oreille, mais seul un murmure confus lui parvint de la chambre de ses parents. Puis, brusquement, ce fut le silence.

Le lendemain matin, Pohpoh se réveilla en sursaut, furieuse contre elle-même de s'être endormie. Elle craignit d'avoir manqué les conséquences de la découverte de son père, mais celui-ci était déjà parti à l'école. Seul signe d'un quelconque changement : maman ne cessa de cligner des paupières jusqu'à l'arrivée de tante Lavinia. Elle envoya les petites jouer dehors. Tante Lavinia et elle se mirent à parler en phrases hachées et à voix basse. Pohpoh feignit de bouder pour qu'Asha la laissât tranquille et jouât toute seule, puis elle s'assit sur l'escalier de derrière et, l'oreille tendue, fit semblant de gratter de l'ongle le bois des marches. Comme d'habitude, tante Lavinia parlait beaucoup plus distinctement que maman. Bien qu'elle fût incapable de saisir la conversation dans son entier, les bribes qu'elle en perçut suffirent à lui faire tout comprendre.

— Nous n'avons pas le choix : il faut que nous prenions une décision. (Il y eut une pause, puis tante Lavinia poursuivit :) Ne t'inquiète pas pour ça, je t'en prie. Je savais que je devrais y faire face un jour ou l'autre. Il semble que ce jour-là soit arrivé.

Pohpoh se rendit compte que sa mère répondait, mais elle ne distingua pas ses paroles.

— Je leur laisserai un mot qui leur expliquera en partie les choses. Plus tard, quand nous serons là-bas, je leur enverrai une lettre plus détaillée. Mais jamais ils ne l'accepteront. S'ils l'apprenaient avant, ils nous sépareraient aussitôt. Écoute-moi, Sarah : c'est maintenant ou jamais. Or, pour moi, la vie perdrait tout sens si je ne pouvais te voir tous les jours.

Une autre pause. Pohpoh entendit à peine la réponse de maman.

— Elles font partie de notre vie. Moi aussi, je voudrais qu'elles soient avec nous. *Jamais* nous ne nous séparerons d'elles. Je te le promets.

Maman fit entendre un autre murmure inintelligible.

— En effet, ma chérie, mais j'ai accès à mon héritage maintenant. Quel meilleur usage pourrais-je en faire que de vous emmener, toi *et* les enfants, dans un endroit où nous pourrons vivre comme une famille, où nous ne serons jamais séparées ? Ah, ne crains rien, Sarah, ma chérie. Mais dis-moi une chose : est-ce cela que tu souhaites ou devons-nous arrêter tout ça immédiatement ?

Cette fois, Pohpoh entendit sa mère répondre :

— Oui, oui, bien sûr. Si les petites nous accompagnent, je veux partir très loin avec toi, dans un endroit où nous pourrons être ensemble.

— Dans ce cas, j'achèterai les billets. Et j'organiserai tout le reste. Dans quelques jours, nous serons réunies. Nous pourrons dormir dans les bras l'une de l'autre, et...

Ce jour-là, maman ne raccompagna pas tante Lavinia au portail, comme elle le faisait d'habitude. Soudain, Pohpoh se sentit extraordinairement adulte. Mais elle avait aussi les jambes molles ; la tête lui tournait à la pensée qu'elle, sa sœur et maman allaient partir — dans quel pays ? — sans papa. Bien qu'elle n'eût aucune envie de le lui révéler, elle savait qu'elle détenait un terrifiant secret.

Les jours suivants, Pohpoh frissonna, même au soleil, tandis qu'Asha, ignorante des événements, transpirait. Évitant sa sœur, elle se mit à rassembler des choses dans son petit sac à main : des graines et des coquilles du jardin. Elle coupa soigneusement une feuille de cereus. Celui-ci poussait bien, mais il n'avait pas encore fleuri. Elle tenait à voir un jour le magnifique spectacle que tante Lavinia avait décrit avec tant d'enthousiasme. Quand la sève blanche cessa de couler comme du sang de la partie sectionnée, elle enveloppa le bout de plante dans un mouchoir, un autre cadeau de tante Lavinia, et l'enfouit dans son sac.

Tante Lavinia ne se montra pas les jours suivants. Maman et papa évitaient de se regarder, mais même papa remarqua l'affairement de maman, ses efforts pour préparer les repas à l'heure, pour nettoyer et ranger la maison.

Puis ce fut le grand jour. La matinée était fraîche. Il avait plu toute la nuit. Des insectes crissaient. Très vite, Pohpoh vit à certains signes que tante Lavinia allait venir. Une fois papa parti, maman mit des vêtements qu'elle aurait pu porter à une fête paroissiale. Elle tint absolument à habiller Pohpoh et Asha, bien que les deux filles fussent capables de se débrouiller toutes seules. Quand maman fit glisser les robes neuves du cintre, Pohpoh comprit que celles-ci avaient été choisies depuis longtemps : repassées, pendues dans l'armoire d'où l'on pouvait les sortir facilement. Maman leur fit mettre leurs belles chaussures et leurs chaussettes neuves. Son attitude était si pressante qu'aucune des fillettes ne protesta ou ne posa de questions. Pohpoh se demanda si Asha comprenait elle aussi ce qui se passait, car, pour une fois, sa cadette se montrait très docile.

Tante Lavinia arriva avant la fin du petit déjeuner. Les enfants s'étonnèrent, mais maman ne parut nullement surprise. Pourtant, Lavinia était entrée par le portail de derrière, accès qu'on utilisait si peu qu'il était recouvert de ronces. Pas plus que maman ne sembla se demander pourquoi elle avait amené le boghei dans l'arrière-cour au lieu de le garer devant la maison, comme d'habitude. Pohpoh remarqua que, malgré le grand soleil qui avait suivi la longue pluie nocturne, tante Lavinia avait monté la capote de la voiture. Elle s'aperçut aussi que maman et tante Lavinia se regardaient d'un air solennel, tendu.

Puis, d'une voix pressante, tante Lavinia dit à maman :

— Il est déjà parti avec mon père, mais je ne sais combien de temps durera leur absence. Nous ferions bien de nous dépêcher.

Au lieu de bouger, maman leva les mains comme si elle hésitait. Tante Lavinia s'approcha d'elle. Aussitôt, maman recula.

— T'as pu acheter tous les billets ? Le bateau, il part aujourd'hui même ? T'as vu comme il a plu cette nuit ? Ça ne va pas retarder le départ, hein, Lavinia ? Y aura pas d'autre bateau pendant des mois, hein ?

Se mordant la lèvre, tante Lavinia resta debout, immobile. Puis, d'une voix calme mais ferme, elle dit :

— C'est le dernier bateau avant la saison des pluies. Mais nous devons absolument nous dépêcher, ma chérie.

Maman parut se réveiller. Elle commença à débarrasser la table.

— Est-ce que les bagages sont dans la lingerie ? demanda tante Lavinia.

Maman acquiesça d'un signe de tête. Tante Lavinia descendit précipitamment et se mit à monter des cartons et des malles dans le salon. De là, elle les descendit par l'escalier de derrière jusqu'au boghei. Ses chaussures grinçaient à chaque pas qu'elle faisait sur la terre mouillée. Les insectes continuaient leur vacarme.

Pohpoh observait la scène de loin. Sur le cabriolet, il y avait déjà deux malles attachées avec d'épaisses courroies de cuir. Elle se demanda où tante Lavinia puisait une telle force. Asha suivit tante Lavinia au bas de l'étroit escalier, dans la lingerie. Pohpoh l'entendit poser des questions : « C'est pour quoi faire, ça ? Et ça ? » Pour la première fois, tante Lavinia était trop préoccupée pour répondre avec attention. Elle avait une voix sévère, étrangement brusque. Aussi les questions, bêtes et futiles, reprenaientelles de plus belle, comme si ce n'était pas de réponses dont Asha avait besoin. Debout dans l'embrasure de la porte, entre la véranda et la cuisine, Pohpoh regarda maman fermer les fenêtres et ôter des photos du mur. Puis tante Lavinia remonta l'escalier. Il était temps, dit-elle ; si elles voulaient attraper le bateau, elles devaient partir immédiatement.

C'est alors seulement que maman, les chapeaux de velours des enfants à la main, attira Asha et Pohpoh vers elle, se baissa pour les fixer dans les yeux et se mit à chuchoter comme s'il y avait quelqu'un d'autre dans la pièce, quelqu'un qui ne devait pas l'entendre.

— Nous allons faire un grand voyage. Avec tante Lavinia, en bateau. Nous partons pour longtemps. Papa ne le sait pas. C'est une surprise. J'ai emballé vos affaires. Toutes vos affaires.

Elle plaça un chapeau sur la tête de chacune des enfants. Se mordant la lèvre et clignant des paupières, elle tira fermement sur les rubans et les noua, d'abord sous le menton d'Asha, ensuite sous celui de Pohpoh.

— Et maintenant, vous montez en voiture, tranquillement, comme des braves petites filles, et vous restez assises, sans dire un mot, jusqu'à nous sommes loin. C'est clair ? Bon, en route ! Tante Lavinia va descendre avec vous.

D'un geste protecteur, tante Lavinia plaça ses mains sur leurs épaules et les conduisit au bas de l'escalier. Là, elles attendiront maman. Le soleil était soudain sorti de derrière les nuages ; sur les arbres et les buissons les feuilles mouillées étincelaient. Debout sur la véranda, maman jeta un regard circulaire sur la cour, puis, prenant une profonde inspiration, elle dévala les marches.

Juste au moment où elles montaient dans le boghei, Pohpoh se rappela le sac à main contenant les graines, les coquilles et la bouture de cereus.

— Mon sac ! Mon sac ! Faut que j'aille le chercher !

Elle courut vers la maison en criant. Maman et tante

Lavinia essayèrent de l'attraper, mais elle gravissait déjà l'escalier de derrière. Tante Lavinia s'élança à sa poursuite ; soudain, elle s'immobilisa. Pohpoh s'arrêta, elle aussi. Un bruit de pas.

— Viens, Pohpoh, viens ici immédiatement ! ordonna tante Lavinia en un murmure pressant.

Pohpoh se figea de terreur. Son père était rentré. Ne se doutant de rien, il avait monté l'escalier de devant et franchi la véranda. Il avait déjà ouvert la porte d'entrée et, traversant le salon, s'avançait vers elle.

Pohpoh resta clouée sur place, le souffle coupé ; tout s'obscurcit autour d'elle. Elle vit son père hésiter. La position de sa tête et la torsion soudaine de son corps lui révélèrent qu'il avait remarqué les photos manquantes au mur, les rideaux fermés, la propreté inaccoutumée de la maison. Elle imagina ce qu'il voyait : des objets rangés ou disparus. Elle l'entendit se diriger d'un pas incertain vers la chambre à coucher qu'il partageait avec maman.

Tante Lavinia ne murmurait plus.

— Pohpoh ! Pohpoh ! appela-t-elle, impérieuse.

Elle essayait d'attraper la main de Pohpoh quand elle entendit Chandin crier :

— Sarah !

Son ton nerveux la fit reculer. D'une voix méconnaissable, il cria de nouveau.

Traversant en trombe la cuisine, il sortit sur la véranda de derrière. Tante Lavinia se hâta de descendre les marches à reculons. Chandin vit Pohpoh, il passa à côté d'elle en courant. Elle se tourna pour le regarder, mais le soleil tapait sur le bord déchiqueté du toit de tôle, le faisant étinceler comme une étoile aveuglante. Elle entendit son père dévaler les marches, deux, trois à la fois. Elle entendit tout le monde crier en même temps. Elle entendit son père hurler, sa mère hurler, la voix de tante Lavinia, soudain basse et rauque, crier son nom et celui d'Asha. Elle entendit

Asha crier. Ce fut elle qu'elle entendit le plus distinctement.

— Non ! Non ! Non ! Pohpoh ! Pohpoh ! Je veux Pohpoh. Non ! Je veux Pohpoh.

Puis elle entendit le boghei traverser rapidement la cour. Couchée dans une flaque, sur le sol de la véranda, le nez contre les planches humides, elle essayait de se fermer à tout ce vacarme. Elle se couvrit les yeux des deux mains.

Des heures semblaient avoir passé quand son père tira Asha, secouée de sanglots sans larmes, en haut de l'escalier. Vêtu de sa tenue des Terres humides, il resta immobile sur la véranda jusqu'à ce que le bruit du cheval et du cabriolet se fût complètement éteint. Ensuite, il se mit à donner des coups de pied dans la balustrade, d'abord du droit, puis du gauche. Il entra en boitant dans la maison. Désemparées, terrifiées, les deux enfants se blottirent l'une contre l'autre sur le plancher de la galerie. Leur père paraissait avoir oublié leur présence. Elles le regardèrent balayer le comptoir de la cuisine du revers de la main ; des casseroles, des poêles et des couverts s'écrasèrent par terre. Asha se mit à pleurer convulsivement, en silence. La main devant la bouche, Pohpoh retenait sa respiration. Rien ne lui échappait. Des assiettes, des tasses et des verres se fracassèrent sur le sol de la cuisine. Son père courait d'une pièce à l'autre, brisant les décorations. Asha et Pohpoh ne le quittaient pas un seul instant des yeux et suivaient tous ses mouvements. Il se précipita dans sa chambre, donnant des coups de pied et de poing dans les murs. Les fillettes l'entendirent ouvrir violemment les tiroirs de l'armoire. Pohpoh savait qu'il ne voyait que du vide. Il revint en trombe dans la cuisine, tenant une boîte en fer-blanc qu'il posa brutalement sur la table. Il fouilla dans les photos qu'elle contenait, en jeta certaines par terre. Pleurant et émettant d'étranges grognements, il froissa celles représentant sa femme ou Lavinia et cracha dessus. Ses sanglots firent redoubler ceux des enfants.

Entièrement absorbé par sa tâche, il ne vit pas Pohpoh se glisser sur la pointe des pieds dans sa chambre. Là, elle se dirigea droit vers sa bible posée sur la table où Asha et elle faisaient leurs devoirs. Elle secoua le livre, une photo en tomba. Son cœur battit la chamade. C'était celle de tante Lavinia et maman que son père avait prise sur la plage, peu de temps auparavant. Elle la glissa dans sa poche et, retenant son souffle, retourna sur la véranda.

La peau et les cheveux trempés de sueur, vacillant comme un ivrogne, son père jeta les photos froissées dans l'évier, gratta une allumette sur le rebord de la fenêtre et la laissa tomber dans la cuvette. Les flammes se transformèrent bientôt en un petit brasier orange et bleu. Une fumée noire s'éleva, des particules de cendre noire s'éparpillèrent dans toute la cuisine.

L'histoire de la femme de Chandin Ramchandin et de la fille des Thoroughly se répandit dans toute l'île avec la rapidité d'un incendie de forêt et aussi silencieusement que les ondes d'un bassin de décantation de sucre. Tous les soirs, les villageois prenaient le frais à l'ombre de leur arbre préféré, parlaient de leurs problèmes et échangeaient quelques ragots. Cependant, ce n'était pas là qu'on discutait du scandale. Plus de la moitié des ouvriers agricoles de l'île avaient embrassé la foi du révérend Thoroughly et aucun d'eux ne voulait être vu ou entendu en train de participer à des commérages où l'on mentionnait le nom du pasteur. Mais, quand l'une de ces personnes en rencontrait une autre, elle baissait la voix et, la main en coupe au coin des lèvres, ne se privait pas de jaser.

— Z'avez entendu l'histoire de...

La phrase restait en suspens. Un léger mouvement de la tête en direction de l'église suffisait.

— Et les gosses ?

— Y les garde, bien sûr.

— Mmm. Paraît qu'y s'est mis à boire.

Et les bavards de ressentir aussitôt des remords, car ils avaient l'impression non pas de juger les Ramchandin ou Lavinia, mais plutôt leur pasteur, leur église et leur Dieu.

Chandin Ramchandin ne remit jamais les pieds à l'école ou à l'église. Mortifiés par la conduite de leur fille autrefois chérie et de Sarah, les Thoroughly coupèrent tout lien avec lui. Il entoura sa maison d'une clôture grossière en treillis métallique. Il restait à l'intérieur, en un point équidistant de la porte de derrière et de celle de devant, car il s'attendait à ce que l'une des deux femmes, ou les deux, revienne pour s'emparer des enfants.

Il ne quittait pas ses filles des yeux. Il montait la garde quand elles prenaient leur douche, en plein air. Il les attendait non loin des latrines. Pendant les premières semaines qui suivirent l'effondrement de son univers, il dormit dans son lit, une enfant de chaque côté.

Une nuit, le dos tourné à Asha, dans un sommeil agité plein de cauchemars, il prit Pohpoh pour Sarah. Il l'enlaça et se mit à la caresser lentement. Pohpoh ouvrit les yeux. Effrayée, surprise par cet étrange attouchement, elle retint sa respiration. Feignant de dormir, elle essaya de se soustraire à ce contact. Soudain, se réveillant tout à fait, son père se dressa dans le lit. Puis il s'affala de tout son poids sur elle et lui plaqua la main sur la bouche. Ouvrant les yeux, Pohpoh le regarda, terrifiée. De la sueur couvrait sa figure et son cou, dégoulinait sur elle. L'air sombre, haletant comme un chien fou, il lui cloua les mains sur le lit et la força à écarter les jambes.

C'est ainsi que ça commença. Le soir suivant, il envoya les enfants se coucher dans leur propre chambre, mais toutes deux ne tardèrent pas à comprendre qu'il en appellerait toujours une pour passer au moins une partie de la nuit avec lui.

Des ombres aux contours flous dansaient sur le mur : un chien aux oreilles tombantes qui ouvrait et fermait la gueule dans le plus grand silence ; un lapin aux longues oreilles ; un papillon qui montait sur le fond blanc, battant gracieusement des ailes, et se transformait en une tête de girafe plantée sur un cou interminable.

Tard le soir, longtemps après avoir terminé leurs tâches ménagères et leurs devoirs, les petites ne trouvaient pas le sommeil. La flamme d'une lampe à pétrole vacillait dans la brise qui entrait par la fenêtre. Trop fatiguées pour rester assises à leur table de travail, mais trop effrayées et tendues pour dormir, Pohpoh et Asha reposaient ensemble dans le lit étroit, près du mur. Des grillons stridulaient dans la cour. La voix de leur père, assis au salon, traversait la porte de leur chambre à coucher. Il marmonnait les paroles d'hymnes religieux. De temps à autre, il tenait à voix basse des conversations animées avec lui-même ; parfois il pleurait, suppliait ou jurait avec violence.

Asha s'était blottie contre la poitrine de Pohpoh, entre ses bras magiques, élégants, qui faisaient danser toutes sortes d'animaux. Elle l'étreignait de ses petits poings serrés. Dans la chaleur confortable et protectrice de Pohpoh, elle finit par se détendre. À l'apparition de chaque nouvelle bête, ses yeux brillaient, ses sourcils s'arquaient, un sourire s'épanouissait sur ses lèvres. Par amour pour sa petite sœur, Pohpoh plaquait un sourire contraint sur son visage, mais son regard sombre et solennel trahissait sa peur de l'inévitable déchirement nocturne de son corps. Tout en bougeant les mains pour calmer et distraire Asha, elle écoutait les craquements du fauteuil, dehors, dans le salon. Si seulement il pouvait s'endormir là, si seulement il devenait incapable de bouger, abruti par tant d'alcool...

Le fauteuil du salon gémit. Les hymnes, les marmonnements s'interrompirent. Le sourire d'Asha s'évanouit. La petite fille ferma les yeux et cacha son visage dans la poitrine de sa sœur. Ses menottes attrapèrent les bras de Pohpoh, elle serra les poings. Pohpoh trouva agréable de sentir sa peau ainsi pincée. Elle tira Asha vers elle, la pressa très fort contre sa poitrine, essayant de la sauver en la faisant disparaître.

— Asha ! cria-t-il depuis le salon. Asha !

Comme exposée, nue, à un vent glacial, la petite fille se mit à trembler. Pohpoh lui plaqua la main sur la bouche.

— Reste ici ! ordonna-t-elle. Ne bouge pas. J'irai, moi. Chuut ! L'est trop soûl. Y remarquera même pas la différence. Toi, tu dors. Tu fermes les yeux et tu dors, ma petite Asha. Il t'arrivera rien, je te le promets.

Pohpoh se libéra de l'étreinte d'Asha et sortit. Comme si de rien n'était.

Le jardinier se nommait John Hector. La directrice l'appelait John, le personnel Hector. Certains des pensionnaires et moi-même l'appelions « monsieur Hector ». Pour tous les autres, il était « mon gars ». Je continuais à l'intriguer. Si je passais à côté de lui alors que, torse nu, il désherbait une plate-bande (il était presque trop maigre pour un homme de son âge), il posait ses outils, me suivait du regard. Ses yeux me chatouillaient. Une sensation plus piquante qu'excitante. Cependant, je savais qu'il ne cherchait pas à se moquer de moi comme le faisaient Toby et les infirmières. Avant l'incident que je suis sur le point de relater et qui, en dépit des apparences, concerne davantage Mala Ramchandin que M. Hector ou moi-même, le jardinier ne m'avait jamais adressé plus de deux, peut-être trois, phrases polies.

— Tyler !

Sans même me donner le temps de me retourner, il est allé droit au but.

— Elle aime jardiner, la vieille dame ? Avant l'incendie de sa maison, l'avait un grand jardin. Paraît qu'il était plein de plantes, plein d'herbes contre les nausées, les douleurs et tout ça. On m'a dit qu'y en avait d'autres aussi laides que des têtes de serpent et aussi dangereuses que du venin. Un tas de plantes ! Les soignait toutes, les belles comme les moches. Comment elle va ?

Il tenait un gerbera jaune qu'il venait de cueillir dans la plate-bande.

— Merci, monsieur Hector. Vu les circonstances, elle va bien.

— J'entends parler d'elle depuis toujours, tu sais. Quand j'étais gosse, mon papa y me disait que, si j'étais pas sage, il m'amènerait dans le jardin de Mala Ramchandin et qu'y m'abandonnerait là. Et maintenant, voilà que c'est elle qu'on amène ici et qu'on abandonne dans *mon* jardin !

Je me suis vite approché de lui, laissant Mala Ramchandin déambuler dans son monde à elle, espérant que cela l'occuperait assez pour l'empêcher d'entendre notre conversation. Je me suis placé entre elle et lui pour qu'elle ne voie pas le gerbera coupé.

— Parlons sérieusement, poursuivit le jardinier. Beaucoup de gens montaient la tracasser, mais, tu sais, moi j'ai jamais été comme ça. Les gosses lui lançaient des pierres, sur son manguier aussi, puis revenaient morts de trouille, mais excités comme des sauterelles pour un carreau cassé ou un de ses oiseaux qu'ils avaient tué avec une fronde. Tu connais les enfants... On trouvait ça normal. J'ai pas pris part à ça, mais huuum ! j'ai pas protesté non plus. J'ai jamais jugé mes camarades, moi. Tu te poses pas de questions jusqu'au jour où te voilà en face de la personne et soudain... oui, soudain, tu te rends compte que, derrière toutes les histoires qu'on raconte sur elle, y a un être de chair et d' sang qu'on peut blesser. Eh ben, pose-lui donc la question. Demande-lui si elle veut jardiner. J'ai l'intention de préparer un bout d' terrain pour les pensionnaires. Paraît que le jardinage, c'est bon pour les vieux. Regarde, j'en suis la preuve ! a-t-il conclu en riant.

Hésitant, j'ai continué à faire écran entre Mala Ramchandin et lui. Voyant que je regardais son gerbera, il l'a serré dans sa main.

— C'est pour elle, a-t-il expliqué. L'ai cueilli pour lui offrir. Quoi ? Tu le veux ?

— Non, pas du tout, monsieur Hector. Simplement... je ne sais comment vous l'expliquer... mais Mlle Ramchandin pourrait le prendre mal. C'est très généreux de vouloir lui donner cette fleur. Touchant, même. Personne, ici, ne s'est montré gentil envers elle.

M. Hector a scruté mon visage. J'ai eu l'impression qu'il examinait le contour de ma mâchoire et de mes pommettes, inspectait ma moustache et les autres poils de ma figure comme s'il voulait se conforter dans quelque idée. Mes joues ont été prises d'un tressaillement insupportable. Je craignais que mes yeux ne se mettent à cligner comme ils ont tendance à le faire quand je suis intimidé.

— Voyez-vous, ai-je dit, je commence à la connaître un peu et je crois qu'elle n'aime pas qu'on détruise la nature. Pour elle, la fleur et la plante souffrent d'avoir été séparées. Vous comprenez ce que je veux dire ? C'est comme si on lui avait tranché le bras, à la plante, ou quelque chose comme ça. Je crois que ce gerbera la bouleversera. Ça pourrait la faire rechuter.

M. Hector a réfléchi un moment.

— Oui, dans un sens, ça se comprend. Eh bien, tu la veux, toi, cette fleur ? Prends-la. L'est déjà coupée. Ça serait dommage de la perdre.

Un moment pénible s'en est suivi car, aussitôt après m'avoir offert la fleur, M. Hector s'est mis à s'agiter. Son regard, dont j'ai remarqué pour la première fois le calme aqueux, est allé errer au fond du jardin.

— Attention, hein ! Te trompe pas sur mon geste. Je suis marié. Je suis normal, moi, tu sais. Mais puisque cette fleur est cueillie...

Dans son émoi, il a laissé tomber le gerbera. Nous nous sommes penchés en même temps pour le ramasser. Je l'ai attrapé le premier, M. Hector a fait un bond en arrière. Je lui ai tendu la fleur. La chair flasque de ses bras et de son ventre m'avait déjà suggéré son âge, mais soudain, au lieu d'un vieux corps, j'ai vu les muscles solides et la peau bronzée d'un homme habitué à travailler en plein air.

— Je vous remercie, monsieur Hector. Je comprends. Ce gerbera est superbe, mais, si je l'accepte, le problème sera le même. Je serai forcé de le tenir à la main pendant notre promenade, et cela pourrait chagriner Mlle Ramchandin. Voyez-vous, je serais ravi de l'avoir, mais mieux vaudrait que vous l'offriez à une infirmière ou à une pensionnaire.

— T'as raison.

M. Hector a pivoté sur lui-même si brusquement que cela m'a ému.

— Pour ce qui est du jardinage, j'en parlerai à Mlle Ramchandin ! lui ai-je crié. Je pense moi aussi que c'est une bonne idée.

Il s'est tourné et, sans s'arrêter, a continué à s'éloigner à reculons.

— Donnez-moi un peu de temps, ai-je poursuivi. Jusqu'ici, c'est à peine si elle a prononcé trois mots. Pas facile de savoir ce qu'elle veut.

— Tu la dorlotes, hein ? (De nouveau embarrassé, il m'a crié :) Je lui garderai une place ! Quand elle sera prête, l'aura qu'à venir me voir !

Il devait avoir l'âge de mon père — que j'ai à peine connu — et, jusque-là, sa gentillesse envers moi avait eu quelque chose de paternel. Mais, soudain, il m'a paru sans âge.

J'ai rejoint Mala Ramchandin qui se tenait à quelques pas derrière moi. Elle m'attendait, immobile. J'ai pris alors conscience d'un autre sentiment à l'égard de M. Hector. Ses attentions, certes, m'excitaient au point de me couper le souffle, mais sa gêne et son dédain poli me causaient un profond malaise. Gêne ou dédain ? Cela revenait au même. Il avait reculé de dégoût devant moi, et cette réaction me blessait. À croire que j'avais le dos nu ou, plus exactement, que l'on m'avait surpris pantalon baissé, attendant d'être fouetté avec une canne de goyavier. J'étais persuadé que tout le personnel, la directrice, les pensionnaires et Toby avaient vu le va-et-vient du gerbera, avaient vu le jardinier s'éloigner, me laissant là, humilié. J'ai jeté un coup d'œil à la plate-bande. De nouveau penché sur son travail, M. Hector me tournait le dos. Je me suis senti faible, au bord de la nausée. Pourquoi avais-je ce désir de me trouver seul avec lui dans une pièce sombre par une nuit obscure ? Oui, pourquoi voulais-je l'étreindre et être à mon tour embrassé, absorbé et protégé par lui ? Pourquoi voulais-je si désespérément me donner à lui, lui promettre des choses qui le feraient s'évanouir de désir ?

À mes côtés, Mala Ramchandin pépiait comme un oisillon sans me prêter la moindre attention. Mes émotions et mes pensées oscillaient sur des montagnes russes. J'ai commencé par me dire que, s'il me rendait mes caresses, M. Hector serait aussi dépravé, aussi pervers que moi, qu'un homme de son âge et de sa réputation serait alors mon complice. M. Hector, si aimé du personnel, ne vaudrait donc pas mieux que moi ! Ensuite, j'ai compris que, si mon étrange féminité ne me faisait pas tellement horreur, je prendrais ce rejet avec plus de sérénité. Essayer de le changer, lui ou ses réactions, n'apporterait sans doute que du chagrin. J'ai décidé alors de modifier ma façon de me voir. Je devais bannir — et je bannirais — M. Hector de mes pensées. Ainsi je pourrais marcher la tête haute.

Dans les moments de désespoir, j'ai souvent recours à mémé qui fume. J'ai évoqué nos sourires malicieux, la complicité et la camaraderie qui nous unissaient. Le soulagement n'a été que de courte durée. Je ne savais comment chasser M. Hector et cet incident de mon esprit. Mémé m'avait accepté tel que j'étais, avec mes manières efféminées, mais elle avait bien été la seule à le faire. Son souvenir a soudain perdu son pouvoir. Malgré tous mes efforts, j'étais incapable de recouvrer mon calme. Je me suis demandé pour la énième fois si mémé aurait pu accepter et aimer le Tyler adulte qui n'était ni vraiment un homme ni vraiment une femme, mais un être hybride, sans nom.

Juste à ce moment-là, Mala Ramchandin s'est mise à marmonner. Des paroles sans suite s'échappaient de sa bouche. Elle avait une voix basse, rauque, à peine plus audible qu'un murmure. Peu à peu, j'ai distingué des mots, puis des phrases. Elle répétait sans fin une comptine que chantent les enfants lorsqu'ils jouent à certains jeux :

Vieille mama a marché, vieille mama a tombé,
Mal au ventre elle s'est fait.
Mon Dieu, mon Dieu, elle a crié.
Cric crac, tous disent « ouille ! »
Bric brac, elle s' casse le nez.
Allons s' couer son jambosier.

Décidé à surmonter ma tristesse, j'ai joint doucement ma voix à la sienne. Mala Ramchandin est devenue toute frétillante. Elle m'a dévisagé et a ri aux éclats comme une gamine. Pour accompagner son chant, je me suis mis à gambader en battant des mains. Je me sentais pareil à un explorateur qui serait allé à sa découverte, au fin fond d'eaux troubles et inconnues. Je ne savais trop ce que je percevais derrière sa voix, mais j'étais certain que j'aurais bientôt le privilège, et l'honneur, de pénétrer dans son univers. Un autre pensionnaire, M. Phu, se tenait de l'autre côté de l'allée. Il se brossait avec frénésie. Par moments, il croyait que des fourmis rouges lui grimpaient dessus ou envahissaient sa nourriture. Plus d'une fois, on l'avait vu jeter son assiette à terre, persuadé qu'elle grouillait de vermine.

Soudain, M. Hector est venu vers nous en parlant haut et fort. Il portait un plant entier de gerberas. Des fleurs, des feuilles et des racines s'échappaient d'une grosse motte de terre. Il tenait une bêche dans l'autre main. Il a regardé Mala Ramchandin.

— Suivez-moi. Elle sera la première pensionnaire à planter quelque chose. Allons, venez.

La situation s'était retournée beaucoup plus vite que je ne l'aurais imaginé. J'ai souri. Brusquement, une idée m'est venue. Tout excité, j'ai demandé à M. Hector de rester là et de ne pas quitter Mala Ramchandin un seul instant. J'ai couru au pavillon de la vieille dame, situé à quelques mètres de là, et j'ai pris le cereus dont les racines s'étaient développées dans le pot à lait. Puis j'ai suivi notre jardinier, musclé et bronzé, et Mala Ramchandin qui continuait à chantonner sa comptine.

Une fois arrivé à la plate-bande, M. Hector a levé les cactées vers le ciel et les a examinées avec curiosité.

— Pourquoi tu veux planter ça ? C'est affreux !

Je lui ai expliqué les promesses de ce fouillis de feuilles. Mala Ramchandin se tenait à nos côtés, indifférente à notre conversation, toute à ses marmonnements et à son chant. M. Hector a haussé les épaules. Il a creusé deux trous et y a introduit les boutures. Ensuite, il a fait une pause. S'appuyant sur le manche de sa bêche, il s'est mis à parler.

— Tu sais, mon cœur y se brise chaque fois que je te vois. Je te regarde et, soudain, c'est comme si un poids me tombait sur la poitrine. J'ai l'impression de te reconnaître, mais ça me rend triste. Maintenant, je comprends ce que c'est.

Il a empoigné sa bêche et, à coups irréguliers, l'a enfoncée dans la terre molle. Il s'est arrêté de nouveau. Il a regardé les collines mauves au bout de la vallée. Ses yeux aqueux se sont assombris.

— J'avais un frère. Plus âgé que moi. Ça fait... je sais pas, moi... ça doit bien faire quarante ans, ou plus, que je l'ai pas vu. L'était tout jeune alors. Onze, douze ans.

Maman l'a envoyé au loin. Tu me fais penser à lui. Y s'appelait Randolph. Randolph Joseph Hector. Randy pour la famille. Je l'aimais fort, fort ! Tant d'années ont passé et je sais même pas s'il vit encore.

— Pourquoi votre maman l'a-t-elle envoyé au loin ? ai-je demandé d'une voix blanche.

Je voulais connaître la raison de ce bannissement, mais, en même temps, j'espérais que M. Hector n'aurait pas l'audace de me la révéler.

— L'était un peu bizarre. Comme toi. Les gens du village voulaient tout le temps le tabasser. Y le chahutaient. Y se moquaient de sa façon de marcher et d'agiter les mains en parlant.

Cette déclaration courageuse a soudain levé un voile entre nous. Chose curieuse, le fait que M. Hector eût ainsi révélé mon secret en plein jour m'a soulagé. Jamais encore je ne m'étais senti aussi normal.

— Randy, y pouvait pas ouvrir la bouche devant papa. L'avait une voix douce, douce, comme la tienne, et une façon de chanter en parlant qui énervait terriblement papa. Je me souviens plus très bien à quoi y ressemblait, Randy, mais sa voix, je continue à l'entendre comme si j'y avais parlé ce matin. Papa lui flanquait des raclées à cause de ça. Et puis, un jour, maman a emmené Randy. M'a laissé chez une voisine et l'est partie avec mon frère. L'est revenue le même jour, seule. Quand je lui ai demandé où était Randy, elle m'a répondu : « Là où ton père y peut pas l'attraper », et elle m'a ordonné de ne plus jamais prononcer son nom. Papa a lui aussi demandé où était Randy et maman y a dit qu'elle l'avait emmené dans une mission, au sud de l'île. Papa a plus jamais demandé des nouvelles de son fils aîné. Y m'a affreusement manqué, Randy, mais, quand je parlais de lui, maman se mettait à pleurer. Alors, j'ai plus rien dit. Avec le temps, on aurait pu croire que, Randy, y n'avait jamais existé. Eh ben, c'est comme si tu me le rendais, mon gars.

M. Hector s'est massé la joue d'une main terreuse. Il m'a regardé en face ; ses yeux étaient encore plus humides et plus sombres que d'habitude.

— Quand je te vois, j'ai envie de te poser des tas de questions, mais je sais même pas ce que je cherche à savoir. Quelque chose, mais je sais pas quoi.

L'attirance que j'avais ressentie pour M. Hector, le jardinier, a baissé comme une flamme mourante. J'avais toujours envie de le prendre dans mes bras et de l'étreindre, mais cette fois juste pour le réconforter. Lui aussi, je l'avais apprivoisé. J'éprouvais pour lui une affection fraternelle, un sentiment qu'il partageait.

Si je raconte l'épisode qui précède, ce n'est ni pour m'appesantir sur mes problèmes ni pour raconter la façon dont un lien s'est formé entre M. Hector et moi. Lui et moi avions parlé comme si nous étions seuls. Silencieuse et discrète comme à l'accoutumée, Mala Ramchandin avait cependant entendu la plus grande partie de notre entretien.

Après notre conversation, M. Hector s'en est allé et moi je suis resté un bon moment planté comme un piquet. Combien de temps, je ne saurais le dire. Mais, quand j'ai levé la tête et vu Mala Ramchandin approcher, je me suis rendu compte qu'elle avait dû s'éloigner. Et moi qui croyais ne pas l'avoir quittée des yeux... Ma distraction — ou ma négligence, comme l'aurait sûrement appelée la directrice — m'a effrayé.

Elle portait un paquet informe sous le bras. De toute évidence, elle avait l'intention de ne me le montrer qu'une fois de retour dans sa chambre, la porte close. Elle marchait devant moi, très animée. Je me suis retourné pour faire signe à mon nouvel ami, mais celui-ci continuait à bêcher. Mala Ramchandin s'est mise à chanter tout bas :

Vieille mama a marché, vieille mama a tombé,
Mal au ventre elle s'est fait.
Mon Dieu, mon Dieu, elle a crié.
Cric crac, tous disent « ouille ! »
Bric brac, elle s' casse le nez.
Allons s' couer son jambosier.
Vieille mama a marché, vieille mama a tombé,
Mal au ventre elle s'est fait.

Un oiseau est passé au-dessus de nous. La vieille dame a ri et agité la main dans sa direction.

— Pohpoh, pohpoh ! a-t-elle appelé d'une voix douce.

Puis elle a repris :

Bric brac, elle s' casse le nez.
Allons s' couer son jambosier.

Une fois la porte refermée, elle a pivoté vers moi. Maintenant, elle cachait le paquet derrière son dos. Exalté par ma conversation avec M. Hector, je n'avais pas envie d'être distrait. Mais Mala Ramchandin sait attirer l'attention des gens. J'ai entendu un son. D'abord, je n'ai pas pu l'identifier, puis je me suis rendu compte qu'elle murmurait.

— Pardon ? Qu'avez-vous dit, mademoiselle Ramchandin ?

— Asha ? Tu connais Asha ? a-t-elle chuchoté.

Sa voix était fêlée, mais elle avait parlé.

— Oui, oui, je la connais. Enfin... j'ai entendu parler d'elle. Je ne l'ai jamais rencontrée.

Les commères avaient bien mentionné son nom, mais seulement pour dire qu'elle était la deuxième fille de Ramchandin, qu'elle ne jouait aucun rôle dans l'histoire du crime, car elle avait disparu depuis très, très longtemps.

— Où est Asha ?

— Je ne sais pas. Vous le savez, vous ?

« Quel dommage ! ai-je pensé. Dire qu'elle me parle pour la première fois et que je ne peux pas lui répondre ! »

Sa question n'avait aucun rapport avec la suite des événements. Elle a sorti le paquet de derrière son dos. C'était un uniforme d'infirmière et des bas nylon couleur thé. Elle me les a tendus. « Voilà des ennuis en perspective ! » me suis-je dit. De toute évidence, elle avait décroché ces vêtements de la corde à linge pendant que je parlais avec M. Hector.

— Que faites-vous avec cet uniforme, mademoiselle Ramchandin ?

Elle l'a pressé contre sa poitrine.

— Il appartient à l'une des infirmières. Que voulez-vous en faire ? Je vais le remettre où il était.

Déçue, la vieille dame a roulé le vêtement d'un air de défi et l'a de nouveau caché derrière son dos. J'avais peur d'entrer en conflit avec elle.

— Vous voulez cet uniforme ?

Elle n'a pas répondu, mais à présent je savais qu'elle avait d'autres choses en tête que des imitations d'oiseaux, de grillons, de grenouilles, et des comptines.

— Quoi, alors ? Vous voulez le passer ? ai-je demandé.

En réponse à son attitude, j'avais pris un ton légèrement provocant. Si je replaçais l'uniforme sur la corde avant le matin, je pouvais bien lui permettre ce petit plaisir, me suis-je dit.

— Toi, fit-elle, puis elle baissa les yeux vers le sol.

— Moi ? Quoi, moi ?

— Toi. *Toi*, tu veux le mettre.

Elle a ressorti le vêtement de derrière son dos, l'a déplié d'une secousse de la main et me l'a tendu.

— *Toi*, tu veux.

Médusé, j'ai regardé la robe mi-longue et les bas. Il n'y avait qu'une explication : la vieille dame avait entendu ma conversation avec M. Hector. Elle m'avait observé et avait discerné cette même singularité que les autres remarquaient. Mais elle avait volé une robe pour moi. C'était la première fois que quelqu'un faisait une chose pareille. « Elle a compris ce que je suis, ai-je pensé. Elle connaît ma vraie nature. »

J'ai pris la robe. Alors j'ai eu l'impression que mon corps se métamorphosait, devenait soudain plus gras et plus souple. Mon postérieur m'a paru charnu et rebondi. J'avais des cuisses, un peu de ventre, des seins fermes et ronds et un tunnel caverneux qui exultait entre mes jambes. Bien que me sentant plus faible qu'excité, j'étais fasciné par tout ce qui frémissait en moi. J'ai serré la robe contre ma poitrine.

— Merci, merci beaucoup, mademoiselle Ramchandin. Oui, je vais mettre cet uniforme, ici même pour que vous puissiez le voir. Avant que vous n'alliez vous coucher. Quand vous aurez mangé et fait votre toilette. D'accord ?

À la lueur d'une faible lampe, fenêtre et porte closes, Mala Ramchandin a attendu patiemment que je tienne ma promesse. J'étais retourné dans ma chambre y prendre un foulard, un peu de poudre et le reste d'un fard à joues que la précédente infirmière avait laissés dans un tiroir de ma commode. De retour chez Mala Ramchandin, j'ai tiré le rideau de séparation et me suis glissé derrière. J'ai déboutonné ma chemise, éprouvant une sorte de curieuse honte à sentir mes glandes mammaires plates. J'ai enlevé mon pantalon. Bien que mon membre viril semblât se moquer de moi, j'ai éprouvé un grand plaisir à lutter avec lui quand j'ai tiré les bas sur mes cuisses. Je n'avais pas de porte-jarretelles pour les faire tenir, mais il me suffisait de voir le nylon emprisonner les poils de mes jambes : cela avait quelque chose de délicieux. J'ai tenu la robe à bout de bras, puis je l'ai enfilée par le bas, savourant chaque mouvement, enregistrant chaque sensation. Je me suis poudré le nez et j'ai mis du rouge sur mes joues et sur mes lèvres. J'ai baissé les yeux sur mes pieds gainés de nylon et sur ma robe que j'ai pressée contre mon corps. Je craignais de paraître terriblement ridicule à ma bienfaitrice. J'ai pris une profonde inspiration.

— Vous êtes prête ? ai-je murmuré d'une voix audible.

Quand j'ai écarté le rideau, j'ai vu que Mala Ramchandin s'était trouvé une occupation. Elle empilait des meubles devant la fenêtre. Elle m'a jeté un coup d'œil sans faire de commentaire et a continué à bâtir sa tour. M'approchant d'elle, je me suis planté à un endroit où j'étais nécessairement dans son champ de vision. D'abord, je me suis senti tout bête, tel un homme qui a enfilé des vêtements de femme pour s'amuser et a oublié de les enlever une fois la plaisanterie terminée. Je me voyais gauche, maladroit. Ni vraiment homme et sans espoir de devenir jamais femme, flottant, dépourvu de nom, dans les limbes qui séparent l'existence de la non-existence. Mala Ramchandin avait déjà placé une chaise sur la table. Au-dessus, elle a juché un tabouret et s'est apprêtée à grimper sur son lit pour poser un tiroir vide au sommet.

Juste au moment où je me suis mis à espérer que la tour s'effondrerait et m'écraserait, j'ai eu une révélation. Si Mala Ramchandin ne m'accordait aucune attention, c'était parce que, pour elle, ma tenue ne méritait ni félicitations ni blâme — je la portais, un point c'est tout. Elle n'était pas femme à contraindre la nature, et j'ai senti qu'elle donnait toute liberté à la mienne.

Je lui ai ôté le tiroir des mains et, grimpant sur son lit, l'ai placé au sommet de la construction. Je serais obligé de tout démonter avant l'inspection de la directrice, mais, à cet instant-là, j'ai senti qu'il me fallait prendre tous ces meubles et aider la vieille dame à monter une tour aussi grosse et aussi haute qu'elle le désirait. (Comme je le prévoyais, la directrice a été horrifiée. Elle était persuadée que Mala Ramchandin bâtissait un piège mortel pour les infirmières. Bien entendu, elle m'a ordonné de tout défaire, mais cela fait partie de mes tâches maintenant. Chaque soir, Mala Ramchandin dresse son échafaudage, chaque matin, je le démonte.)

Jamais je n'aurais quitté sa chambre habillé comme je l'étais. J'ai le sens des convenances ; en fait, j'en dépends au niveau le plus élémentaire, celui de la survie. J'ai renfilé mon pantalon et ma chemise blanche, j'ai essuyé mes joues et mes lèvres. J'ai fourré la robe et les bas derrière la commode, décidé à les garder, non pas nécessairement pour les remettre un jour, mais en souvenir du pouvoir qu'ils avaient paru me conférer. Je voulais me rappeler cette journée et cette soirée. Jamais encore je ne m'étais senti aussi normal. C'était très agréable.

Une fois Mala Ramchandin au lit, je suis resté assis à côté d'elle. Répugnant à partir, je lui ai lissé les cheveux. Sous mes caresses, sa tête a dégagé une odeur sucrée de patate douce. Avec l'air satisfait de quelqu'un qui a accompli sa tâche, elle a poussé un soupir de plaisir. Son haleine avait une délicate senteur de carottes fraîches. La vieille dame s'est mise à émettre des stridulations moelleuses de grillon.

Lorsque je me suis approché de la porte pour sortir, elle s'est interrompue le temps de me demander, comme si elle s'adressait au plafond :

— Où est Asha ?

Puis, sans attendre de réponse, elle a aussitôt repris sa parfaite imitation du chant monocorde du grillon.

Quand elles furent plus grandes, Pohpoh et Asha s'échappaient parfois de la maison pendant plusieurs heures, prêtes à affronter le courroux de leur père à leur retour. Leurs escapades en valaient la peine.

Un matin, Asha se réveilla si tôt que même les coqs semblaient encore dormir. Des balayeurs passaient dans la rue et le bruit de leurs grands balais forma comme un sillage de son dernier rêve. Elle attendit tranquillement la sortie que Pohpoh lui avait promise. Puis, incapable de rester couchée plus longtemps, elle traversa la pièce sur la pointe des pieds et s'assit sur le lit de sa sœur, espérant ainsi la tirer du sommeil. Toujours sur le qui-vive, Pohpoh se raidit et ouvrit grands les yeux. À la vue d'Asha qui souriait nerveusement, elle se détendit un peu.

Des rayons de soleil poussiéreux filtraient à travers les branches du jambosier qui se dressait devant la fenêtre ouverte. Pohpoh regarda les particules scintillantes onduler autour de la tête d'Asha, l'auréoler à demi d'une lumière miroitante. Elle se poussa contre le mur pour permettre à la petite de se glisser sous la couverture. Ses draps sentaient le camphre, l'eucalyptus et la térébenthine. Les deux sœurs se blottirent l'une contre l'autre, respirant l'agréable mélange aigrelet que composaient leur huile pour le corps et leurs odeurs respectives, douceâtres comme celle du talc, de sommeil, de sueur nocturne et d'haleine chargée.

Ensuite, elles se levèrent et se faufilèrent dans le salon, épiant la respiration gutturale de leur père. La pièce fermée empestait l'alcool. Quand Pohpoh entrebâilla la fenêtre située au-dessus de l'évier en métal émaillé, une lumière jaune passa par l'ouverture, entraînant un courant d'air frais. Pour se réchauffer, Asha frotta ses maigres épaules. Indifférente au froid, Pohpoh restait à l'écoute du sommeil de son père. Asha observa sa sœur qui préparait le petit déjeuner. Elle contempla sa peau, ses cheveux, ses cils, ses joues et son nez, fascinée par leur transformation quand Pohpoh se déplaçait dans le rayon de lumière dansante — silhouette noire, cuivrée, puis dorée.

— Tu ressembles à maman, murmura-t-elle avec respect.

Pohpoh la regarda, surprise. Elle avait essayé de parler à sa sœur du jour où leur mère et tante Lavinia étaient parties. Non seulement Asha était incapable de s'en souvenir, mais, à cette évocation, ses yeux devenaient vitreux, son corps se tassait comme écrasé de sommeil, donnant l'impression inquiétante qu'une vieille femme allait en émerger. Le seul souvenir qu'Asha semblait avoir de sa mère provenait d'une photo cachée dans leur armoire.

— Mais tu ne te rappelles même pas sa figure, dit Pohpoh. C'est toi-même qui me l'as dit.

Vexée, Asha éleva la voix.

— Si, je me la rappelle ! Elle te ressemble.

Pohpoh se précipita vers elle et la fit taire en la pressant contre sa poitrine. Se sentant soudain pareille à sa mère, à une mère pour Asha, elle plongea son regard dans celui de sa sœur.

— Je te crois, ma chérie, je te crois, dit-elle gravement.

Quand Asha parut calmée, Pohpoh retourna à sa tâche. Elle se mit à broyer doucement un peu de cacao avec un pilon de pierre trop grand pour sa main, puis elle le fit fondre avec de la mélasse, de l'eau et des morceaux déchiquetés de cannelle sur de hautes flammes vertes. L'épais liquide bouillonna. En éclatant, chaque bulle lâchait une vapeur parfumée dans la pièce. Elles mangèrent de grosses tartines de pain saupoudré de sucre et burent leur chocolat rapidement et en silence. Leur père continuait à ronfler. S'il se réveillait, il y aurait assez de chocolat pour lui, mais leurs projets de sortie tomberaient à l'eau.

Pohpoh brossa et tressa ses cheveux qu'elle avait lisses, épais et noirs comme du khôl, puis elle s'occupa de ceux d'Asha. Elle en prit davantage soin que des siens. Imitant sa mère, elle poussait la tête de sa sœur d'un côté à l'autre. Asha gémissait un peu. Pohpoh lui démêla les cheveux mèche par mèche jusqu'à ce qu'ils s'étendent comme un éventail ondulé sur ses épaules. Avec la pointe d'un petit peigne en bois, elle lui traça une raie parfaite au milieu du crâne.

— Faut qu'on ait vraiment l'air propre et bien coiffé, déclara-t-elle d'un ton ferme, parce qu'aujourd'hui c'est nous qui allons commander, pas vrai ?

Asha acquiesça de la tête, puis elle se rappela qu'elle ne devait pas bouger.

— T'as de beaux cheveux, Ashie, mais je suis bien contente que les miens soient pas pareils.

— Pareils comment ?

— Frisés. Frisés et rebelles. Comme ceux de maman.

Asha essaya de se tourner pour regarder Pohpoh.

— J'ai les mêmes cheveux que maman ? murmura-t-elle. C'est vrai, Pohpoh ?

— Ouais, frisés comme ceux de maman, comme les vagues qui s'écrasent sur la plage.

Pohpoh divisa les mèches souples en trois parties ; ses mains se mouvaient à la vitesse de l'éclair.

— Il y flotte même des petits poissons, des algues et des graines de plantes d'autres pays.

— Et aussi des étoiles de mer ?

— Ouais.

— Et des mouettes ?

— Bien sûr.

— Et des coquillages ?

— Voui.

— Et...

Avant qu'Asha pût continuer, Pohpoh la chatouilla sous les bras en disant :

— Et, et, et...

Les deux sœurs rirent silencieusement, la main devant la bouche. Après lui avoir attaché la première tresse derrière l'oreille avec un morceau de ficelle rouge, Pohpoh s'attaqua à l'autre moitié de sa tignasse.

— J'ai de vilains cheveux, Poh ?

— Non, mais si les miens étaient pareils et s'il fallait que je les peigne tous les jours, j'aurais pas le temps d'aller à l'école ou de te préparer du chocolat. Ça serait beaucoup de travail. Tes cheveux sont jolis, mais faut drôlement du temps pour te dégager le visage. Et t'as un beau visage, tu sais.

Asha était contente.

— Eh bien, ça te donnera des muscles.

— J'en ai déjà.

— T'en auras encore plus, Poh, dit Asha.

Son cuir chevelu lui cuisait. Elle s'habilla, distraite par cette douleur qu'elle trouvait à la fois irritante et tonique. À la naissance des cheveux, le front piquait et démangeait. Elle grimaçait et levait les sourcils, essayant de se libérer des morceaux de ficelle.

Boyie les attendait au coin de Government Alley, non loin de chez elles. Il agita la main. Asha lui rendit son salut, mais Pohpoh passa devant lui sans le regarder.

— Pourquoi t'es venu ici ? demanda-t-elle. J' t'avais dit de nous attendre dans le parc. Tu devrais pas venir ici.

Cette algarade fit sourire Boyie. D'un saut, il se plaça derrière les filles.

— Où est-ce qu'on va ? Qu'est-ce qu'on va faire ? Dis-le-moi.

Leur but, l'informa Pohpoh tout en courant, c'était d'arriver les premiers à l'El Dorado et d'organiser les jeux. Elle avait d'autres motifs, secrets ceux-là. D'abord, elle voulait passer autant d'heures que possible loin de la maison paternelle. Ensuite, elle voulait affronter le très autoritaire Walter Bissey qui faisait la pluie et le beau temps à l'école. Récemment, il avait pris possession du parc, houspillant et chassant Pohpoh, Asha et Boyie quand ils s'en approchaient. Il incitait ses amis à se moquer des deux filles. Aujourd'hui, elle lui prouverait qu'Asha et elle n'étaient ni sales ni stupides, mais fortes et débrouillardes. Avant tout, elle voulait se faire aimer de lui, et non pas de Boyie.

Plutôt que de prendre la rue pavée qui longeait leur maison — où les gens regardaient souvent les deux filles Ramchandin en hochant la tête avec pitié —, Pohpoh conduisit Boyie et Asha aux égouts à ciel ouvert qui passaient derrière les cours. Ces canaux s'étaient déjà transformés en ruisseaux d'eau savonneuse : les voisins faisaient leur vaisselle du petit déjeuner. Pohpoh sauta avec agilité par-dessus les brusques torrents. Plein d'admiration pour la souplesse et l'autorité de sa camarade, Boyie essaya d'en faire autant. Derrière lui, Asha imitait tous ses gestes. Les cours sentaient les goyaves pourries, les poulaillers sales et les latrines. Pour finir, les enfants se faufilèrent à travers un espace entre deux maisons et débouchèrent sur l'El Dorado, à une rue de distance du terrain de jeux.

Au coin sud-est de la place, Pohpoh passa la tête entre les barreaux de la grille. À l'intérieur, elle aperçut la bande habituelle de chiens errants. Rassemblés près du kiosque à musique, plusieurs d'entre eux se reniflaient. Quand Boyie s'approcha d'elle, Pohpoh se crispa, pensant qu'il allait peut-être la renifler lui aussi. Deux clochards dormaient profondément, couchés de tout leur long sur des bancs en fer forgé. Sur l'estrade du kiosque, un vieil homme maigre se balançait agressivement sur ses talons et faisait un sermon aux dormeurs. Les enfants le regardèrent, fascinés.

— ... les temps approchent. *Les temps approchent !* Que l'injuste reste injuste et le pourceau sale. Bénis soient ceux qui respectent Ses commandements, car ils franchiront les portes de la cité.

Le terrain de jeux s'étendait de l'autre côté de la rue. Dans un coin de celui-ci, il y avait quelques balançoires, deux toboggans et une cage à barreaux. Plus loin, une maigre rangée de lauriers bordait cet espace dont le centre restait nu. Même pendant les pluies, la terre y était craquelée et aride — cicatrice caillouteuse due à la friction permanente de pieds d'enfants.

Pohpoh avait l'intention de prendre le commandement, de décider à quoi on jouerait ce jour-là. Bien en vue à côté d'une colonne d'alimentation baignant dans une flaque d'eau, ils attendirent anxieusement l'arrivée d'autres enfants. Le soleil matinal tapait dur ; en l'espace de quelques minutes, leurs crânes, leurs visages et leurs cous se couvrirent d'une fine pellicule de sueur. Asha réprima son envie d'aller jouer sur les balançoires et les toboggans, de crainte que cette distraction ne leur fît perdre la chance de devenir les chefs. Elle leva la main, un doigt pointé vers le ciel, se balança sur les talons et cria :

— Les temps approchent ! Repentez-vous. Les temps approchent !

Boyie imita son imitation. Assise sur le rebord du socle de la fontaine, Pohpoh rit, mais elle dit à Asha :

— T'as du culot, petite ! Si jamais cet homme t'entendait... Tu ferais bien de te calmer.

Toujours aucun signe des autres enfants. Pohpoh se leva et se mit à faire les cent pas. Boyie ramassa sous un mûrier une grosse graine couleur feu qu'il lança à Pohpoh. Soudain, celle-ci se détourna de Boyie et tira Asha hors de la flaque d'eau.

— Écoutez ! murmura-t-elle.

Ils arrivaient. Sept enfants, une bande déchaînée menée par Walter Bissey. Ils remontaient la rue en gambadant, annoncés par le rapide *chuck chuck chuck* d'une canne de goyavier cinglant la grille de fer qui les séparait des cours voisines. Trois garçons et quatre filles, tous de la même classe que Pohpoh et Boyie. Pohpoh fut saisie d'un besoin naturel pressant.

Alors que la troupe atteignait le terrain, Pohpoh leur fit signe, les avertissant qu'elle avait investi leur quartier général pour la journée. Soudain silencieux, les membres de la bande les toisèrent, elle et ses compagnons. Comme mus par une force extérieure, ils se rapprochèrent les uns des autres, formant un groupe compact, impénétrable, où les secrets circulaient de bouche à oreille.

— Venez ici ! Venez jouer avec nous ! leur cria Pohpoh, optimiste.

Interrompant leurs délibérations, les autres levèrent la tête et la regardèrent d'un air presque incrédule. Walter, le plus grand de tous, se tourna et se dirigea d'un pas lourd vers le trio. Ses copains hésitèrent, puis le suivirent jusqu'au milieu du terrain.

— OK, mais nous on veut jouer à colin-maillard, déclara Walter d'un ton brusque en agitant déjà un foulard rouge et blanc.

— Mais qui aura les yeux bandés ? demanda Pohpoh en surveillant tous les gestes du garçon.

Large d'épaules, intimidant, Walter fit mettre tout le monde en cercle, y compris Pohpoh, Asha et Boyie. il entonna une chanson que les autres reprirent en chœur. À chaque parole, Walter touchait une poitrine de son index tendu. Quand il s'agissait de Pohpoh, d'Asha ou de Boyie, il utilisait sa paume et les poussait très fort pour les faire tomber. À chaque coup, Pohpoh tressaillait de douleur, mais elle gardait un visage impassible, technique qu'elle avait développée à la maison. Les enfants braillèrent :

Vieille mama a marché, vieille mama a tombé,
Mal au ventre elle s'est fait.
Mon Dieu, mon Dieu, elle a crié.
Cric crac, tous disent « ouille ! »

À ces mots, ils pointèrent leurs doigts vers le ciel avec enthousiasme et répétèrent « ouille ! » avant de poursuivre :

Bric brac, elle s' casse le nez.
Allons s' couer son jambosier.

La comptine se termina sur un des membres de la bande de Walter, et non sur la personne voulue. Ils continuèrent donc :

Patati et patata,
Un, deux, trois, ce sera toi !

Bien entendu, le dernier mot tomba sur Pohpoh, ce qui sembla les satisfaire. Pohpoh eut l'air contente, elle aussi, même si elle échangea discrètement un regard dubitatif avec Asha. Walter refusa de bander les yeux de Pohpoh. Boyie regardait tristement la scène en grattant le sol du bout de son soulier. Finalement, une des filles se chargea de la tâche.

Ils firent tourner Pohpoh sur elle-même et lui ordonnèrent de compter lentement jusqu'à cinquante. Ensuite, elle pourrait commencer à essayer de les toucher. Pohpoh voulait attraper Walter, mais elle n'entendait que des murmures confus, des rires, une bousculade, des pas précipités, puis, brusquement, juste le grondement lointain d'une charrette roulant sur les pavés, des merles sifflant dans les lauriers et ses propres pieds remuant le gravier. Elle s'immobilisa, essayant de percevoir un froufrou de vêtements. Ouvrant la bouche pour respirer, elle goûta la poussière crayeuse, sèche et crissante, qui montait du sol piétiné.

Soudain, quelqu'un lui enfonça les doigts dans les côtes. Bras tendus, elle pivota et attrapa de l'air. Elle tenta d'ouvrir les yeux sous le bandeau, mais celui-ci était noué si serré qu'elle pouvait à peine ciller.

Bang ! Un coup violent s'abattit sur sa tête. Elle se tourna, mais, une fois encore, n'attrapa que de l'air chaud chargé de poussière. Tendant l'oreille, elle entendit de l'eau monter en gargouillant dans la colonne d'alimentation et sortir par le robinet. Elle appela Asha. Pas de réponse. Elle appela Boyie. Seul le bruit de l'eau lui répondit.

— Walter ? murmura-t-elle en avançant d'un pas hésitant vers la fontaine.

Quand elle fut tout près, elle entendit des pleurs étouffés. Asha. Elle arracha le bandeau. Sa petite sœur était assise dans la flaque d'eau, sous la colonne. Un bâillon lui serrait si fort la bouche qu'il séparait ses lèvres. Le devant du tissu était tout mouillé de salive. On lui avait noué ses lacets ensemble, attaché les poignets avec un mouchoir qu'on avait ensuite accroché maladroitement au robinet. Envahie par la peur et la colère, Pohpoh poussa un petit cri. Elle chercha Boyie des yeux. Il avait disparu. Elle défit les nœuds tandis qu'Asha pleurait et la suppliait de la ramener à la maison. Réunis sous un laurier, au bord de la rue, les autres enfants se penchaient au-dessus d'une partie de billes. Pohpoh ordonna à Asha de l'attendre près de la fontaine. Bombant la poitrine, elle se précipita vers l'arbre.

Walter la vit venir. Il bondit sur ses pieds et se détacha du groupe pour ramasser un bâton. D'un geste théâtral, il traça une ligne entre Pohpoh et eux. Puis il se campa là, jambes écartées, poings sur les hanches, et la regarda fixement. Les autres s'alignèrent à ses côtés et imitèrent sa position.

Cramoisie, les bras croisés d'un air de défi, Pohpoh se planta devant lui. Tout en le haïssant, elle aurait bien voulu qu'il n'eût pas si mauvaise opinion d'elle. Pareils à des bulles, des mots venus de nulle part montèrent à ses lèvres, s'envolèrent.

— Tu devrais pas faire ça. Pourquoi t'as fait ça ?

À peine eut-elle prononcé ces paroles que des larmes commencèrent à rouler sur ses joues. Furieuse d'être trahie par ses yeux, elle cria :

— Vous êtes trop cruels, vous autres. Vous êtes stupides ! Pourquoi vous avez fait ça ?

Walter franchit la ligne.

— C'est mon côté ici ! protesta Pohpoh. T'as pas le droit d'y venir !

Walter la regarda d'un air incrédule. Ses amis et lui éclatèrent de rire, sifflant et ricanant, comme si c'était la plaisanterie la plus drôle qu'ils eussent jamais entendue. Ils riaient si fort qu'ils se pliaient en deux, se tapaient sur les cuisses et se tenaient l'estomac.

— Qui a tracé cette ligne ? demanda Walter. Toi ou moi ? C'est moi. Je vais où je veux. Qui c'est qui tient un bâton ? Toi ou moi ? Fous le camp. Allez, ouste ! Débarrasse le plancher. Espèce de cancre ! Tu n'es qu'un cancre !

De grosses gouttes de sueur perlèrent sur la lèvre supérieure de Pohpoh. Tout en regardant droit devant elle, elle cherchait Boyie du coin de l'œil. Stimulé par les railleries de Walter, un autre garçon, à peine plus grand que Pohpoh, s'empressa d'ajouter :

— Hé, Pohpoh, c'est vrai ce qu'on dit de ta mère ? Où qu'elle est ta mère, Pohpoh ? Tu fais ça avec Boyie ou tu préfères les filles ?

Prise d'un brusque vertige, elle appela :

— Boyie !

Aucun signe de lui nulle part.

— Boyie ! Où est Boyie ?

— Boyie est un petit lâche, dit le garçon au bâton. On l'a juste poussé du petit doigt, et il est parti en courant. Vous êtes bien les mêmes, vous trois. Boyie doit aimer les garçons, lui.

Quelqu'un rit.

— Non, Boyie aime les chiens.

Étonnés par l'audace de cette supposition, les autres s'exclamèrent bruyamment.

Brandissant son bâton, Walter reprit :

— Écoute, c'est notre parc ici. Il est réservé aux bonnes personnes, aux gens comme il faut. Alors, fous le camp d'ici et n'y remets jamais les pieds. *Jamais*, tu m'entends ?

Il s'approcha de Pohpoh et se planta devant elle, son visage tout près du sien.

— Écoute-moi bien, si jamais on te voit tourner autour d'une fille, on te fout une raclée !

Le souffle court, Pohpoh rétorqua :

— Tu n'es qu'une grande gueule. Tout ça, c'est du vent, espèce de face de rat !

Là-dessus, elle se rua sur Walter et lui envoya son genou dans l'estomac. Le garçon se plia en deux. Pohpoh abattit son bras sur son dos, puis elle pivota sur elle-même et cria à sa sœur :

— Sauve-toi, Asha ! Par là. Cours, cours vite !

Beaucoup plus rapide que sa sœur, Pohpoh la rattrapa et lui saisit le bras. Les deux filles s'enfuirent à toutes jambes. Tirée par Pohpoh, Asha quittait par moments le sol, comme un cerf-volant qu'on lance. Les filles filèrent droit vers la rue. À chaque pas, Pohpoh accélérait l'allure comme un flamant qui repousse l'eau avant de prendre son essor.

Walter resta assis par terre, toujours plié en deux. Il se tenait l'estomac en gémissant. Ses compagnons s'écartèrent un instant, puis l'un d'eux cria :

— Attrapez-les ! Les laissez pas partir ! Flanquez-leur une raclée !

Mais Pohpoh et Asha fonçaient déjà vers leur cachette la plus sûre : le cimetière qui se trouvait de l'autre côté de la rue, à un pâté de maisons de là. Les autres enfants n'y pénétraient jamais. Ils avaient peur d'être attaqués par des vagabonds qui vivaient sous le toit des tombes croulantes ou, pis encore, d'être emmenés par des morts mécontents en quelque endroit lointain d'où ils ne reviendraient jamais.

L'air sombre, Pohpoh s'assit en tailleur à l'abri d'un vaste mausolée de pierre. Asha se mit à arracher des renouées et des pousses d'arbre qui sortaient du sol froid. Elle regardait Pohpoh bouder et marmonner — sans doute des injures. Elle avait envie de caresser le visage de sa sœur, de l'étreindre très fort parce qu'elle s'était battue à cause d'elle. En outre, elle se sentait coupable : c'était sa faute si Pohpoh s'était couverte de ridicule et avait dû supporter toutes ces stupides insultes. Elle savait que sa sœur aurait voulu plaire à Walter et à ses amis.

Comme tout le reste du cimetière, le tombeau sentait le cierge brûlé. Sur un socle de pierre, dans une flaque de cire durcie, sous une plaque gravée de nombreux mots en relief, il y avait une boîte de lait rouillée contenant des ixoras et des lis rouges aux pétales roussis par la chaleur. Des fourmis parasols zigzaguaient vers le bouquet, chacune d'elles à moitié cachée par un bout de feuille ou de fleur qui flottait comme un drapeau au-dessus de son corps. Fascinée par ces morceaux de plantes parfaitement découpés, Asha s'accroupit pour regarder leurs porteurs de plus près. Elle en prit un dans sa main. L'insecte laissa tomber son ombrelle et agita les pattes. Asha ramassa la feuille et essaya de la remettre entre les pinces de l'animal. En vain. Elle jeta la feuille et tenta de persuader la fourmi de lui agripper la main ; les pinces de celle-ci restèrent grandes ouvertes. Elle reposa la bestiole et la remit sur son chemin ; la fourmi partit comme une dératée. Soudain, toute la file d'insectes s'égailla.

— Oh ! regarde ce que j'ai fait ! Les fourmis sont devenues folles ! murmura-t-elle, craignant de déranger la méditation morose de sa sœur.

Sans lever les yeux, Pohpoh répondit :

— T'inquiète pas. C'est rien. Attends une minute et tu verras. Elles vont se remettre en rang et continuer leur boulot.

— Poh, comment qu'elles savent où elles doivent aller ?

Asha profitait de l'occasion pour capter l'attention de sa sœur. Pohpoh quitta son coin et s'accroupit à côté d'elle.

— Elles le savent, c'est tout. Regarde.

Frottant son doigt sur le sol, elle interrompit la route des fourmis. Les deux premières s'arrêtèrent un moment, puis continuèrent leur chemin, suivies par les autres.

— Et maintenant, regarde ça.

Pohpoh sortit un petit morceau de craie de sa poche. Elle le mit en travers du chemin des fourmis et entoura l'une d'elles d'une ligne épaisse. Les fourmis qui se trouvaient à l'extérieur du cercle s'approchèrent de la marque blanche. Elles reculèrent l'une après l'autre, refusant de la franchir. La prisonnière du cercle courait tout le long du trait, changeant frénétiquement de direction, se dressant sur ses pattes de derrière, puis, paniquée, s'aplatissait sur le sol. À l'extérieur, plusieurs fourmis laissèrent tomber leurs charges et rebroussèrent chemin. Quelques secondes plus tard, elles avaient créé une nouvelle route qui contournait le cercle. Elles reprirent leur marche, un peu indécises et plus prudentes qu'avant. La fourmi prisonnière s'immobilisa complètement. Pohpoh et Asha regardaient en silence.

— Pourquoi tu fais ça ? finit par demander Asha.

— Parce que ! répondit Pohpoh d'un ton brusque, puis, au bout d'un long moment, elle ajouta : Je hais Boyie. Pourquoi il nous a laissées tomber ? Je hais Walter. Je hais tout le monde.

Essuyant ses yeux humides, elle sauta par-dessus la grille de la tombe et partit.

— Je voudrais que papa soit mort, marmonna-t-elle. Je le hais. Je le hais. Je voudrais qu'il soit mort.

Seul le craquement de quelques grands et vieux pithécolobiums pliant sous le poids de centaines de broméliacées en fleur troublait le silence du cimetière. Accablés par la chaleur, les oiseaux se reposaient sur les branches. Au loin, on entendait le *toc toc* mat de deux pelles métalliques creusant une nouvelle tombe. À part les deux fossoyeurs, Pohpoh et Asha, il n'y avait personne. Tête baissée, Pohpoh sautillait nonchalamment d'un côté à l'autre de l'étroite allée. Asha la suivait à une certaine distance ; de temps en temps, elle se mettait à courir pour ne pas perdre sa sœur de vue. D'autres tombes bordaient le chemin et l'on sentait l'inévitable odeur de cire brûlée. Quittant le sentier sinueux, Pohpoh sortit du cimetière, Asha sur ses talons.

Asha Ramchandin, Asha Ramchandin, Asha Ramchandin. À mes moments de loisir, après une longue journée passée à m'occuper de votre sœur, quand je préférerais être au lit, dans la maison des infirmières, et avoir l'esprit en repos, votre nom se répète dans ma tête tel un mantra. La nuit, je m'endors accroché à l'espoir que vous êtes heureuse, en bonne santé et sur le point d'apprendre que vous pouvez retourner à Paradise en toute sécurité.

Souvent, je prononce aussi le nom de Randolph John Hector. Et celui de Sarah Ramchandin. Et celui de Lavinia Thoroughly. Où êtes-vous tous ?

Aujourd'hui, en regardant votre sœur, dans son bungalow d'une pièce, caresser un chat qu'elle appelle tantôt *Pohpoh*, tantôt *Asha*, je suis submergé de désespoir. Je me demande combien d'entre nous, se sentant menacés et vulnérables, finissent par fuir loin de tout ce qu'ils aiment et connaissent ou bien restent où ils sont et deviennent fous. J'ai décidé aujourd'hui qu'aucun de ces deux choix n'était plus noble que l'autre. Ce sont simplement des manières différentes d'affronter nos problèmes ; or, nous devons tous les affronter du mieux que nous pouvons. Voyez-vous, Asha, je voudrais m'expliquer pourquoi vous êtes partie, alors que votre sœur est restée et — selon l'opinion d'un grand nombre de personnes — a perdu la raison. Sinon, je devrais admettre que je vous en veux de l'avoir abandonnée. Je ne vous reproche pas d'être partie, mais je me demande si vous l'avez jamais encouragée à vous accompagner. Asha, à en juger par la façon dont elle prononce votre nom, il est clair — et ceci est beaucoup plus important que mes propres sentiments — qu'elle ne vous en veut pas, elle non plus.

Bien que Boyie continuât à rôder autour d'elle, Pohpoh restait généralement seule pendant les récréations. Elle regardait ses camarades comme si elle se trouvait de l'autre côté d'une barrière. Les garçons montaient dans les collines derrière l'école pour y chercher des peaux de serpent, espérant toujours tomber sur un reptile vivant. Un jour où ils ne trouvèrent ni serpent ni peau, ils ramassèrent des poignées de libellules, de faucheux, de rainettes, de mille-pattes et d'escargots surgis avec la pluie. Pohpoh les regarda former un cercle, leurs têtes rapprochées semblables à un tas de graines de papayes. Remarquant sa curiosité, Boyie lui chuchota :

— Je sais ce qu'ils vont faire. L'autre jour, nous avons eu un cours sur les réflexes des plantes, tu te souviens ? Le prof a dit que les plantes réagissaient aux bons traitements. Il a dit aussi qu'elles pouvaient manifester de la détresse. Regarde-les. Je parie qu'ils vont faire une expérience pour le prouver.

Pohpoh se moqua de lui, mais, en son for intérieur, elle craignait qu'il n'eût raison.

Une lueur éclaira les visages attentifs des autres enfants. Walter Bissey approchait peu à peu une bougie allumée d'une mante religieuse prise entre les branches d'une pince de laboratoire. L'insecte se raidit et frotta ses pattes de devant. De plus en plus fascinés, les garçons semblaient vibrer d'excitation.

— Allez, vas-y, mon vieux !

— Doucement, doucement, pas si vite !

Quand la bougie arriva près d'elle, la mante religieuse commença à s'arquer. Elle tourna abruptement la tête, agitant frénétiquement les pattes de devant. À l'instant où la flamme toucha l'une des pattes de derrière, elle se figea, aussi rigide que si elle était déjà morte.

Pohpoh se mordit la lèvre inférieure, mais ne bougea pas

Touché par le feu, le corps chitineux de l'insecte se mit à siffler et à crépiter, projetant des étincelles rouges. L'abdomen se désintégra très lentement, mais les garçons persévérèrent. L'un d'eux tenait le torse tronqué avec les pinces, tandis qu'un autre continuait à brûler la mante avec plus de persistance. Quand la tête de l'insecte finit par se détacher comme le bout d'une allumette usée, l'un des garçons enfonça la main dans son bocal et en sortit une sauterelle.

Pohpoh leur jetait des regards furieux, mais elle était

comme clouée sur place, invisible aux yeux de tous, même à ceux du dénommé Walter.

Le lendemain, à l'école, Pohpoh exigea que Boyie l'accompagnât. Ils suivirent les traces argentées, malodorantes, qui menaient à une colonie de petits escargots, vivants, mûrs et vulnérables, susceptibles de faire les délices de l'escouade de bourreaux. Avec un pied chaussé d'une lourde botte ou le gros bout d'une tige de goyavier on pouvait les transformer en un puzzle gélatineux vert, jaune et rose. Se rappelant ce que lui avait dit tante Lavinia, Pohpoh était persuadée qu'un tel acte déclencherait une avalanche de malheurs pour les garçons qui le commettraient ; par contre, la chance sourirait à ceux qui sauveraient les escargots. Avec ferveur, Boyie et elle se mirent à rassembler les gastéropodes dans le sac en coton épais qu'elle avait grossièrement cousu à cette fin. Une fois celui-ci plein à craquer, ils le descendirent à la clôture de derrière. Là, Pohpoh le vida par-dessus le mur de pierre, mettant ainsi les petites bêtes hors d'atteinte des sadiques de la cour d'école.

La poussant du coude pour l'éloigner du mur, Boyie regarda Pohpoh d'un air plein d'espoir.

— Pohpoh Ramchandin, se mit-il à chanter à la manière d'un mantra. Pohpoh Ramchandin, Pohpoh Ramchandin, Pohpoh Ramchandin.

Il l'entraîna derrière le petit bâtiment scolaire, près du mur que les ombres mouvantes d'un tamaris semblaient faire trembler. Les cris perçants, accompagnement inévitable de la fin des classes, qui s'échappaient par les jalousies entrouvertes, stimulèrent son désir d'adolescent. Rieur et taquin, il appuya son corps rondelet contre celui de Pohpoh, l'épinglant comme un papillon sur la paroi fraîche et rugueuse où rampaient des faucheux. Il frotta sa main sur le devant de sa blouse blanche d'écolière. Un petit gourdin poussait dans la jambe de son pantalon. Pohpoh le sentit qui pressait contre sa cuisse.

Elle rejeta la tête en arrière et rit d'un rire plus aigu que d'habitude. Elle se baissa, se tourna et se dégagea prestement de la maladroite étreinte du garçon. Il attendit, incertain mais souriant, qu'elle refusât avec fermeté ou l'encourageât à continuer. Elle revint en courant auprès de lui, l'attrapa par la main et l'entraîna.

— Allons chez toi. Dans ta chambre, dit-elle.

Se mordant le coin des lèvres, Boyie la tira par le bras pour l'arrêter, objectant qu'ils seraient seuls, que sa mère ne rentrerait pas avant des heures.

— Bien sûr, espèce d'idiot, répondit-elle avec une certaine tendresse.

Il se tourna vers l'angle du bâtiment où se trouvait une statue du révérend Ernest Thoroughly, le fondateur de l'école. Frottant son épaule contre le mur brun et râpeux, il s'éloigna de Pohpoh d'un pas hésitant, les yeux fixés sur le pavé humide jonché de vers de terre roses.

Pohpoh le rattrapa avant qu'il ne tourne le coin. Elle le colla contre le mur, le saisit par le poignet et fourra le poing du garçon, maintenant réticent, à l'intérieur de sa blouse d'écolière ouverte. Au contact du mamelon qui se dressait sous la combinaison de coton, le poing se déplia, les doigts s'étendirent, explorèrent, moulèrent la petite bosse. L'autre main tâtonna derrière Pohpoh, découvrit avec plaisir d'autres rondeurs. Surexcité, Boyie approcha sa bouche ouverte, langue en avant comme un ouvre-boîte, de la bouche de son amie. Les mots *Pohpoh Ramchandin* dansaient dans sa tête. Mais, lui plaquant la main contre la poitrine, Pohpoh Ramchandin le repoussa.

— Pas ici, dit-elle. Allons chez toi. J'ai vraiment envie de faire ça avec toi.

Les deux enfants se dirigèrent vers la maison d'adobe située à l'autre extrémité des plantations de Paradise Estate. Courant dans les sillons fertiles et peu profonds, entre les crêtes de jeunes plants de canne à sucre, ils aboutirent au terrain de cricket municipal. Alors qu'ils traversaient ce grand espace plat, Boyie essaya de prendre la main de Pohpoh. Elle serra la sienne, puis la lâcha et lui flanqua son cahier et son dictionnaire dans les bras. Elle passa devant lui, longeant les gradins grossièrement taillés et le kiosque improvisé, puis descendit entre deux rangées de gaïacs.

Boyie la suivit par-dessus les planches vermoulues qui enjambaient un ravin rempli d'eau fétide. Agitant les bras, ils traversèrent des rideaux de moustiques et de mouches noires et débouchèrent sur l'arrière de l'ajoupa chaulé où Boyie habitait avec sa mère. Une fois dans la cour, Pohpoh se laissa guider par lui. Boyie s'attarda devant les arbres fruitiers et montra à Pohpoh sa nichée de lapins enfermés dans un clapier délabré, sous un sapotier. Il lui expliqua nerveusement qu'il avait construit la cage lui-même. Pohpoh le tira par la manche de sa chemise, insistant pour qu'ils entrent tout de suite dans la maison.

Debout devant le lourd rideau de coton qui délimitait sa chambre, Boyie leva une main tremblante pour lui ordonner d'attendre qu'il ait vérifié, bien qu'il fût encore tôt, si sa mère n'était pas déjà rentrée. Immobile au milieu de la pièce chichement meublée, il écouta les bruits du soir, s'imaginant à chaque instant entendre sa mère l'appeler depuis la cour.

Le jour déclinant obscurcissait encore davantage l'intérieur sombre. Regardant son compagnon avec impatience, Pohpoh attendit. Elle écarta lentement les rideaux et se glissa dans le réduit que le garçon appelait sa « chambre ». Boyie la suivit à contrecœur. Il se frotta contre les rideaux pour les séparer de nouveau. Pohpoh se tourna et, d'un geste énergique, les referma. De ce côté-là de la mince cloison de tissu, la lumière ambrée du soir entrait à flots par une fenêtre carrée récemment ouverte dans le mur de terre. Une caisse retournée occupait l'espace entre le rideau et le lit de Boyie. Une pile impeccable de chemises d'écolier soigneusement repassées reposait sur cette table de fortune. Au pied du lit bas et étroit se dressait une autre caisse, retournée elle aussi, et montée sur des blocs en bois. Des livres écornés, déchirés, et un pot de confiture rempli de crayons étaient posés dessus. Deux autres pots trônaient là comme des trophées. L'un contenait les restes d'une sauterelle vert et noir au ventre d'un blanc crayeux, l'autre une danaïde. Pohpoh prit le récipient renfermant le papillon et le fit tourner, suivant du doigt les grosses lignes noires et continues des ailes de l'insecte.

— Bon, ça vaut sans doute mieux que de le laisser pourrir dehors, commenta-t-elle d'un ton dédaigneux.

Boyie, incertain, s'assit au bord du lit, face à sa caisse-bureau, et se mit à jouer avec un compas. Debout derrière lui, Pohpoh, complètement indifférente au corps du garçon, mais résolue à l'employer à ses propres fins, s'avança petit à petit vers lui. Boyie sentit qu'elle empêchait la brise d'entrer par la fenêtre. S'enhardissant, Pohpoh passa la main dans ses cheveux gras. Du bout des doigts, elle chatouilla son cou moite, glissa l'index dans son oreille huileuse, en caressa le pourtour.

— Tu savais que... Euh... Tu as vu Stanley et Deo ? marmonna-t-il. Tu les as vus en train de copier l'un sur l'autre, aujourd'hui, en classe ? Le prof aurait pu les surprendre, tu sais. Qu'est-ce qui se passerait si on les attrapait ?

Feignant de ne pas l'entendre se déshabiller, il remit de l'ordre dans les livres déchirés, volés à la bibliothèque de l'école. Du coin de l'œil, juste au-dessus du bord de la table, il aperçut de la peau nue et une culotte en coton jaune. Il se tourna, fasciné par la volute cannelle du nombril. Lentement, il accommoda son regard sur une des aréoles rose brun, puis sur l'autre. Pohpoh Ramchandin, Pohpoh Ramchandin, Pohpoh Ramchandin. Il se leva et lui fit face. Lui prenant la main, elle le tira vers le lit tandis qu'il regardait les rideaux fermés. Il fixa les yeux sur le ciel orangé qu'on apercevait par la fenêtre comme s'il s'attendait à voir une tête apparaître dans l'ouverture. Il était à la fois paniqué et excité.

Pohpoh s'allongea sur le matelas piquant et bosselé. Des fibres de noix de coco traversaient le drap en toile grossière. Le lit dégageait une odeur musquée de collégien et un arôme de noix de coco. Toujours vêtu de son uniforme scolaire et de ses chaussures, Boyie grimpa dessus, guidé par Pohpoh. Il se balança, à quatre pattes, au-dessus d'elle, tremblant et terrifié. Quand sa peur fit place au désir impérieux d'abaisser son bassin, elle l'attrapa par la taille et le repoussa fermement vers le haut. Elle le tint là jusqu'à ce qu'il eût compris qu'il devait y rester. Avec maladresse, il descendit sa bouche pour baiser, frôler, ouvrir celle de Pohpoh, la langue toujours en avant. Pohpoh l'arrêta. Elle tourna brusquement la tête et tira le garçon vers ses seins. Le maintenant des deux mains, elle lui plaça la bouche à l'endroit désiré : sur un mamelon. Elle leva le nez vers le plafond pour échapper à la sueur qui trempait les épais cheveux gras du garçon, puis, sans le regarder, elle murmura :

— Suce-les.

Instinctivement, il lui saisit la taille et s'exécuta. Ses yeux exorbités restaient rivés sur les rideaux fermés. Il avait peur d'être surpris, pourtant il espérait à demi que sa mère rentrerait.

Soudain, il sentit tout le corps de Pohpoh se tordre sous lui, sa main agripper ses cheveux. Oubliant les rideaux, il allongea une jambe et se glissa entre les cuisses écartées de la fille. Il se tortilla, essayant maladroitement de dégrafer sa ceinture, puis, allongeant son autre jambe, il se laissa tomber plusieurs fois sur Pohpoh. Elle se pressa contre son membre dur qui semblait avoir trouvé sa place, même à travers son short kaki malodorant et sa culotte mouillée à elle — que, bien entendu, elle n'enlèverait pas. Se servant de cette turgescence, elle parvint à ses fins avant même que Boyie n'ait eu le temps de défaire sa ceinture.

Aussitôt, elle changea complètement d'humeur.

— Faut que j'y aille, il est tard, lâcha-t-elle, poussant Boyie sur le côté du lit.

Elle ramassa ses vêtements éparpillés sur le sol et commença à s'habiller. Boyie resta couché sur le ventre, suffocant, son visage défait appuyé sur ses mains. Troublé, endolori, il regarda Pohpoh s'agiter, retourner sa combinaison et la passer par-dessus sa tête.

Puis, sans prononcer un autre mot, Pohpoh Ramchandin partit comme si de rien n'était.

Son cartable serré telle une armure contre sa poitrine, Pohpoh fila à la maison. Elle voulait arriver chez elle avant que son père ne revînt de la rhumerie où il passait souvent l'après-midi. Parfois, Pohpoh s'imaginait qu'en prenant de la vitesse elle pourrait décoller du sol et voler par-dessus les murs, les jardins, les cimes des plus grands arbres et même plus haut — frégate montant dans le ciel avec ses congénères — jusqu'à ce qu'elle perdît sa ville de vue et qu'il ne restât plus qu'une petite île méconnaissable qui dérivait tel un grain de poussière sur une vaste étendue d'eau turquoise.

Elle ouvrit le haut portail treillagé de la maison paternelle. Elle refusa de penser à l'odeur d'une salive étrangère sur ses seins. Effacer cette trace équivalait à préparer son corps pour son père. Elle entra toutefois dans la cabane sombre aux murs moisis, construite dans l'arrière-cour, et remplit d'eau une cuvette en métal émaillé. Le mieux, décida-t-elle, serait de se frotter avec une solution concentrée de borax, de s'enduire d'un onguent à base d'essence d'eucalyptus, de camphre et de térébenthine, puis de se plaindre de maux d'estomac et de courbatures.

Le personnel et les pensionnaires de l'hospice commencent à avoir moins peur de Mala Ramchandin. Certains, même, mettent en doute sa réputation qui, vu sa tranquillité et son amabilité, paraît tout à fait absurde. On dit que les résultats que j'ai obtenus avec elle « tiennent du miracle ». Quand je repousse ce compliment, sachant que la transformation de Mala Ramchandin n'est due qu'à un traitement humain, on m'interrompt et on m'assure que je suis bien trop modeste... pour un homme. Au début, je me suis senti flatté d'être enfin inclus dans la conversation et qu'on remarquât mon absence aux repas. Maintenant, je peux me faire la raie à droite ou à gauche ou porter un nouveau foulard le soir sans récolter d'hypocrites compliments. C'est un changement agréable, bien qu'un peu inquiétant. La directrice m'a demandé si je voulais m'occuper de M. Phu, un pensionnaire très agité qui ne laisse aucun repos au personnel soignant : il est persuadé qu'une armée de fourmis a envahi sa chambre. Elle pensait que je serais peut-être capable de lui ôter cette idée de la tête. Bien qu'elle me l'ait demandé — et non pas ordonné —, je ne pouvais refuser cette « mutation ». Son attitude montrait qu'elle commençait à me respecter.

Ce soir-là, j'ai informé Mala Ramchandin que je lui consacrerais moins de temps à l'avenir. Elle n'a pas réagi. De retour dans ma chambre, j'ai tendu l'oreille toute la nuit, me demandant ce qui allait se passer. À mesure que les heures s'écoulaient et que rien ne venait troubler le silence, j'ai sombré dans l'abattement. Elle aussi devait sentir qu'il était temps pour moi de m'occuper d'un autre patient, me suis-je dit. Elle avait sans doute envie de voir une nouvelle tête. J'ai pensé à la robe fourrée derrière la commode et ma poitrine s'est creusée de chagrin. Je me suis endormi à l'aube, car rester éveillé, ou même vivant, était trop douloureux.

Je continuais à lui apporter son petit déjeuner. Aussi, le lendemain matin, ai-je eu une autre preuve de la sympathie que tout le monde s'était brusquement mis à éprouver pour elle. Pendant les premières semaines de son séjour, j'allais à la cuisine et lui préparais un repas sans produit animal.

Chaque fois, j'étais obligé d'écouter les reproches de la cuisinière. À l'en croire, je lui donnais un surcroît de travail, je gâtais la vieille dame, je pratiquais du favoritisme à son égard.

Ce matin, donc, j'ai suivi une trace d'œufs brouillés menant à la cuisine pour lui préparer son petit déjeuner, comme d'habitude. Tous les plateaux étaient alignés. Sur chacun d'eux, on voyait une bouillie d'œufs écrasés, une tartine beurrée, une tasse de chocolat et une banane non pelée. J'ai ouvert le placard. Alors que j'y cherchais le pain et le couteau à pain, la cuisinière m'a tendu un plateau en silence : de l'avocat écrasé, une tranche de pain, du cacao et une banane. J'aurais dû considérer cette offrande comme le résultat des progrès accomplis par la cuisinière et par Mala Ramchandin. Au lieu de cela, ce geste m'a donné le cafard. Je me suis senti dupé. Mon moral était au plus bas ; je l'ai traîné sur le sol comme une ombre récalcitrante, à plusieurs pas derrière moi.

La bouche sèche, je me suis approché du pavillon de Mala Ramchandin. Mes jambes pesaient une tonne. Je n'avais qu'une envie : retourner dans ma chambre et dormir profondément. Comme d'habitude, j'ai frappé et, comme d'habitude, je n'ai pas attendu de réponse. En entrant, j'ai failli lâcher mon plateau. Mala Ramchandin avait déblayé le milieu de la pièce. Trois robes, une combinaison, deux chemises de nuit, des culottes, quatre paires de chaussettes, une paire de chaussures, un pot de chambre, une brosse et une savonnette étaient disposés avec soin tout autour de la pièce. Un rouleau de papier hygiénique avait été débité et fixé au mur, feuille par feuille, avec des épingles. La commode gisait, renversée, devant la fenêtre. Le cadre de lit, couché sur le côté, surmontait la commode. Il était chevauché par la table recouverte du matelas, lui-même écrasé par quatre tiroirs soigneusement placés côte à côte. Dans ceux-ci, deux chaises se faisaient face. Couronnant le tout, il y avait un tabouret et sur ce tabouret était assise la vieille dame. Elle était suffisamment près du plafond pour cueillir de vieilles toiles d'araignée sur les planches en bois. Je me suis mis à sourire, mais elle a poursuivi sa tâche. Elle a émis une sorte de faible bourdonnement pareil à celui d'un tube de néon sur le point d'expirer, interrompu par une seule question adressée au plafond :

— Où est Asha ?

Je suis resté près de la porte que je maintenais ouverte, me repaissant du spectacle. Pour m'assurer qu'elle avait vu à quel point j'appréciais sa grandiose et muette protestation, je me suis exclamé bruyamment. Un attroupement s'est formé presque aussitôt. La directrice est arrivée en courant. Elle s'est exclamée, elle aussi. Ensuite, elle n'a lâché que ces quelques mots empreints de frustration :

— Au moins, les fourmis de M. Phu ne sont qu'imaginaires !

C'est ainsi que j'ai continué à m'occuper de Mala Ramchandin à plein temps.

Pour tous les autres, Mala Ramchandin semblait avoir un vocabulaire limité ou, du moins, être devenue si gâteuse qu'elle ne pouvait qu'imiter des sons. Cependant, je savais pertinemment qu'elle était capable de parler et avait d'innombrables histoires et pensées dans sa tête. Quand nous étions seuls tous les deux, elle marmonnait à longueur de journée. Mais, comme exercée à entendre le pas le plus furtif, elle s'enfermait dans le mutisme quelques secondes avant l'approche d'une tierce personne. J'en étais venu à comprendre qu'elle n'attendait pas de réponse ; toutefois, ce n'était pas une coïncidence si elle choisissait de ne parler qu'en ma présence. Au début, j'ai considéré cela comme un simple honneur. Puis, dans ses marmonnements, j'ai commencé à reconnaître des éléments de ces rumeurs légendaires qui couraient sur elle. J'ai demandé à M. Hector de m'acheter un cahier en ville et je me suis mis à noter tout ce qu'elle disait, même si ses phrases paraissaient incohérentes. Quand elle m'a vu attendre ses prochaines paroles et les inscrire dès qu'elle les avait prononcées, elle s'est approchée de moi. J'ai bientôt eu l'impression que ses murmures s'adressaient effectivement à moi, que j'étais devenu son témoin. D'une voix monocorde, elle parlait vite et avec insistance, se répétant parfois pendant des heures. De toute évidence, elle me dictait un texte, même si celui-ci était décousu. Je griffonnais et, quand elle commençait à se répéter, je reprenais haleine et reposais mes doigts crispés. Il est devenu clair que la question « Où est Asha ? », habituellement posée sans émotion ni nuance, n'était pas du simple radotage. Elle avait un but, tout comme le reste de son bavardage. En fin de compte, c'était le même que celui que je poursuivais, moi, quand j'écoutais, passais au crible, coupais et rassemblais ses obscures confidences.

Un jour, une infirmière est venue annoncer que Mala Ramchandin avait deux visiteurs. J'ai vite rangé mon cahier et ma plume. C'étaient les mêmes, a précisé l'infirmière, que ceux que la directrice avait renvoyés quelque temps auparavant — un certain M. Ambrose Mohanty et son fils —, ceux qui avaient apporté les boutures de cereus. Mala Ramchandin a cligné des yeux. Au cours de ses radotages, elle avait déjà mentionné ce nom.

Habitué à lire, comme en braille, toutes ses expressions, j'ai eu la bonne idée d'entreprendre de la faire belle. Ses visiteurs, en effet, étaient sur leur trente et un. Le vieux monsieur offrait un spectacle étonnant. Vu de loin, il semblait chanceler et trembler. L'homme plus jeune devait le soutenir. Mala Ramchandin marchait lentement à mes côtés. Alors que nous approchions des visiteurs qui attendaient dans le jardin, elle s'est mise à s'agiter. Au lieu de regarder dans leur direction, elle a tourné les yeux à droite, à gauche, et a tripoté ses ongles. Levant la tête vers le ciel, elle s'est mise à traîner. Je l'ai encouragée en lui donnant de petits coups de coude amicaux. Sa nervosité aurait pu être contagieuse si la tenue extraordinaire des visiteurs n'avait pas éveillé ma curiosité. Le vieil homme portait un haut-de-forme, une chemise blanche habillée, un nœud papillon et un épais habit noir, insolite à Lantanacamara à n'importe quel moment, mais surtout dans la chaleur humide de la saison. Il tremblait si fort que sa canne en bois ciré ne lui servait à rien. Son compagnon était jeune, grand et mince. Au premier coup d'œil, il avait l'aspect anguleux et la vivacité d'une jeune fille au seuil d'une puberté non souhaitée ; au second, la gracilité innocente d'un garçon qui ne deviendrait jamais tout à fait un homme. Lui aussi, il portait un chapeau, et, bien que ce fût un panama, celui-ci attirait l'attention car, malgré le soleil, les couvre-chefs, à Lantanacamara, étaient réservés aux enterrements, aux offices religieux et aux cérémonies officielles.

Se plantant derrière son père, le jeune homme a posé ses mains sur les épaules du vieil nomme. Était-ce un geste de contrainte ou de protection ? Je ne saurais le dire. Ambrose Mohanty tremblait. Il a plaqué une main sur sa bouche comme pour contenir ses émotions et a avancé en traînant les pieds. Mala Ramchandin a fixé le regard à gauche, sur un fin nuage à l'horizon, mais elle aussi s'est approchée.

— C'est elle, dit le jeune homme. Ça va, papa ?

La main toujours devant la bouche, le vieil homme s'est mis à sangloter. Il a pressé le pas.

— Oh, mon Dieu ! Mala Ramchandin, Mala Ramchandin, Mala Ramchandin. Est-ce toi ? Oui, c'est bien toi. Oh, mon Dieu ! Ma Mala Ramchandin.

Il parlait à voix basse, comme tourmenté par des remords.

Mala Ramchandin l'a contourné et s'est dirigée vers le banc le plus proche. Après avoir gauchement salué les visiteurs, je l'ai accompagnée. Les deux hommes se sont tournés et nous ont suivis. La vieille dame s'est assise, soudain calmée, et a contemplé la vallée en balançant les jambes. Son visage paraissait dénué d'expression, comme si elle ne s'apercevait pas de leur présence.

Ambrose Mohanty s'est approché d'elle ; son fils s'est placé discrètement derrière le banc. Je me suis surpris à lorgner sa peau exceptionnellement douce et imberbe. Il s'en est rendu compte et m'a tendu la main.

— Je m'appelle Otoh Mohanty. Otoh. Et voici mon père. Il la connaît depuis très longtemps. Ils étaient amis.

Malgré la douceur de sa paume, sa poignée de main était si ferme et si sûre que je n'ai pu m'empêcher de le regarder dans les yeux. Je ne sais comment je pourrais le dire autrement, car même les superlatifs ne serviraient à rien : Otoh était d'une beauté à vous couper le souffle. Il m'a vu ouvrir la bouche d'étonnement. J'étais si gêné que ma main est devenue toute molle. Otoh l'a gardée un moment de plus dans la sienne et a souri. Pour me présenter, j'ai été obligé de m'éclaircir la voix.

M. Mohanty s'est assis à côté de Mala Ramchandin, ses mains jointes serrées entre les jambes. Il regardait la vieille dame en secouant la tête. Une profonde émotion altérait ses traits ; des larmes coulaient sur ses joues.

— Est-ce que votre père se sent bien ? ai-je demandé.

Otoh Mohanty a haussé les épaules.

— Il ne l'a pas vue depuis des années, vous comprenez. Comment va-t-elle ? Est-ce qu'elle va bien ? A-t-elle conscience de notre présence ?

— Tout à fait. Regardez comme elle balance ses jambes. Pour vous, ce n'est peut-être pas évident, mais moi je sais qu'elle est contente.

Malgré son manque apparent d'expression, le visage de Mala Ramchandin n'avait jamais été aussi calme et détendu. Je n'ai pu réfréner ma curiosité.

— Elle le connaît bien, votre père ?

Otoh m'a lancé un regard qui signifiait : « Je vous expliquerai plus tard. »

Une question me brûlait vraiment les lèvres : « Est-ce qu'il connaît sa sœur, Asha ? » Mais, de peur de rompre le charme et certain que je reverrais ces deux hommes, je me suis abstenu de la lui poser.

Maintenant, ces messieurs viennent toutes les semaines. J'attends leur visite avec autant d'impatience que Mala Ramchandin. J'avoue que cette fébrilité est due en grande partie à l'affection croissante que j'éprouve pour le séduisant Otoh. Au cours d'une de leurs visites, il m'a expliqué que Mala Ramchandin et son père avaient été très liés. Grâce à lui et à son père, j'ai pu combler des lacunes et comprendre une partie des marmonnements de la vieille dame. Un jour, par exemple, elle n'a pas cessé de parler d'un gramophone, un autre d'araignées, puis de tyrans et d'escargots. Même si j'avais appris à ne pas sous-estimer ses facultés mentales, j'admets que je considérais parfois ses paroles comme de pures inventions. Cela ne m'empêchait pas de tout noter pour le cas où. Vous pouvez donc imaginer ma joie quand M. Mohanty et le bel Otoh m'ont raconté des histoires dans lesquelles figuraient précisément ce gramophone, ces araignées, ces oiseaux et ces escargots.

2.

La tentation de dévier de ma mission et de décrire en détail la romantique éclosion de ma relation avec Otoh Mohanty est presque irrésistible. À mes yeux, du moins, chacun de ces détails est fascinant, car c'est la première expérience que j'aie jamais eue dans ce domaine en dehors de celui de ma fertile imagination. Je dois cependant me rappeler que mon but principal est de relater l'histoire de Mala Ramchandin. Asha, si vous lisez ces lignes, je vous dirai simplement que, grâce à votre sœur, ma propre vie a finalement — et pas trop tard, ajouterai-je — commencé à s'épanouir. Mais suffit. Désormais, je me retiendrai. Vous n'entendrez presque plus parler de moi. Je m'appliquerai à raconter l'histoire de Mala Ramchandin, rassemblant en un tout d'innombrables fragments...

Affalé sur un fauteuil roulant en bois courbé, dans la cuisine d'une maison de Government Alley, M. Ambrose E. Mohanty surveillait les moindres gestes de son fils, Otoh Mohanty. Ce dernier extirpa d'un tonneau trois filets de morue archisalés et archisecs et les enveloppa dans du papier brun. Avant de laver ses mains couvertes de sel, il les approcha de son visage et les renifla. Assise à la table, Mme Elsie Mohanty écossait des petits pois. Son attitude trahissait le déplaisir que lui procurait cette tâche. D'un air renfrogné, elle écoutait son mari donner des instructions à leur fils. Elle finit par grommeler, assez fort pour être entendue :

— Je suppose que tu vas aussi me prendre les petits pois que je suis en train d'éplucher. Ça fait des années maintenant que, tous les mois, assise dans cette cuisine, je dois te regarder emballer de la nourriture, la nourriture de ma famille, pour cette femme. J'ai le temps de descendre dans la tombe et de renaître avant que tu t'y mets, à penser à autre chose qu'à cette vieille. Si j'avais su que cette bonne femme t'avait ensorcelé, j'aurais drôlement réfléchi avant de te dire oui !

— Alors notre fils, la joie de notre vie, ne serait jamais né. Madame Elsie Mohanty, ma femme, Mala est folle. Aussi folle qu'un oiseau écervelé. Complètement timbrée.

Comprends-tu ce que je te dis ? Où trouverait-elle sa subsistance, ma chérie ? Nous sommes chargés de prendre soin d'elle. Faire la charité à cette pauvresse aura sa récompense ici-bas ou au ciel. Je peux t'assurer qu'elle ne pense pas du tout à moi, ni d'ailleurs à personne d'autre dans cette ville. Tu n'as aucune raison de te tracasser à ce sujet.

Ambrose se tourna vers son fils.

— Bon, le riz maintenant. N'oublie pas le riz. Et prends aussi une boîte d'allumettes.

— Papa, est-ce qu'il m'est déjà arrivé d'oublier le riz ?

Frustrée, Elsie secoua la tête.

— Ça alors ! Nous sommes chargés de prendre soin d'elle ! Et *qui* nous en a chargés, s'il te plaît ? Tu dis qu'elle est folle et tu lui envoies des allumettes ? Pour quoi faire ? Pour qu'elle fiche le feu à sa maison et à toute la ville ?

Autrefois, Elsie était fascinée par les pétales soyeux fleurant les Terres humides qui tombaient des lèvres d'Ambrose. À présent, elle aurait préféré qu'il se tût ou employât de nouveau un langage simple et clair.

Chaque premier samedi du mois, Otoh entendait la même conversation. La seule, en fait, qu'eussent jamais ses parents. Dans son enfance, ils échangeaient insultes et reproches — une vraie partie de ping-pong, à la différence qu'ils jouaient chacun avec leur propre balle. Le temps passant, leur ton était devenu plus monotone, plus bas. Les vociférations d'Elsie avaient perdu de leur virulence, vu qu'elle s'était rendu compte qu'elles ne servaient à rien. À part de vagues marmonnements destinés aux oreilles d'Ambrose, elle se contentait à présent d'émettre de longs soupirs étudiés.

Le premier paquet de vivres avait été expédié peu avant la naissance d'Otoh. Dès le début de ces livraisons, la jeune épouse d'Ambrose avait manifesté divers degrés de colère. Elle avait assez de compassion et de sens civique pour approuver l'idée d'envoyer de la nourriture à une femme sans ressources, mais, ce qu'elle trouvait insupportable, c'était qu'Ambrose tînt à s'en occuper lui-même. Il accomplissait sa tâche avec tant de soin que le cœur d'Elsie en saignait. Au cours des jours précédant leur mariage, elle avait entendu dire que la femme sur la colline était devenue folle. Malgré cela, la flamme de sa jalousie continua à brûler. C'était en fait la jalousie qui l'avait poussée à épouser cet homme.

De retour au bercail, à la fin de ses études, Ambrose E. Mohanty devint le meilleur parti de Paradise. Dandy pourvu d'une éducation étrangère, il avait les manières et la façon de parler d'un lord des Terres humides septentrionales. Qu'une perle pareille se souciât autant d'une femme que son père avait manifestement confondue avec son épouse et dont la propre mère avait manifestement confondu une autre femme avec son époux représentait, pour les habitants de la ville, un affreux gaspillage. Amender ce célibataire aurait pu constituer une noble tâche, mais Elsie ne fut pour presque rien dans cette transformation. Ce n'est que lorsque Mala Ramchandin chassa Ambrose de sa vie que le jeune homme remarqua une certaine Mlle Elsie Smart qui, vue sous un certain angle, avec son haut chignon, lui rappelait sa bien-aimée avant que celle-ci ne se métamorphosât en une créature sauvage. Il chercha donc consolation auprès d'elle.

Dès les premiers jours de leur mariage, toutes les disputes entre Elsie et son apathique et fuyant mari provenaient de sa jalousie à elle et de son obsession à lui concernant le bien-être de sa « poule ». Leur antagonisme se manifestait surtout par un durcissement du regard autant que du cœur. Il ne devenait audible que les jours de livraison de nourriture. Ce fut en ces débuts de sa vie conjugale qu'Ambrose apprit l'art d'esquiver les rages de sa femme provoquées par ce qu'elle appelait son « infidélité mentale ». Jamais il n'oubliait une seule livraison.

L'endurcissement des cœurs n'empêchant pas la conception, le couple eut un enfant. Elsie donna naissance à une fille. Son arrivée en pleine altercation mensuelle les affecta profondément tous trois. Ensuite, Ambrose n'éleva plus jamais la voix. Il se mit à dormir un mois durant, ne se réveillant par miracle que pour réapprovisionner Mala Ramchandin. Elsie refusait de dormir, ou même de fermer les yeux, de peur de manquer le réveil tant attendu de son mari. À ce moment-là, se disait-elle, il risquait en effet de désirer sa femme ou une vie de famille normale.

Quand Ambrosia eut cinq ans, ses parents étaient tellement absorbés par leurs problèmes conjugaux qu'ils ne se souciaient de rien d'autre, pas même de leur enfant. À peine remarquèrent-ils que leur fille se transformait en fils. Ambrose dormit tranquillement tout le mois jusqu'au premier samedi du mois suivant. Dans son vif désir d'avoir un homme à la maison, Elsie accepta la conviction qu'avait Ambrosia d'être un garçon. Elle pensait que cela lui passerait. Mais l'enfant marchait, courait, s'habillait, parlait, jouait et faisait tout, sauf uriner peut-être, comme un garçon, de sorte qu'Elsie finit par oublier qu'elle avait donné naissance à une fille. Quant à Ambrose, dans ses rares moments de veille, il ne semblait pas se rappeler qu'il en avait engendré une.

La transformation fut parfaite. Des heures d'exercices physiques abrutissants changèrent Ambrosia en un être anguleux, musclé, dérangeant le flux des sucs hormonaux, quels qu'ils fussent, qui l'avait défini. Une transformation si parfaite qu'en le voyant plus tard la sage-femme et le médecin accoucheur se demandèrent comment ils avaient pu avoir la négligence de le déclarer de sexe féminin.

Dotée d'une imagination fertile, Ambrosia était à la fois capable de se représenter les divers aspects d'un dilemme — et, s'il n'y avait pas encore dilemme, d'en créer un — et douloureusement incapable de prendre une décision. Dès le début de ses études secondaires où il excellait à penser, mais non point à agir, cette particularité qu'il avait de peser le pour et le contre, « d'une part » et « d'autre part », lui valut un changement de nom. À son déplaisir, on commença à l'appeler Otoh-boto, abrégé ensuite en Otoh, surnom qu'il portait encore.

Par une pluvieuse matinée de samedi, Otoh était allongé, torse nu, dans sa chambre du rez-de-chaussée. Aux côtés d'une femme. Celle-ci avait essayé de l'exciter en dessinant du bout des doigts des cercles et des huit sur sa belle poitrine merveilleusement glabre. Surpris et silencieux, le jeune homme étudiait les sensations qu'il éprouvait quand elle frôlait ses mamelons. Ces titillations l'intéressaient davantage et lui procuraient plus de plaisir que ne le faisait sa compagne. Malgré lui, il fut soudain submergé d'un désir si fort qu'il se tourna vers elle et se mit à caresser sensuellement la jambe découverte qu'elle avait jetée d'une façon provocante sur son corps à demi dévêtu. La femme posa la main au creux de ses reins, la nicha dans la dépression formée par sa colonne vertébrale. Elle joua un moment dans cette cavité, monta sur les côtés, redescendit. Elle glissa ensuite les doigts sous la ceinture de son pantalon. Fou de désir, Otoh allait la caresser à l'arrière de sa cuisse et ouvrir la fermeture Éclair de son propre pantalon, plus décidé que jamais à affronter la colère de Paradise, quand un vacarme épouvantable le fit bondir hors du lit. Ambrose Mohanty, encore tout abruti par un mois de sommeil, était passé trop rapidement devant sa bougonne de femme et avait descendu sur le dos la volée de marches de l'arrière-cour. Le sac de riz et celui d'oignons qu'il portait se déchirèrent. Le riz s'éparpilla comme à la sortie d'un mariage. Les ambulanciers faillirent glisser dessus.

Alors qu'on l'enfermait dans le véhicule de secours, Ambrose fit jurer à Otoh, sur son pelvis cassé, qu'il préparerait et livrerait immédiatement un nouveau paquet de provisions. C'était la première fois qu'il envoyait Otoh chez Mala Ramchandin. Sa lente convalescence lui fournit ensuite une irréfutable excuse pour rester couché jour et nuit. Intrigué par l'affection de son père pour une femme qu'il n'avait pas vue depuis plus de trente ans, Otoh accepta cette tâche.

De retour dans la cuisine de Government Alley, Ambrose demanda à Otoh de pousser son fauteuil roulant sur la véranda. Une fois hors de portée des yeux et des oreilles de son épouse, il tira Otoh par la main, l'obligeant à se pencher vers lui.

— Si la chance t'accorde le plaisir d'avoir une entrevue avec elle, murmura-t-il à l'oreille d'Otoh, puis-je abuser de ton amabilité, mon très cher fils, et te charger de la noble tâche de lui dire qu'un certain M. Ambrose Mohanty, qu'elle connaît aussi sous le nom de Boyie, lui souhaite de passer une excellente journée ?

— Papa, j'ai porté des provisions là-haut de si nombreuses fois que j'en ai perdu le compte, mais jamais encore je ne l'ai aperçue. Pourtant, je sais qu'elle est là car la nourriture disparaît avant que je ne reprenne la route.

S'obstinant, son père embrassa Otoh sur la joue.

— *Si*, ai-je dit. C'est tout ce que je demande et puis espérer.

— Tous les mois, tu me répètes la même chose : si, si, si. Mais elle ne s'est jamais montrée. Personne ne l'a vue depuis des années. Personne, papa. Pourquoi continues-tu à penser et à espérer, mois après mois, qu'elle va m'apparaître ? Même les enfants de la ville ont renoncé depuis longtemps à la regarder planter des coquilles d'escargot dans son jardin.

— Si, mon fils, seulement si...

— Otoh ! appela Elsie de la cuisine.

Otoh savait déjà de quoi il s'agissait. À l'insu d'Ambrose, Elsie avait récemment pris l'habitude d'ajouter à la livraison mensuelle un paquet supplémentaire à titre de contribution civique personnelle. Elle flanqua une livre de beurre salé très froid contre la poitrine de son fils.

— Elle a pas de graisse pour cuisiner, cette folle ! Comment qu'elle peut faire à manger sans ça ? Tâche de laisser ces choses à un endroit très visible, tu m'entends. Ça serait dommage si notre bonne nourriture se perdait. Seigneur ! Qu'est-ce qui me prend, à mon âge, de m'occuper d'une vieille femme que ton père courtisait autrefois ? Tu peux me le dire, mon fils ?

— Tu as promis à ton mari de l'épouser « pour le meilleur et pour le pire », maman. Or, les choses pourraient être bien pires.

— Écoutez-moi ça ! Les enfants y comprennent vraiment rien aux besoins de leurs parents. Moi, je te dirai que nous avons dépassé depuis longtemps le stade du « bien pire ». Cette femme vide ton père de toute passion. Je dois me contenter d'un cadavre pendant un mois et d'un homme pendant un jour. Et cet homme y a plus la moindre étincelle en lui. L'est comme une bille ébréchée tombée dans une assiette de soupe. Une bille avec laquelle tu peux pas viser. Dans son cœur et dans sa tête, l'est comme tous les autres hommes. Même quand tu le vois là, endormi tout seul dans son fauteuil, il est infidèle, infidèle. Y se réveille que pour penser à elle. Ton père est stupide, Otoh. Parce que, même si elle le voyait, elle le reconnaîtrait pas. Cet homme, je te le dis, c'est une bille ébréchée.

— Moi, ce que je ne comprends pas, maman, c'est pourquoi tu restes dans cette maison, alors que tu vivrais mieux ailleurs.

— Humpf ! Qu'est-ce que t'y connais au mariage pour me donner ce genre de conseil ?

Otoh l'embrassa. L'odeur familière de moisi que dégageaient ses cheveux le remplit de tendresse. Il la pressa contre sa poitrine et lui baisa le haut de la tête. Elle l'étreignit, jouissant du contact et de l'odeur d'un autre être humain.

— Eh bien, qu'est-ce que t'attends ? T'as pas assez de paquets à porter ?

— Mais, maman, c'est toi qui m'as rappelé pour me donner le beurre. Avec cette chaleur, il aura d'ailleurs fondu avant que j'arrive en haut de la colline.

Selon toutes les apparences, les villageois avaient fini par oublier Mala. La génération de gosses qui l'avait tourmentée, l'insultant et la bombardant de pépins de mangue, avait grandi. Leurs enfants préféreraient s'ébattre dans les limites de leurs propres cours, jouer aux gendarmes et aux voleurs, aux cow-boys et aux Indiens. Il leur arrivait de remarquer les rangées toujours plus longues et plus larges de coquilles d'escargot blanchies plantées dans son jardin, mais ils ne manifestaient aucune curiosité ni à ce sujet ni au sujet des rares et imprévisibles apparitions de Mala à l'extérieur de la jungle de ronces et d'orties qui cachait sa demeure. Quand ils devaient passer devant sa maison, ils traversaient la rue, jetant un coup d'œil à travers la clôture — non pour voir la vieille femme, mais pour s'assurer qu'elle ne les voyait pas.

À en croire leurs parents, elle était capable de sauter par-dessus la haie, de pourchasser un enfant insolent qui l'avait insultée et de lui arracher la cervelle. Aucun d'eux n'avait subi ce triste sort, mais tous en avaient peur comme s'il s'agissait d'une réalité. Les parents se servaient de ce mythe comme d'une férule. Si Mala apparaissait soudain quand ils longeaient la rue, les enfants se taisaient, se cachaient derrière les buissons de poinsettias hauts de trois mètres, priaient fébrilement et prenaient de bonnes résolutions. Ils regardaient cette grande femme maigre comme un clou, à la tignasse argentée, émerger des ronces avec un seau métallique rempli de coquilles d'escargot. Ils la voyaient relever sa longue robe, se pencher et aligner soigneusement sa collection de coquilles anormalement blanches, les pressant dans la terre et remettant en place celles que la pluie avait délogées. Sans le moindre regard en direction de la clôture, elle se tournait et disparaissait de nouveau dans sa haie sauvage. Les enfants s'enfuyaient en courant, chacun prêt à jurer sur la Bible qu'il, ou elle, avait vu la vieille, et ce spectacle alimentait de terribles cauchemars nocturnes.

Inutile de tuer un être vivant pour lui prendre une goutte de sang. Une piqûre d'aiguille suffisait. Malgré ses mains tremblantes, Mala exécuta prestement cette opération. Une goutte de sang veloutée, marron, de la grosseur d'une larme, tomba sur la soucoupe jaune. Avant que le pigeon pût réagir à la douleur, elle le pressa contre sa poitrine, lui frotta le ventre à l'endroit où elle l'avait piqué. Surpris, l'oiseau frissonna, dégageant une odeur âcre. Avec une petite moue de compassion, Mala lui caressa la tête. Du fond de la gorge, elle émit un roucoulement très doux. Quand le cœur du pigeon se remit à battre normalement, elle ouvrit la main. L'oiseau la regarda d'un air solennel. Mala lui rendit son regard avec sérénité. Le pigeon quitta sa paume et alla se poser à terre. La soucoupe à la main, Mala s'adossa, détendue. La goutte de sang avait commencé à sécher. Sur la cuisinière à bois, la casserole émaillée se mit à cliqueter ; un nuage malodorant traversa la véranda. Mala retourna à la cuisine avec la soucoupe.

L'arrière-cour grouillait d'escargots. Ils rampaient d'une plante juteuse à l'autre, rayant la terre laiteuse d'un lacis de traces brillantes. Derrière la maison, près de l'égout, se trouvait un endroit où ils allaient mourir. Ce cimetière était jonché de coquilles retournées, toutes vides, mis à part, mêlés de terre, quelques restes sentant le poisson des anciens occupants.

Tous les trois ou quatre jours, un relent putride envahissait la maison, l'odeur du temps qui passe, que Mala combattait en préparant une fragrance de son invention. Elle faisait bouillir six coquilles vides, qui perdaient au bout d'une heure leur couleur rose et jaune. La maison s'emplissait alors d'un arôme d'océan bouilli dans lequel on aurait versé, la remuant sans trêve, une terre riche de vers et de racines entremêlés. Cette senteur couvrait celle de pourriture ; on aurait même dit qu'elle la transmutait en son contraire. Une pincée de sel suffisait à produire ces vagues de vapeur, une goutte de sang frais à intensifier l'odeur des escargots, à la rendre presque palpable. Ces effluves persistaient, revivifiant l'air des jours durant. Ils s'accrochaient aux cheveux de Mala, pénétraient ses pores.

Se balançant dans son fauteuil à bascule sur le sol inégal de la véranda de derrière, Mala ferma les yeux et tourna son visage vers la brise. Les arbres de la cour bruissaient et ondulaient. Des pigeons gris et mauve irisé dansaient dans l'abreuvoir où ils nichaient. Ils sautaient du bassin, se perchaient sur la gouttière qui surplombait la véranda, puis redescendaient. Mala ouvrit les yeux. Elle ne voyait pas les oiseaux, mais elle remarqua qu'un pamplemoussier et plusieurs poivriers poussaient dans la terre et la rouille du toit. Celui-ci grinçait et s'affaissait déjà sous leur poids. Ses bords casseraient bientôt. Ce jour-là, elle devrait éviter de se trouver au-dessous, se dit-elle.

Elle regarda sa cour. Des arbres fruitiers et des poivriers avaient surgi de terre à tous les endroits où les oiseaux et les insectes avaient fait tomber des graines. Quelques rosiers aux fleurs couleur feu et une profusion de cereus en étaient les seuls ornements. Tels des doigts crochus, les racines des cactées avaient percé le bois humide du mur de derrière. Ce n'était plus le mur qui soutenait les cereus, mais plutôt l'inverse. La cour offrait à la vue un fouillis de feuillage : jaune vif des limes, argent des eucalyptus, bleu foncé du manguier.

Sous son corsage, à l'intérieur de sa combinaison, Mala portait un mouchoir noué tout ramolli par la sueur. Il contenait une photo sépia froissée, également humide et poisseuse. Mala la sortit et, comme si elle la voyait pour la première fois, en examina avec soin tous les détails. La vaste étendue d'eau derrière les deux femmes. L'écume des vaguelettes qui déferlaient sur la plage. Le ciel limpide. Le pélican qui s'élevait dans les airs. Elle observa les femmes. La plus petite obscurcissait en partie la robe de celle qui se tenait derrière, tout près d'elle. Toutes deux portaient des jupes leur arrivant aux chevilles et des blouses blanches à manches longues. La femme à l'arrière était plus forte. Elle avait la peau blanche et ses cheveux, qui semblaient blancs eux aussi, étaient soigneusement relevés en un chignon sur le haut de son crâne. Elle arborait un large sourire, mais elle baissait les yeux comme si elle regardait sa compagne. On ne voyait pas ses mains. Elle était chaussée de lourdes bottines noires lacées jusqu'au-dessus de l'ourlet de sa robe. Elle dépassait l'autre femme d'une bonne tête. Les cheveux de cette dernière, masse frisée noire que ce genre de photo assombrissait encore, étaient rassemblés en une seule tresse qui pendait sur sa poitrine et lui arrivait au-dessous de la ceinture. Le ton de sa peau était à peine plus clair que celui de ses cheveux. Les mains croisées sur son estomac, elle fixait l'appareil, ou peut-être le photographe. Ses iris constituaient le détail le plus frappant de cet instantané : aussi noirs que ses cheveux, ils semblaient se détacher sur le blanc de ses grands yeux. Même si l'on remarquait un autre détail, ils attiraient l'attention du spectateur tel un aimant. Mala regarda les chaussures des femmes, la proximité de leurs pieds. Elle frotta l'endroit où ils se rencontraient, les couvrant tendrement du bout de son index. Elle porta la photo à son nez, mais ne sentit que sa propre sueur et l'odeur de terre sur ses doigts. Elle replia soigneusement l'image et la rangea dans le mouchoir.

Se balançant plus fort, elle fourra de nouveau le petit paquet dans sa combinaison. Une brise fraîche se leva. Les branches du cocotier s'inclinèrent, raclèrent le toit de tôle galvanisée. Les pigeons prirent frénétiquement leur envol en une formation serrée, parallèle. Quand la brise et le bruit cessèrent, ils virèrent l'un après l'autre et revinrent se poser sur la gouttière.

Il était à peine dix heures, mais le soleil tapait déjà dur. L'air chaud tremblait au-dessus de la route asphaltée. Tout en gravissant la colline, Otoh s'éventait avec le paquet contenant le beurre et la morue. Peu de gens osaient braver pareille canicule, mais le jeune homme avait promis d'accomplir la mission que lui avait confiée son père.

Lors de ses précédentes livraisons à Hill Side, il n'avait jamais aperçu la femme qui obsédait son père. En approchant de sa maison, il fut saisi d'anxiété. Il désirait ardemment voir cette inconnue tout en espérant qu'elle ne se montrerait pas. Dans son enfance, il avait entendu toutes les rumeurs répandues à son sujet, y compris la plus absurde : qu'elle se transformait en boule de feu et traversait le ciel la nuit. En arrivant au sentier couvert de gravier qui menait à la clôture en treillis métallique, il eut la chair de poule. L'allée était jonchée de bidons, de vieilles pièces de tracteur, de pneus et autres détritus. Otoh posa son paquet à un endroit frais près du grillage, puis il s'éloigna lentement, tête tournée, à l'affût.

— Hé ! Mala Ramchandin, montrez-vous ! cria-t-il. Dépêchez-vous de venir prendre vos provisions, sinon le beurre de ma mère se transformera en bouillie !

S'appuyant sur les coudes, le menton dans le creux d'une main, il se cacha derrière les restes rouillés du tracteur. Il jeta un coup d'œil à travers une fente ouverte dans un grand morceau de ferraille, bien décidé à voir Mala Ramchandin ce jour-là.

Le soleil chauffait très fort et le morceau de beurre commençait à rétrécir. Malgré les cailloux qui lui blessaient les coudes, Otoh demeura résolu. Une heure s'écoula. Finalement, une douleur dans le dos l'obligea à changer la position de ses genoux ankylosés. Faire ce mouvement ne lui prit que quelques secondes, mais, quand il se retourna, le paquet avait disparu. Il se leva d'un bond. Pas un seul buisson ne frémissait. De toute évidence, Mala avait dû l'observer depuis son arrivée. Il n'osa pas bouger, craignant maintenant de la trouver derrière lui, prête à le gronder pour son indiscrétion.

Au bout d'un moment, il rassembla assez de courage pour partir en courant. De retour sur la route, il s'assit au bord d'un trottoir ombragé, tremblant de peur et d'émotion. Pendant un instant, il se sentit fou de joie et impatient de raconter à son père que Mala s'était manifestée. C'était presque aussi satisfaisant que de la voir. Mais pourquoi s'était-elle « présentée » à lui de cette façon ? Et pourquoi à lui et à personne d'autre ? Pourquoi ce jour-là et pas plus tôt, ou plus tard ? Il se leva, s'ébroua et calma sa respiration.

Il rentra lentement chez lui. Il aurait bien voulu ôter sa chemise, mais ce geste entraînait des risques qu'il préférait éviter. Plusieurs idées contradictoires s'agitaient dans sa tête. D'une part, il aurait aimé nouer un lien plus solide avec Mala avant de faire un rapport à son père. De l'autre, un ardent désir, fugace comme une étoile filante, le suppliait d'imaginer le bonheur et l'espoir qu'il donnerait à son père s'il lui révélait la bonne nouvelle tout de suite. Penser qu'Ambrose deviendrait peut-être capable de rester éveillé pendant des jours et que sa mère pourrait enfin dormir — ou se fâcher sérieusement ! Cette perspective, toutefois, le remplit de peur, d'une soudaine résistance à l'énorme changement que l'événement auquel il venait d'assister provoquerait dans les affaires de sa famille.

Il décida de patienter un peu avant d'en parler à son père. Cependant, fidèle à sa nature, il se mit à réfléchir non pas à la décision elle-même, mais à sa cause et à l'authenticité de son origine. Un souvenir s'inscrivit bientôt sur sa rétine.

Il devait avoir onze ans et portait une chemise blanche à manches longues, une cravate d'écolier à rayures bleues et noires et un pantalon blanc. Apercevant la recluse aux cheveux d'argent dans sa cour, quelques camarades et lui s'étaient précipités derrière un buisson, de l'autre côté de la rue. Ils avaient regardé cette femme qui, selon des sources aussi sûres que leurs maîtres de l'école du dimanche, était complètement timbrée et aussi violente qu'une tortue à l'époque de la ponte. Debout près de sa clôture, elle plongeait ses longs doigts noueux dans un seau rouillé. Elle en extirpait des coquilles d'escargot crayeuses, grosses comme des balles de cricket, et les enfonçait l'une après l'autre dans la terre, tout le long du treillis métallique. Le lendemain, il était retourné au même endroit, curieux de revoir cette étrange décoration. Il avait attendu le réveil de son père pendant un mois, puis, de but en blanc, lui avait décrit l'étrange rituel auquel se livrait cette femme à laquelle son géniteur envoyait de la nourriture.

Un sourire malicieux était apparu sur le visage d'Ambrose.

— Comme c'est intéressant ! s'était-il écrié.

Sans en dire davantage, il avait hoché la tête et continué à sourire. Il avait semblé sombrer dans une lointaine rêverie.

— Pourquoi elle fait ça, papa ? avait insisté Otoh. Elle essaie de cultiver des escargots ou quoi ?

— Des escargots, hein ? Elle et moi, nous pratiquions ce petit rituel quand nous allions en classe ensemble. Nous avions à peu près ton âge.

Ambrose était redevenu songeur.

— Papa, je voudrais savoir...

— Nous nous prenions pour les protecteurs des escargots et de tous les êtres sans défense. À la saison des pluies, le terrain de l'école regorgeait d'escargots. Votre cour de récréation grouille-t-elle toujours de ces pauvres bêtes, Otoh ? Elles rampaient sur les murs des bâtiments, grimpaient sur les troncs d'arbres, se traînaient à travers les allées et les pelouses. Elles étaient les victimes désignées d'un groupe de garçons cruels. Ils aimaient les écraser du pied, les réduire en bouillie. Bissey. Walter Bissey — il est juge à présent — en faisait partie. Enfant, c'était une brute. Il torturait et tuait toutes les bestioles qui lui tombaient sous la main. Tu le connais ?

— Non. Mais quel rapport entre Mala Ramchandin et les escargots ?

— Mala et moi, nous étions toujours les premiers à sortir de classe aux récréations et à l'heure du déjeuner. Nous traversions la cour en vitesse, ramassions tous les escargots et les mettions dans un sac avant que Bissey et sa bande puissent les attraper. Ensuite, nous les relâchions de l'autre côté du mur. Mala était persuadée que les escargots portent bonheur. Elle était incapable de faire du mal à une mouche. Sauver ces escargots constituait notre mission. Elle s'occupe donc toujours de ces petites bêtes ?

— Et toi, tu les sauvais aussi, papa ?

— En fait, c'était elle qui avait commencé cette opération. Moi, je ne faisais que suivre le mouvement. Ensuite, j'ai fini par y prendre goût. C'était une affaire très sérieuse, tu sais.

Ce fut la seule et unique fois où son père lui donna quelques détails sur ses relations avec Mala Ramchandin.

Otoh se rendit compte qu'il n'en savait pas beaucoup plus sur cette femme. Pourtant, contre la volonté de sa mère, il lui livrait tous les mois un paquet de provisions au nom de son père qui ne s'animait qu'à cette occasion-là.

La plantation rituelle de coquilles d'escargot devait être une sorte de prolongement de sa bonté d'antan, se dit-il. Cette pensée en amena une autre. Il s'interrogea sur la gentillesse et la complaisance qu'avait déployées son père pendant la période où il sauvait des escargots. Comment manifestait-il ces qualités-là dans le présent, en dehors de ses envois de vivres à une pauvre femme sans ressources ? Ses périodes de sommeil ressemblaient à un feu qui couve sous la cendre, à une fuite, une révolte.

Une fois de plus, Otoh prit conscience de son vif désir de connaître la cause de cette révolte. On aurait dit que son père se cachait sous un voile de sommeil. Une vague de frustration déferla sur Otoh. Il s'arrêta devant une fontaine qui crachait dans un bassin de l'eau chauffée par le soleil. Se penchant vers le jet, il s'aspergea le front, puis, approchant sa bouche du robinet, il but. Où diable avait été son père ? se demanda-t-il. Certainement pas avec lui, ni avec sa mère, ni avec Mala Ramchandin. Il avait tout abandonné. En plein milieu de cette belle journée, le monde d'Otoh tournoya, s'obscurcit. Laissant pendre sa tête sur sa poitrine, il s'assit sur le rebord de la fontaine.

Cette nuit-là, Otoh ne put dormir. Agité, il scruta par la fenêtre les épaisses et silencieuses ténèbres sur lesquelles il projetait une image en couleurs : la maison de Hill Side, la clôture, la cour encombrée de détritus. Avant même de prendre conscience de ses actes, il se leva, sortit dans l'arrière-cour et détacha d'un coup sec une des robes de sa mère de la corde à linge. De retour dans sa chambre, il se déshabilla et enfila la robe par le bas. Dans la glace de son armoire, il se regarda boutonner le vêtement à fleurs bleues et blanches, s'attendant à moitié à ressembler à sa mère. Il ne lui ressemblait pas. Sans savoir pourquoi, il voulait partager son secret avec Mala Ramchandin, même au risque d'être surpris dans la rue habillé en femme.

Le port d'une robe incita Otoh à se mouvoir avec grâce. Il quitta la maison. Le bas de sa jupe se balançait à chacun de ses pas. Toutes les maisons qui bordaient la route menant à Hill Side étaient obscures ; on n'entendait que les ventilateurs électriques et les grenouilles cachées dans les buissons. Il promena son regard d'un balcon à l'autre.

Atteignant la clôture de l'arrière-cour de Mala, il rassembla les plis de sa robe d'une main et en noua le tissu au-dessus de sa cuisse. Comme d'habitude, aucune lumière ne brillait dans la maison. Otoh se mit à réfléchir à des choses qui ne lui étaient encore jamais venues à l'esprit. Peut-être les ampoules étaient-elles grillées et Mala ne les avait-elle jamais remplacées. On devait lui avoir coupé l'électricité. Il ne lui avait jamais apporté de pétrole, d'essence ou de charbon. Alors, à moins que quelqu'un d'autre ne les lui ait fournis, que diable utilisait-elle comme combustible pour cuisiner ? Comment cuisait-elle la morue salée ?

Avec une témérité inhabituelle, il agrippa un poteau de la clôture. Alors qu'il s'apprêtait à sauter par-dessus le treillis, le pieu trembla dans sa main, céda. Il poussa un cri. Un serpent passa lentement à côté de lui. Otoh bondit en arrière et, attrapant le nœud desserré de sa robe, s'enfuit à toutes jambes. Une fois sur la route, il jeta un coup d'œil par-dessus son épaule et crut apercevoir une silhouette qui agitait la main. Plus il regardait, plus ses idées s'embrouillaient.

Sur le chemin du retour, Otoh, toujours bouleversé par l'idée qu'il avait peut-être vu Mala et que celle-ci l'avait vu, lui — vêtu d'une robe, qui plus est —, sursautait au moindre mouvement alentour : feuilles des arbres, phalènes, chauves-souris piquant vers le sol, moustiques susurrants, une brusque brise, un chien dans un jardin. Il courut vers sa maison avec beaucoup moins de grâce qu'il n'en était parti.

Premier point : l'hospice de Paradise est situé dans un cul-de-sac. Pour y parvenir, il faut quitter la route principale, couper à travers un champ de canne à sucre et monter un sentier qui se termine au sommet d'une petite colline. Paradise Alms House, qui jouit d'une excellente vue sur les plantations, se trouve légèrement en contrebas. Il n'y a plus rien au-delà.

Second point : à leur âge, les pensionnaires d'un tel établissement, et dans cette sorte de canicule, ont tendance à faire la sieste. Aussi, quand Otoh Mohanty est arrivé ici sans son père par un torride après-midi, bredouillant qu'étant dans le coin il passait juste dire un petit bonjour, j'ai rougi jusqu'aux oreilles. Je lui ai expliqué qu'il ne pourrait pas voir Mala Ramchandin : elle dormait.

— Oh, quel dommage ! Bon, je reviendrai plus tard. C'est ce que j'ai de mieux à faire, n'est-ce pas ?

Je ne peux nier que j'ai décelé une certaine hésitation dans sa voix. Comme s'il n'avait jamais aligné deux mots, il a balbutié :

— Mais, euh... bon, vous savez... euh... hum !

Pour finir, il a confirmé mon espoir quant à la personne qu'il était venu voir.

— Je veux dire... Puisque je suis ici... Vous comprenez ce que je veux dire ? Vous êtes occupé ou vous avez un moment ? Vous pourriez me montrer le parc. Il a l'air très joli.

C'était mon premier visiteur depuis mon arrivée à l'hospice. Mon cœur s'est mis à battre très vite, j'avais des fourmis dans les pieds. Je lui ai fait faire le tour du parc et du jardin de M. Hector. Absorbés par notre conversation, nous sommes sortis de la propriété et avons abouti à un sentier, dans le champ de canne à sucre. À partir de ce jour-là, Otoh est venu me voir régulièrement, jusqu'à deux fois par semaine, et toujours pendant mes heures de loisir. Nous nous donnions rendez-vous à la lisière de la propriété, à l'abri d'yeux curieux. La pudeur m'empêche de vous dire à quel point les cannes à sucre semblent belles quand éclate dans votre cœur une trille en fausset longtemps retenue. Bien que Mala Ramchandin ne fût pas notre seul sujet de conversation, je m'étendrai surtout sur celles qui la concernaient.

Lors d'une de ses visites, après une longue promenade, nous nous sommes reposés à l'ombre, assis sur les racines découvertes d'un manguier sauvage. Otoh avait tendance à s'analyser et à philosopher ; parfois même il paraissait un peu sombre.

— As-tu jamais eu l'impression que quelqu'un te volait ton esprit ? a-t-il demandé. As-tu jamais senti que tu ne t'appartenais plus ?

— Oui, depuis que j'ai fait ta connaissance, cela m'est arrivé bien souvent, ai-je plaisanté. Tu as très habilement envahi mon être. Tu en occupes tout le territoire, Otoh Mohanty.

Il a eu la gentillesse de répondre à ma flatterie par un semi-sourire prudent. Je devinais toutefois que ses paroles avaient un rapport avec Mala Ramchandin. Après tout, n'eût été son intervention, cette femme aurait peut-être continué à vivre tranquillement dans sa propre maison, à Hill Side, et cela le tourmentait. Je lui rappelais souvent que, sans le rôle qu'il avait joué, aussi malencontreux qu'il eût pu paraître sur le moment, elle et moi *et* lui et moi, nous ne nous serions sans doute jamais rencontrés.

Il a essayé alors, comme il l'avait déjà fait à plusieurs reprises, d'expliquer pourquoi, cédant à une impulsion plus forte qu'un raz de marée, il était entré dans sa cour. Même si je croyais comprendre son besoin de voir la vieille femme face à face, Otoh ne paraissait jamais satisfait de la manière dont il s'exprimait à ce sujet. À sa grande frustration, certains éléments semblaient lui échapper

— Tout le monde avait peur d'elle...

— Et ça continue, ai-je fait remarquer.

— ... mais j'étais le seul à entrer dans son jardin non pas pour la tourmenter, mais pour lui apporter de la nourriture, et je voulais qu'elle sache que, moi, je n'avais pas peur d'elle, que je ne la jugeais pas. Je voulais lui montrer que je n'étais pas comme les autres.

— Ça c'est bien vrai, ai-je dit.

Encouragé, il a poursuivi :

— J'avais l'impression qu'elle et moi avions des choses

en commun. Elle avait des secrets, j'en avais aussi. Je ne sais pourquoi, mais j'avais envie d'aller chez elle, de me déshabiller et de lui dire : « Regardez, vous voyez ? *Je suis différent*. Vous pouvez me faire confiance et je suis en train de vous montrer que vous êtes la seule personne à laquelle, moi, je puisse faire confiance. Je serai votre ami. »

— Otoh, c'est exactement ce que j'éprouve pour elle. Je suis persuadé, absolument persuadé, qu'elle ne t'en veut pas.

— Je ne me suis jamais préoccupé de ce que les gens pensaient ou disaient de moi, mais l'opinion de Mala Ramchandin m'importait énormément. Je voulais qu'elle sache que c'était mon père, Ambrose Mohanty, qui lui envoyait les provisions. Et que, moi, j'étais son fils, Otoh Mohanty. Tu vois ce que je veux dire, Tyler ?

— Moi aussi, j'ai envie de la protéger...

— Tout au fond de moi, m'a-t-il interrompu, murmurant comme s'il proférait une hérésie, c'est lui, papa, que je considère comme responsable de toutes les rumeurs qui circulent sur elle. Je le rends responsable de sa maison barricadée.

J'ai haussé le sourcil.

— Oui, a-t-il repris, je l'en rends responsable. Je ne sais pas exactement pourquoi, mais, pour moi, tout est sa faute.

J'ai pensé à M. Mohanty venant rendre visite, tout endimanché, à Mala Ramchandin, à son habit à queue et à son haut-de-forme, à l'éclat de ses yeux quand il s'asseyait à côté de la vieille dame, sur le banc du jardin. Je ne pouvais l'imaginer faisant courir des bruits sur elle.

— Au lieu de dormir, il aurait pu empêcher les enfants de la tourmenter et de lui voler ses fruits. Je lui reproche de les avoir laissés lui jeter des pierres. Je le rends responsable de toutes les plaisanteries et de toutes les horribles histoires qu'on raconte sur elle. J'ignorais quels étaient leurs liens exacts, mais, si quelqu'un avait pu l'aider, c'était bien lui. C'est pourquoi je voulais la rencontrer. Je voulais monter chez elle, la voir et m'excuser pour lui. Je voulais lui dire que, bien qu'il soit mon père, je n'étais pas un lâche, que je prendrais soin d'elle.

J'ai pensé à Otoh marchant à côté de son père et lui serrant tendrement le bras, et j'ai été saisi d'une nouvelle admiration pour lui. C'était très courageux de sa part de vouloir fouiller les recoins sombres de son âme et d'exprimer à haute voix ses sentiments envers son père. Je ne crois pas qu'il feignît d'avoir de l'affection pour lui : son amour était profond, sincère, et peut-être était-ce précisément la raison de son tourment.

Puis j'ai pensé à Asha.

— Tu sais quelque chose au sujet de sa sœur ? ai-je demandé.

— Ah bon ? Elle avait une sœur ? Je l'ignorais.

Cette nouvelle semblait laisser Otoh étrangement indifférent.

— Asha. Elle s'appelait Asha. Elle a quitté la maison alors qu'elle n'avait pas vingt ans. Ton père l'a peut-être connue. Fais-moi une faveur, Otoh. Parle-lui-en. Parle-lui d'Asha Ramchandin. Je t'en prie, demande-lui s'il sait ce qu'elle est devenue.

Il m'a serré la main, a acquiescé d'un signe de tête, puis il est revenu à ses propres préoccupations.

— C'est comme si je voulais laver le nom de mon père, sauver Mala, être pour elle le Roméo que mon père n'a jamais été. C'est bizarre, tu sais, mais je ne me suis jamais montré aussi protecteur envers quelqu'un, pas même envers ma mère...

C'était la première fois qu'il se confiait autant. La peur de découvrir la colère que lui inspirait son père le faisait trembler de tous ses membres.

Malgré ce qu'Otoh pensait de son père, j'avais un faible pour le vieil homme. Il était si délicieusement indiscret !

— J'ai l'impression que M. Tyler se peint de plus en plus la figure, l'ai-je entendu murmurer — quoique très fort — à Otoh. Je crois que tu lui plais.

Puis il a ajouté, à voix plus basse :

— C'est bien un homme, n'est-ce pas ?

Comme d'habitude, Mala Ramchandin se taisait en public. Elle émettait des gargouillis. Les Mohanty se demandaient si elle se rendait vraiment compte qu'ils lui rendaient visite, si cela lui faisait plaisir ou non. Quand je leur ai assuré que, les jours où ils ne venaient pas, Mala Ramchandin était manifestement irritable, l'adorable vieux monsieur a fait un clin d'œil malicieux à son fils.

— Je te parie que ce n'est pas Mala qui devient irritable ! a-t-il lancé.

Tout en feignant de ne pas avoir entendu, j'ai rougi. J'ai senti qu'Otoh jubilait.

— Chut, papa ! Chut ! a-t-il dit d'un ton faussement indigné.

— Pourquoi me tairais-je ? N'oublie pas que, pour ce qui est d'être passif, je m'y connais, a répondu M. Mohanty avec un petit rire.

Un autre jour, alors qu'il était assis sur le banc à côté de Mala Ramchandin, il nous a jeté un coup d'œil, à Otoh et à moi. Puis, comme s'il abordait un sujet aussi banal que la pêche, il a déclaré d'un ton aimable :

— Je parle d'expérience : un véritable amour ne se trouve pas sous le pas d'un cheval.

Comment pourrais-je alors le condamner pour cette mollesse qui attriste tant son fils ?

Une bestiole traversa la véranda. Mala n'en avait encore jamais vu de pareille. Elle se mit à ramper à côté de cet insecte irisé, ailé, pourvu de nombreuses pattes.

Juste avant qu'elle ne cessât d'employer des mots, des pensées encore structurées logiquement, interrompues ici et là, envahissaient son cerveau. Ces brèches s'emplissaient d'images. Ce fut bientôt l'inverse. Mala construisait des séquences essentiellement imagées, ponctuées par une ou deux tentatives de verbalisation : un substantif lorsqu'elle reconnaissait quelque chose, un adjectif pour confirmer un sentiment ou une observation. Une bande de mouettes criant dans le ciel pouvait lui arracher un seul mot : *joli*. Cette parole, en conclut-elle, n'exprimait pas un véritable sentiment, mais plutôt un nom attribué à ce sentiment : *joli*, traduction inutile du plaisir qu'elle éprouvait en voyant voler ces oiseaux. À la fin, elle se débarrassa complètement des mots. Les ailes d'une mouette battant l'air titillaient son âme, réveillaient ses orteils et ses genoux noueux, les paumes de ses mains flétries, le tréfonds de son utérus, son vagin, ses poumons, son estomac, son cœur. Chacun de ses muscles gonflait, fourmillait, se crispait ou s'engourdissait — toutes les fibres de son corps répondaient à leur environnement d'une façon que les mots étaient incapables d'égaler ou de surpasser. Mala réagissait aux stimulations, coulant sans effort avec elles comme l'eau le long d'un sentier.

La plupart des sons qu'elle émettait étaient des expansions et des contractions naturelles de son corps. Elle grognait en soulevant un fardeau. Elle se raclait la gorge et expectorait. Elle soupirait mélodieusement. Elle pleurait et rotait librement. Elle toussait, éternuait, crachait, essuyait sa morve sans souci des manières. Elle riait, parfois aussi silencieuse qu'une libellule frôlant de ses ailes l'eau d'un vieux bidon, parfois avec la raucité d'un perroquet imitant son imitation à elle. Elle pétait à volonté, car il n'y avait personne pour le lui interdire.

À une certaine époque, Mala chantonnait des mélodies à deux ou trois notes. Ce nombre diminua bientôt, et elle se cantonna dans une mélopée au ton variable, en harmonie avec les crissements des insectes qui prédominaient ce jour-là. Elle se mit à roucouler, à produire des sons âpres, des bruits de gargarisme comme les pigeons sur son toit.

Elle n'attribuait pas de moments précis à ses activités. Quand le sommeil la prenait, elle y cédait sans se préoccuper de l'heure qu'il était, se roulait en boule dans la cour ou sous la véranda. Si elle se réveillait au milieu de la nuit, elle ne se forçait pas à se rendormir, mais se levait comme s'il faisait jour. Elle mangeait quand elle avait faim, se soulageait quand le besoin s'en faisait sentir. Elle dirigeait intuitivement son petit monde d'à peine deux mille mètres carrés ; elle s'isolait, souriait, riait, luttait, pleurait, boudait.

Pour compagnons, elle avait les oiseaux, les insectes, les escargots, les reptiles et l'abondant feuillage du jardin. Ils bavardaient ensemble. Mala écoutait avec grande attention. L'oreille pressée contre le sol, elle entendait toute la communauté de fourmis construire son habitat, transporter de la nourriture et se reproduire. Elle entendait les vers se tortiller laborieusement pour se rendre d'un endroit à un autre. S'agenouillant sur le sol, elle murmurait de douces paroles à l'herbe et aux jeunes plantes, les encourageant à pousser, puis elle les entendait monter vers elle. Elle ne se mêlait pas des affaires de la nature. L'heure venue pour une bête d'être tuée par une autre, elle se retirait. La flore et la faune la laissaient tranquille, elle leur rendait la pareille.

Au début, les oiseaux, les hexapodes, les gastéropodes et les reptiles se réfugiaient instinctivement dans des creux et des fissures. Ils finirent par se rendre compte qu'ils n'avaient nul besoin de se cacher. Mala leur permettait de se promener tranquillement et de se multiplier à leur guise dans son jardin. Elle les aidait, même. À chaque saison, elle fouillait sa cour en quête de bestioles mortes de cause naturelle et, avec un certain sens du rite, leur assurait des obsèques honorables.

Elle observait la position du soleil. Quand il atteignait un certain point de l'horizon, elle terminait son ramassage saisonnier. Jusque-là, elle descendait tous les jours l'escalier de derrière, un seau à la main. Un matin, elle trouva un scarabée brillant, couleur miel. Ravie, elle plongea la main dans sa poche, à la recherche d'un objet qu'autrefois elle appelait *pince à épiler*. Avant même d'avoir atteint la dernière marche, elle avait récolté les corps d'une araignée, de deux fourmis rouges et d'un cafard noir et rouge, gros comme son pouce. Avec précaution, elle les plaça dans le seau. Quand elle eut ramassé tous les cadavres visibles dans son jardin, sa récolte comprenait des fourmis, des scarabées, des cafards, diverses sortes d'araignées, des mouches, des abeilles, une guêpe, deux peaux de lézard fétides et les restes cassants de leurs squelettes, six papillons, un phasme long comme son avant-bras, deux libellules, une poignée de grillons et d'autres bêtes dépourvues de nom. Un tas de la hauteur d'une main. Mala ne prêtait aucune attention à l'odeur qui s'élevait du seau. La puanteur de la décomposition ne la gênait pas. C'était l'odeur de la vie qui refuse de s'arrêter. L'odeur de la transformation, preuve qu'en réalité rien ne se terminait. Mala s'en délectait autant que du parfum des fleurs de cereus qui couvraient le mur de derrière.

Une cloison haute de plusieurs mètres faite de meubles qu'elle avait empilés séparait la cuisine du reste de la maison. Un enchevêtrement de pieds de table, de chaises et de vieilles toiles d'araignée soudait cet inextricable réseau. Une épaisse couche de poussière en effaçait presque les formes. Cela sentait le vieux et la crasse. L'équilibre de ce mur était si précaire que personne d'autre que Mala n'aurait pu en distinguer l'entrée soigneusement camouflée.

Elle ôta une vieille toile d'araignée et saisit les pieds d'une chaise à dossier droit. Elle sortit ce meuble en premier, puis une patère. Suivit un guéridon en ébène qu'elle secoua et tira pour en dégager les longs pieds d'une plaque en cuivre filigrané posée sur une table basse. Pour finir, elle déplaça un tabouret en rotin, ouvrant un étroit passage.

Elle serra le seau contre elle. Seul quelqu'un d'aussi agile qu'elle pouvait se faufiler à travers ce trou sans faire dégringoler tout l'échafaudage.

De l'autre côté de la barricade se trouvait une grande pièce qui avait autrefois servi de salon et de salle à manger. À l'exception d'un lustre en cristal, elle était vide à présent. Dérangeant un minimum de poussière, Mala mit ses pieds dans de vieilles empreintes qu'elle avait laissées un autre jour sur le tapis et se dirigea vers une porte verrouillée.

Tenant le seau de la main gauche, elle se servit de la droite pour prendre la clé épinglée à l'ourlet de son jupon. Elle lutta brièvement avec la vieille serrure ; déformée, la porte s'ouvrit en raclant le sol. Dans le noir, Mala tendit le bras pour prendre une lampe-tempête derrière le battant. Sans l'allumer, elle descendit l'escalier obscur.

Au pied des marches, il y avait une seconde porte. Elle accrocha la lanterne à la poignée, leva le bras et saisit une clé cachée sur une étagère poussiéreuse au-dessus d'elle. Une fois la porte ouverte, elle accueillit avec une grâce aristocratique l'odeur de fermentation qui régnait à l'intérieur, tenant haut et la tête et la lanterne éteinte. Elle posa cette dernière sur une table.

Elle se félicita d'arriver à ce moment-là. Des termites avaient rongé une des planches qui bouchaient la fenêtre et un rayon de soleil filtrait à travers l'ouverture, projetant une brillante balafre sur le mur opposé constellé d'insectes épinglés. Contournant toiles d'araignée et nids de termites, Mala longea ce mur et fixa dans chaque espace libre sa nouvelle récolte. Les bestioles qui étaient tombées crissaient sous ses pieds nus. Elles servaient de pâture au tapis vibrant de mites, de mille-pattes, de cafards et d'autres insectes sans nom réfugiés dans sa maison. La mort nourrissait la vie.

La vibration variait sur son passage. Les insectes ailés volaient, ceux pourvus de pattes couraient, ceux qui n'en avaient pas glissaient légèrement de côté. Sa tâche achevée, juste au moment où la lumière fut de nouveau absorbée par le trou dans la planche, Mala ramassa la lanterne, le seau, et revint sur ses pas, veillant à bien refermer les deux portes à clé.

Dans l'ancien salon, elle remit ses pieds dans les empreintes poussiéreuses et se dirigea, à reculons, vers l'ouverture de la barricade.

Elle aimait l'odeur du bois pourri, imbibé d'eau. Cela faisait au moins dix ans que la gouttière au-dessus de l'escalier de derrière était cassée. À présent, la pluie tombait en cascade sur les marches. Celles du haut étaient recouvertes d'une vase vert et noir très dangereuse, surtout au milieu. Tenant la rampe glissante d'une main, Mala releva sa jupe et écarta les pieds pour éviter les endroits les plus gluants. Au bas de l'escalier, elle se planta sur une plaque de béton surgie de la terre érodée, recueillit dans sa main un peu d'eau de pluie contenue dans un tonneau et la versa sur ses pieds. Devant elle s'étendait le mur de cereus grimpants aux feuilles squameuses rayées de bave d'escargot. Ces plantes grasses, six en tout, avaient assailli le côté de la maison, cachant encore davantage la fenêtre condamnée de la pièce du rez-de-chaussée. D'innombrables bourgeons, tous plus gros que le poing de Mala, étaient dispersés sur l'enchevêtrement de tiges épineuses trilatérales et de feuilles charnues. Ce spectacle lui donna le vertige. Dans son impatience de les voir s'ouvrir une nuit, elle décida de ne pas rester assise à se tourner les pouces, mais de jouir de chaque instant jusque-là.

Installée sur un des peerah de la véranda, elle poursuivit ses préparatifs. Elle écrasa une poignée de piments sur une dalle concave. Celle-ci vira au rouge vif. L'épice irritant la muqueuse de son nez, elle ferma à demi les yeux pour s'empêcher de pleurer. Elle racla la plaque avec une spatule improvisée et poussa la pulpe de piments dans un bocal. Elle répéta cette opération, la tête rejetée en arrière, les yeux mi-clos. Le récipient de verre fut bientôt aux deux tiers plein. De la sueur lui coulait sur les joues. Elle nettoya son bout de bois sur la rampe, y laissant une couche de graines et de pulpe rouge pour les pigeons.

Elle coupa ensuite des limes en huit, les ajouta aux piments et leva le bocal bien fermé vers le bleu du ciel, admirant le mélange de couleurs qu'elle avait créé. Elle plaça le pot à un bout de la véranda qui recevait le soleil la plus grande partie de la journée. Il resterait là pendant des semaines, jusqu'à ce que son contenu eût bien fermenté.

Ce matin-là, la pluie cessa bien avant le lever du soleil. Les feuilles, l'escalier, le toit continuèrent à dégouliner. L'eau gargouillait dans l'égout de l'arrière-cour avec un bruit effrayant, comme si elle allait remonter et se répandre dans le jardin. Le sol détrempé dégageait une âcre odeur d'ammoniaque.

Pendant la saison sèche, dix heures du matin pouvait arriver sans que Mala s'en rendît compte. Mais, pendant la saison des pluies, c'était là une heure insupportable. Les éléments semblaient s'unir en une parfaite imitation d'un autre moment situé dans un lointain passé, juste après une forte averse.

C'était la lumière. Le bleu du ciel. La couleur des arbres et des buissons du jardin. La maison imbibée d'eau. Tout était saturé d'une humidité si opaque que le soleil n'avait pas la force de l'absorber. Cette heure-là s'abattait sur Mala, l'assourdissait du bruit des insectes qui criaient : *Pohpoh, Pohpoh, je veux Pohpoh*. Des insectes qui frayaient dans les flaques en répétant sans fin : *Sarah ! Sarah !* L'odeur suffocante d'eau croupie qui envahissait tout.

Mala savait que le soleil toucherait alors le bord ébréché du toit de la véranda de derrière. Cet endroit se mettait à étinceler, blanc comme une étoile aveuglante. Un rayon de lumière argenté traversait le trou dans la tôle, tombait sur le sol de la véranda.

Le temps s'effaçait. Chaque inspiration était un tremblement de panique, chaque expiration un profond sanglot. Dans son angoisse, Mala agrippait sa blouse, sa combinaison, son mouchoir, et les chiffonnait sur sa poitrine. Des spasmes ponctuaient sa respiration laborieuse. Sa peau, ses os et surtout ses bras et sa nuque refroidissaient. Elle ne parvenait ni à se sécher ni à se réchauffer.

Un de ces matins-là, une bonne heure avant l'instant fatidique, elle mit au point une stratégie visant à combattre ces maux. Armée d'un bocal de sauce aux piments et d'une cuiller, elle s'allongea sur le sol de la véranda. Le soleil avait commencé son ascension vers le zénith. Autour d'elle, la qualité de la lumière annonçait sa collision imminente avec le toit. Couchée sur le sol, les yeux levés vers la fente dans la tôle, elle respirait lentement. Pendant un moment, elle contempla le trou, ne voyant que les différentes nuances du ciel d'un bleu hypnotique. Peu à peu, la fissure s'assombrit. Le bord du toit prit une teinte argentée. Mala s'assit. Ses tempes amplifiaient les battements de son cœur.

Elle ouvrit la bouteille, la porta à son nez et renifla prudemment la sauce couleur feu. Son odeur piquante, renforcée par le soleil de la véranda, la surprit. Elle essaya de rester calme, mais son cœur affolé lui coupait le souffle. Fermant les yeux, elle inhala les vapeurs contenues dans le bocal, sentit les flammes sauter à ses lèvres, envahir ses narines. Elle ouvrit les yeux juste à temps pour voir le morceau déchiqueté de tôle galvanisée s'embraser comme une allumette bengalaise. Une cacophonie résonna dans sa tête. Des insectes crièrent : *Maman, Asha, Pohpoh, Lavinia*. Le roulement d'un boghei.

Un rayon de lumière traversa la fente dans le toit. Des grillons se mirent à striduler, l'eau coulait avec un bruit de torrent. Mala secoua la tête. Une vague de nausée la sub mergea. Elle leva le bocal ouvert, le pressa contre son visage. Un cercle rouge s'imprima sur son nez, ses joues, ses lèvres. Ses yeux larmoyants clignèrent, elle lutta contre l'épuisement. Ses sinus lâchèrent un flot de liquide pour combattre le feu qui les gagnait.

Le rayon de lumière était d'une clarté aveuglante. Soudain, d'un mouvement spasmodique, elle plaqua son corps contre le sol. Ses bras et son dos se glacèrent. Au prix d'un immense effort, elle se releva, creusa la poitrine, avança les épaules. Elle cria les seules paroles qu'elle eût prononcées depuis des siècles :

— Oh, mon Dieu ! Je vous en supplie. S'il vous plaît, mon Dieu. Ne m'abandonnez pas, je vous en supplie, oh, mon Dieu ! Ne m'abandonnez pas. Emmenez-moi.

Les pigeons sautillaient frénétiquement sur le toit.

Mala baissa le regard vers les fleurs vermeilles du jambosier et se raidit. Elle enfonça un doigt dans le bocal, y pêcha un gros morceau de piment et le mit dans sa bouche. Elle en extirpa un autre, puis un autre encore, se léchant le doigt avec le bout sensible de la langue. La peau sous son ongle lui brûlait. Elle n'avalait pas. Elle gardait le feu sur sa langue tellement couverte d'ampoules que certaines parties de sa surface s'étaient déjà désintégrées et d'autres enroulées comme des pétales de rose trempés dans de l'acide. Elle la pressa contre son palais, étalant la pulpe piquante sur la chair rose et tendre des côtés. Son palais se boursoufla. De la purée de piments suinta à travers ses dents serrées, se répandit à l'intérieur de ses joues. Elle ouvrit la bouche pour respirer. Baigné de sueur, son corps essayait désespérément de se rafraîchir.

Une douleur fulgurante traversa ses oreilles. Mille cloches se mirent à tinter. Les bruits cessèrent alors. Mala ferma les yeux et tapa du pied, d'abord le gauche, puis le droit. Bien qu'elle ne sentît pas ses jambes ni le sol au-dessous d'elle, elle martela le plancher, frappa le mur du poing. Elle haletait, essayant d'aspirer de l'air frais, mais celui qui entrait dans sa bouche ne faisait qu'augmenter la douleur de sa chair lacérée. Un flot de salive poivrée cascada sur ses lèvres. Elle courut sur le balcon et cracha, rejetant le jus, la chair et les grains des piments. Elle agita dans l'air sa langue grotesquement enflée, mais cela ne la soulagea guère. Épuisée par ses halètements, elle se laissa tomber sur le sol de la véranda. Levant les yeux, elle nota que la lumière avait changé. Le rayon argenté avait disparu.

Les fleurs rouges du jambosier se balançaient dans la brise. Elle ferma les yeux, tendit l'oreille. Les pigeons s'étaient calmés, ils grattaient doucement la tôle de leurs pattes. Mala garda la bouche ouverte, la mâchoire inférieure pendante, en partie de fatigue, en partie pour se rafraîchir et laisser entrer de l'air. Sa chair s'était fendillée, mais chaque cloque, chaque éruption dans sa bouche et sur ses lèvres était la bienvenue : elle signifiait qu'elle avait survécu.

Elle était vivante.

Jamais elle n'avait vu un clair de lune aussi brillant. Pendant toute la semaine précédente, elle était descendue chaque soir au jardin vérifier l'état d'avancement des bourgeons de cereus. Leur heure était venue et cet événement tant attendu coïncidait, du moins selon son interprétation à elle, avec l'épanouissement de la lune. À la tombée de la nuit, elle tira son fauteuil à bascule au bas de l'escalier de derrière, puis le traîna sous l'énorme mudar. Aussi droite qu'un chef d'orchestre, elle s'installa devant le mur. Au cours de la nuit, elle assista à la lente danse des gros bourgeons blancs — elle en compta soixante-deux. Ils se dépliaient en tremblant contre le mur, chorégraphie de pétales et de sépales s'ouvrant à l'unisson dans un flot de parfum capiteux. Réverbérée par le blanc immaculé des fleurs, la lune faisait luire la cour. Mala jouit de ce spectacle.

À Lantanacamara, l'éclosion de la lune coïncide traditionnellement avec celle de l'amour. Aujourd'hui encore, on se prépare pour cet événement mensuel, toujours attendu avec impatience, et même les personnes âgées, qui ont tendance à rester chez elles, ne veulent pas être seules ce soir-là.

Pendant la semaine précédant cette fête, plusieurs jeunes femmes vinrent voir Otoh dans sa chambre au sous-sol de la maison de Government Alley pour l'inviter à se promener au clair de lune dans le jardin des amoureux. Ayant d'autres projets, il refusa toutes les offres. Cependant, au fil des jours, il se mit à craindre que ses admiratrices ne le voient dehors ce soir-là et ne se vexent, pensant qu'il ne les jugeait pas assez bien pour lui. Après de tortueuses délibérations, il décida d'accepter la première invitation.

Obsédé par Mala, il avait oublié le nom de sa « soupirante » et dut le chercher dans son agenda. Otoh se retrouvait sans cesse dans ce genre de situation. À la différence des autres mâles du village, et à leur grand dépit, il était depuis longtemps l'objet du désir de presque toutes les femmes de Lantanacamara, quel que fût leur âge. (À noter également que plusieurs hommes s'aperçurent avec horreur qu'il provoquait en eux de harcelantes pensées lascives.)

Mala entendait des promeneurs flâner dans sa rue. Elle savait que, lorsqu'ils ralentissaient le pas, ils étaient en train de humer le parfum entêtant de ses cereus. Cela les changeait de l'odeur de vétusté, de crasse et de pourriture qui saturait sa cour d'habitude.

En cette claire et fraîche nuit, Otoh se promenait bras dessus bras dessous avec l'élégante Mavis. Devant la maison de Mala, sa compagne, fascinée par l'odeur ambiante, manifesta la curiosité qu'il souhaitait. Le couple s'arrêta pour essayer de découvrir la plante qui embaumait si fort les alentours. L'air regorgeait de chauves-souris ; elles montaient dans le ciel, descendaient en piqué. Otoh et Mavis se baissèrent pour éviter ces affreuses bêtes. Otoh était encore tout secoué par la peur qu'il avait eue l'autre nuit, lorsqu'il avait essayé de pénétrer dans la cour de Mala, mais la présence de Mavis lui donna le courage de s'approcher de la clôture.

Il avança sur la pointe des pieds, se pencha et chercha une ouverture dans le feuillage. Scrutant les buissons, il oublia un instant sa compagne. Il était sûr que Mala se montrerait de nouveau à lui. Mavis interrompit ses réflexions en le tirant poliment par la manche.

— Viens, Otoh. Regarde tous ces gens qui vont au parc. Il faut que nous nous dépêchions, sinon nous n'aurons plus de place pour nous asseoir et profiter de cette belle nuit. Allons-y.

— D'accord, acquiesça faiblement Otoh.

Une brise parfumée traversa la haie, s'enroula tel un lasso autour de lui. Surpris, il ferma les yeux et prit une profonde inspiration. Saisissant sa compagne par le bras, il l'obligea à s'arrêter.

— Mavis, le parc sera plein à présent. Écoute, je connais un endroit plus agréable. Viens.

— Un endroit plus agréable ? Que veux-tu dire ? C'est la nuit de la pleine lune. C'est au parc de l'El Dorado qu'il faut aller.

— Respire cet air, Mavis. Le parc ne sent jamais aussi bon. Tu ne veux pas découvrir quelle est la source de ce parfum ? Ça pourrait être notre aventure de la pleine lune...

— Mais Germaine, Pauline, Radha et tous les autres vont au jardin des amoureux du parc de l'El Dorado...

— Si nous pénétrions dans ce jardin, nous verrions et sentirions mieux ces merveilleuses fleurs. Et, demain, tu pourrais raconter notre étrange aventure à tous tes amis. Allez, suis-moi.

— Otoh Mohanty, mon aventure, c'est toi ! dit Mavis

en passant son bras sous le sien. Ça sent très bon, c'est vrai, mais je ne trouve pas cette cour très romantique. C'est la pleine lune ! T'es un aventurier, d'accord, laisse-moi pourtant te montrer ce qui est romantique.

Elle susurra ce dernier mot, détachant ses syllabes avec respect. Elle attira Otoh vers elle et l'entraîna. Bavarde, et convaincue qu'Otoh avait connu le jardin de Mala dans les mêmes circonstances qu'elle, elle babilla :

— Otoh, tu sais ce qu'on faisait quand on était gosses ? Tu te souviens de Jason et de Jacob ? Ils sont mariés maintenant. Eh bien, nous trois et d'autres enfants, on grimpait par-dessus cette clôture et on volait tous les fruits mûrs. On ressortait, on mangeait les fruits, puis les garçons jetaient les noyaux sur la maison pour essayer d'atteindre la vieille...

— Mala. Tu veux parler de Mala.

— Oui, elle. Pour la forcer à se montrer. Je me rappelle que les garçons lançaient même des pierres. Oui. Quand j'y repense, je me dis qu'ils étaient vraiment méchants. Mais ils sont adultes maintenant, et mariés, comme je te l'ai dit. Maman espère que, moi aussi, je me marierai bientôt.

Otoh ne répondit pas.

— Tu sais, je me rappelle maintenant que ces garçons — Jason et Jacob — lui cassaient parfois les carreaux.

Remarquant le silence de son compagnon, Mavis devint songeuse. Cela faisait des années qu'elle n'avait plus pensé à ces frasques enfantines, et elle se rendit compte que presque plus personne ne parlait de Mala dans le quartier.

À sa surprise, Otoh constata que sa tristesse, pareille à une insidieuse brume, s'était transformée en une colère débordante. Gentleman comme toujours, il réprima sa réaction et réussit, avec juste un peu d'hésitation, à attirer Mavis contre lui, geste destiné davantage à le réconforter, lui, qu'à la réconforter, elle. Pourquoi ne s'était-il jamais livré à de tels actes de cruauté quand il était petit ? se demanda-t-il. Il assura à sa compagne que ce genre de conduite était propre à l'enfance. Supposant que la voix d'Otoh s'était faite plus grave en préparation de leur arrivée au jardin des amoureux, Mavis pressa sa joue contre sa poitrine et respira sa suave odeur corporelle, tellement inhabituelle et agréable chez un homme. Otoh desserra son étreinte et se pencha vers la clôture déformée. Il avait un si grand désir d'apercevoir Mala qu'il croyait qu'elle lui apparaîtrait d'un instant à l'autre.

Impatiente, sa compagne le taquina un peu, l'incitant de nouveau à gravir la colline. Otoh la suivit à contrecœur. Il resta silencieux pendant tout le chemin. Sentant que la soirée risquait de s'achever abruptement, Mavis tint sa langue. Otoh lui lâcha la main et croisa les siennes dans le dos.

Derrière eux, d'autres couples d'amoureux se dirigeaient vers le parc. Encouragés par le parfum capiteux des cereus, ils s'arrêtaient devant la maison de Mala pour échanger des caresses et se voler des baisers.

Vers minuit, tous les bourgeons s'étaient ouverts. Ils intensifiaient leur parfum, l'exhalant sans trêve dans l'air tel un appel pressant lancé aux insectes et aux chauves-souris à trouver et à féconder les fleurs. Les papillons de nuit arrivèrent l'un après l'autre. Ils sortaient des fissures de la maison de Mala. Ils se frayaient un chemin à travers les trous, s'extirpaient de tous les nids à phalènes du quartier. Ils se libéraient de toiles collantes tendues dans des creux de rochers et de cocons pendus à des feuilles. Ils se déplacèrent en essaims depuis le limettier de la cour jusqu'au mur où les attendaient les cereus. L'invasion de ces milliers d'insectes déjà enivrés par le seul parfum des fleurs fascina Mala. Leurs battements d'ailes couvraient la stridulation des grillons, créaient un courant d'air. Mala frotta ses bras glacés. Des chauves-souris affolées descendaient en piqué, entrecroisant leurs routes pour aller sucer les calices. Elles dérangeaient les essaims de phalènes frénétiques. Frôlant les fleurs de leurs corps velus, elles buvaient les sucs parfumés et sirupeux. Puis, ayant satisfait leur curiosité et étanché leur soif, elles remontaient en flèche dans le ciel. À deux heures du matin, tous les papillons de nuit aspiraient avidement le doux nectar, heurtant et jaunissant leurs corps au contact des grandes étamines qui sortaient des fleurs.

L'odeur du jardin de Mala emplissait l'air, se répandait dans la ville. Des voisins profondément endormis s'agitèrent dans leur lit. Certains d'entre eux se réveillèrent, mais, agréablement grisés par le parfum, ils replongèrent bientôt dans le sommeil.

La lune monta dans le ciel. Mala elle-même se sentit enivrée et, pour finir, terriblement lasse. Elle devait s'être assoupie car, soudain, elle s'aperçut qu'il ne restait plus qu'une poignée de phalènes au vol pesant et incertain. Elle s'affala dans son fauteuil. L'arôme des fleurs était vraiment beaucoup plus agréable que la puanteur qui sortait d'habitude de derrière le mur.

Dès l'instant où sa compagne admit avoir tourmenté Mala Ramchandin, Otoh, mal à l'aise, prit ses distances vis-à-vis d'elle. Cependant, ne voulant pas la blesser, il lui permit de revenir avec lui dans sa chambre de Government Alley. Mavis s'étendit aussitôt sur le lit. En fait, elle aurait très bien pu être seule : Otoh ne lui prêtait aucune attention. Elle le câlina toute la nuit. Elle essaya de se tourner et de se retourner avec ostentation, espérant qu'il la prendrait dans ses bras pour la calmer. En vain. Comme Otoh ne réagissait pas, elle devint plus directe. Elle se mit à lui caresser le ventre, la poitrine, les épaules et, à travers sa chemise, les mamelons, qui durcirent.

Elle réussit à lui enlever sa chemise. Quand elle s'attaqua à la ceinture de son pantalon, Otoh fut de nouveau conscient de sa présence dans le lit. Il roula sur le côté, feignant d'être épuisé. Pendant un long moment, Mavis manifesta bruyamment sa mauvaise humeur, puis, résignée, elle s'endormit. Quand il entendit son souffle régulier, Otoh se retourna et resta couché sur le dos, parfaitement éveillé.

Il était encore tout plein du parfum de la nuit. Qu'avait donc Mala de si particulier pour que son père l'adorât de cette façon ? Avait-elle rejeté son père et, dans ce cas, pourquoi ? Otoh se demanda soudain si elle le rejetterait, lui, si jamais ils se rencontraient. Peut-être saurait-il mieux retenir son attention que son père. Il faisait encore nuit. Au-dessus de lui, sa mère insomniaque marchait dans la cuisine en traînant les pieds, bruit faisant désormais partie intégrante de la maison familiale. Dans le lointain, des coqs commençaient leur chant indécis, annonciateur de l'aube. Otoh sombra dans un sommeil intermittent.

Toute contente, Mala regarda son mur de cereus décolorés. Indifférente à la rosée qui gouttait du mudar, elle se balançait dans son fauteuil en somnolant. Comme effrayé par la lumière, le parfum avait fui les fleurs, mais Mala n'était pas encore prête à quitter le jardin. Ouvrant les yeux de temps à autre, elle entr'aperçut le jour qui commençait à fendre le ciel noir. Dans cette première lueur orange, les fleurs pendaient mollement, meurtries, vidées par le carnaval fou des phalènes.

Mala refusait de dormir.

Otoh se réveilla dans le silence de sa chambre inondée de soleil. Sa compagne était partie. Dans cet instant incertain entre sommeil et veille, il lui vint des images extrêmement nettes. Entre autres, celle de son père, sémillant jeune homme, partant faire la cour à sa bien-aimée.

Plusieurs années plus tôt, la mère d'Otoh avait rempli deux boîtes avec des vêtements et divers objets dont un gramophone cassé et quelques disques — choses dont un homme qui ne s'éveillait qu'un jour par mois n'avait guère besoin. Elle hésitait à les jeter. S'en débarrasser aurait voulu dire qu'elle renonçait à l'espoir de voir son mari reprendre une vie normale. Aussi les avait-elle rangées dans la chambre de son fils.

Otoh fit réparer le gramophone et pendant un certain temps passa constamment les disques. Ensuite, il cessa de s'intéresser à ces boîtes couvertes de poussière qui lui servaient à présent de rangements à chaussures.

Il se leva, les ouvrit, en retira quelques vêtements, le gramophone et les disques.

Otoh A. Mohanty s'habilla devant le miroir fixé sur la porte de son armoire. Pas question, ce matin, de mettre une des robes de sa mère pour faire sa livraison mensuelle. Au lieu de cela, il revêtit l'épais pantalon de soirée noir de son père. On aurait dit qu'il avait été confectionné pour lui. Se plaçant de côté, il fourra les mains dans ses poches, écarta les jambes et se balança d'avant en arrière. Il examina son mince profil de trois quarts, pencha la tête, plissa les yeux et avança la mâchoire, s'efforçant de donner une ligne sculpturale à son doux visage. Il gonfla la poitrine et baissa les épaules pour transformer son torse en plaques de muscles. Il passa sa paume sur ses mamelons durs. Les prenant entre ses doigts, il les pressa et les frotta jusqu'à ce qu'ils finissent par se dresser, pareils à de petits cubes. Qu'avait pu ressentir Mavis quand, allongée auprès de lui, elle avait caressé sa poitrine nue ? Heureusement qu'il avait des seins aussi menus. Tant qu'il gardait son pantalon bien ceinturé, il n'avait rien à craindre.

Il enfila une chemise de soirée en lin irlandais très fin. Rangée depuis des années, elle n'était plus blanche, mais d'une couleur crème, irrégulière. S'escrimant sur les nombreux boutons de nacre, il se demanda à quelle occasion son père avait bien pu porter ce vêtement. Fermé jusqu'au cou, il épousait son corps, accentuant sa minceur. Il choisit une cravate en soie à rayures rouges, blanches et noires et la noua négligemment. Ensuite, il mit une veste noire et un feutre. Il prit la pose. N'eussent été sa cravate bariolée et son élégant maintien, on aurait pu croire qu'il s'apprêtait à porter le cercueil. Dans l'habit de son père, Otoh ressemblait plutôt à un danseur.

Les yeux clos et les lèvres pincées, il fit tomber quelques gouttes de la lotion d'après-rasage au citron au creux de ses mains. N'ayant rien à raser, il n'employait cette eau de Cologne que pour son odeur. Il se rappela alors le parfum irrésistible qui, la veille, avait imprégné l'air du jardin de Mala. Ce matin, il découvrirait quelle était la fleur qui embaumait ainsi. Il en prendrait une bouture, dût-il entrer dans la cour pour cela.

Impatient de rencontrer la femme qui dominait la vie de ses parents, il oublia d'assortir ses chaussures à son costume. Il portait toujours ses sandales en caoutchouc rouge qui laissaient deviner les bords roses de la plante de ses pieds.

Mala resta dans le jardin jusque tard dans la matinée. Le soleil avait réchauffé ses membres glacés. De temps à autre, une brise faisait osciller son fauteuil à bascule. Elle gardait les yeux fermés. Réconfortée par le spectacle de la nuit, elle tissait des souvenirs. Elle se rappelait peu de choses et en imaginait beaucoup.

Pohpoh frissonnait, mais non pas à cause de la fraîcheur nocturne. La couverture la plus épaisse n'aurait pu la réchauffer ou l'apaiser. Même le poids d'un drap fin sur son corps l'eût étouffée. Les yeux écarquillés, elle regardait les branches du jambosier devant sa fenêtre, au pied du lit, se balancer au vent. Elle devait surmonter la tentation de s'abandonner aux regrets, au désir d'avoir de nouveau sa mère auprès d'elle, à celui de sentir sa mère la presser contre sa poitrine, une main posée sur sa joue mouillée, absorbant ses larmes. Si elle faiblissait, si elle succombait à la nostalgie, elle ne pourrait plus veiller sur Asha. Dès le moment où son père avait collé sa bouche sur le petit corps de sa sœur, Pohpoh s'était assigné la tâche de préserver Asha de ces horribles attouchements. Elle y avait en grande partie réussi. Son regard vide se fixa sur les ténèbres extérieures.

Mala aurait aimé remonter dans le temps et devenir l'amie de cette Pohpoh. Alors, elle se précipiterait dans la maison et d'un simple mouvement du poignet expédierait le père dans un gouffre de souffrance et de douleur. De ses yeux perçants, elle démolirait les murs de la maison et presserait les deux enfants contre sa poitrine. Elle les étreindrait, les bercerait, les calmerait. Elle les embrasserait jusqu'à ce qu'elles rient aux éclats.

À part une dureté acérée, le visage de Pohpoh ne trahissait aucune émotion. Cependant, une source salée jaillit au coin de ses yeux, déborda. Des larmes roulèrent sur sa figure impassible.

Elle resta couchée, immobile, dans l'attente de quelque signal. Au bout d'un instant de pénible silence, celui-ci arriva. Le jambosier se balança au vent, déferla sur elle comme un océan, avec un grondement si puissant qu'il semblait absorber tous les autres bruits. Attirée par le craquement de l'arbre, elle se leva machinalement du lit. Prenant de profondes inspirations, elle s'efforça de détendre son corps ankylosé.

Ensuite, elle fut submergée par la rage qui coulait dans ses veines. À ces moments-là, sa fureur était telle qu'elle aurait voulu se précipiter dans la chambre de son père, pousser des cris à lui crever les tympans, le bourrer de coups dans l'estomac jusqu'à ce qu'il pleurât comme un bébé, reconnût son odieuse conduite et les suppliât, Asha et elle, de lui pardonner. Mais une bouffée de bon sens venait généralement tempérer sa colère. Le succès de l'aventure dans laquelle elle s'embarquait dépendait de la maîtrise de toutes ses facultés. La colère, la haine et même la peur pouvaient lui faire commettre des erreurs. Pohpoh s'appliquait à trouver un équilibre entre un état permanent de vigilance et une dangereuse détente.

Elle mit ses vêtements les plus sombres : un pantalon vert olive et une veste marron foncé. Elle regarda Asha qui dormait sur le dos, les bras le long du corps. On aurait dit un cadavre. Tendant l'oreille, Mala entendit son père ronfler. Asha était donc en sécurité. Mala glissa son chronomètre en argent dans sa poche. Elle jeta un regard d'adieu à sa sœur, puis, légère comme une phalène, sortit, pieds nus, par la fenêtre.

— J'ignore pourquoi, mais tu me parais étrangement familier aujourd'hui.

— Que veux-tu dire, papa ? Selon maman, je suis ton fils. Et à moins que tu ne perdes la mémoire, oui, tu as raison, nous nous sommes déjà vus ici.

Ambrose E. Mohanty fit entendre un petit rire.

— Non, non, non ! Je pourrais te traiter d'impertinent, mais « charmant » serait un terme plus approprié. Je veux dire : tu as l'air de réincarner une personne que j'ai dû connaître dans le passé.

Secouant la tête, Elsie Mohanty maugréa :

— Pour l'amour du ciel, Ambrose, tu peux pas parler normalement ?

Elle aussi était surprise par la tenue que son fils arborait en ce matin très spécial de livraison, mais, craignant de recevoir des réponses désagréables, elle jugea préférable de ne pas poser trop de questions.

— Regardez-moi ça ! marmonna-t-elle. Même avec cette cravate rouge, on dirait qu'il va à un enterrement !

Otoh posa un sac de riz, une bouteille de noix de coco et deux bouteilles de boisson rafraîchissante près de la porte. Alors qu'il poussait le fauteuil d'Ambrose sur la véranda, il eut l'impression d'être à la fois la mère et le père de son géniteur. D'un geste affectueux, il tapota la tête d'Ambrose, lui frotta la joue, lui passa la main sous le menton. Il faillit dire à haute voix la phrase qui se répétait dans sa tête tel un mantra : « Je te la ramènerai, papa. Il faut simplement savoir comment s'y prendre. » Mais il se retint car, au-dessous de cette pensée, il y en avait une autre, moins bienveillante : « Pourquoi ne t'es-tu jamais occupé d'elle ? »

Juste avant qu'Otoh ne se tournât pour partir, son père murmura :

— Ça y est, j'y suis. Tu es effectivement une réincarnation, non pas d'une personne *per se*, mais simplement d'un souvenir oublié. Tu es le portrait craché du jeune homme que j'étais. C'est la première fois que je constate une telle ressemblance entre nous.

Il attira Otoh vers lui et baissa encore plus la voix.

— Tu portes mes vêtements, si je ne m'abuse ?

Otoh commença à s'excuser.

— Chut ! J'en suis ravi ! l'interrompit Ambrose. En te présentant devant moi ainsi vêtu, tu m'as permis de me souvenir. Je t'en sais gré. Tu portes les habits que je mettais pour aller voir ma chère Mala. Nous dansions ensemble, elle et moi. Te l'ai-je jamais raconté ? J'étais très bon danseur autrefois. Et toi, sais-tu danser, mon fils ? Mes vêtements te vont bien, mais je dois dire que tu parais beaucoup plus jeune et plus doux que moi à ton âge.

Otoh rougit.

— Si la chance t'accorde le plaisir d'avoir une entrevue avec elle, poursuivit Ambrose, puis-je abuser de ton amabilité, mon très cher fils, et te charger de la noble tâche de lui dire qu'un certain M. Ambrose Mohanty, qu'elle connaît aussi sous le nom de Boyie, lui souhaite de passer une excellente journée ?

Otoh sourit. Son père répétait la même chose chaque mois.

— M. Ambrose Mohanty qu'elle connaît aussi sous le nom de Boyie.

Otoh acquiesça d'un signe de tête et sourit de nouveau. Levant le bras, son père lui toucha le visage, frottant sa joue avec plus de force que s'il s'agissait d'une simple caresse paternelle.

— Otoh, si tu te passais un rasoir sur la figure, il te pousserait peut-être un peu de barbe. C'est étrange, et même un peu désagréable, de voir un adulte avec une peau si douce et imberbe... (Après un lourd silence, il chuchota :) Et toi, as-tu une Mala ? (Sans attendre de réponse, il poursuivit :) Elle dansait très bien, elle aussi, et elle s'habillait d'une façon ravissante. Toujours la même petite robe très simple, mais oh ! si jolie ! Nous dansions ensemble...

Sa voix s'estompa. Otoh pressa les épaules de son père. Il resta encore un instant avec lui, sans parler, puis il partit. Il allait sortir quand sa mère lui fourra une boîte de biscuits à la noix de coco dans les bras. En prévision du réveil de son mari, elle les avait confectionnés la veille avec d'autres plats salés et sucrés.

— Ton père s'imagine que je sais rien. J'ai appris qu'autrefois y se mettait sur son trente et un pour aller la voir. Et qu'y dansaient tous les deux, qu'y dansaient comme des fous dans cette maison, là-haut. Paraît qu'ils fréquentaient un club de danse, en ville. Est-ce qu'y m'a jamais sortie, moi ? Ça fait des années que nous sommes mariés et jamais j'ai quitté cette maison. Cette femme c'est une traînée, oui ! Je devrais être aussi dévergondée qu'elle ! Si j'avais du sang de pute dans les veines, ton père y dormirait pas toute la sainte journée ! Et toi ! Écoute-moi, Otoh, c'est le matin. Y a bal nulle part. Qu'est-ce qui t'a pris de t'attifer comme ça ? Voilà de quoi énerver la mort elle-même. Va falloir que tu t'arranges avec elle.

Otoh dévala l'escalier. Avant de se mettre en route, il entra dans sa chambre pour y prendre le gramophone et un des disques.

Pohpoh avait fixé son itinéraire bien avant de sortir par la fenêtre et de sauter lestement sur l'herbe humide. Elle ne s'était encore jamais fait mal, peut-être parce que ces nuits-là elle ne sentait presque rien.

Avec la démarche assurée d'un chat, elle se dirigea vers le fond du jardin. Une brise agitait arbres et buissons, camouflant le bruit de ses pas. Elle ouvrit une brèche dans les hibiscus et le treillis métallique, et se glissa dehors, sur le trottoir herbeux. La rosée de la haie goutta sur ses cheveux et ses vêtements, mais elle était si tendue qu'elle ne prêta aucune attention à l'humidité et au froid nocturne qui s'insinuaient sous sa veste, lui collaient à la peau.

Elle s'arrêta. Le fossé qui longeait le grillage gargouillait assez fort pour couvrir ses pas. Au-dessus d'elle, des nuages sombres se poursuivaient. Bientôt chassés par le vent, ils laissèrent derrière eux un ciel limpide et glacé. La nuit était parfaitement noire, de sorte que Pohpoh pouvait se déplacer sans avoir à se cacher dans les ombres. À l'extrémité du ciel, un bouquet d'étoiles suspendues faisait luire le firmament.

Telle une grue prenant son essor, Pohpoh se pencha sur une jambe et plia l'autre. D'un mouvement souple et gracieux, elle leva les bras, prête à se protéger la poitrine en cas de besoin. Elle pivota sur elle-même ; pareils à des projecteurs, ses yeux balayèrent la rue déserte et les cours des voisins. Elle ne se retourna pas pour regarder la sienne. De temps à autre, le jappement d'un chien perçait le fond sonore des stridulations régulières des grillons et des hoquets des grenouilles. Pohpoh avança la mâchoire et, prudente comme un animal nocturne, bondit de l'autre côté de la rue.

Une lanterne brillait toutes les nuits dans le vestibule de la maison située en face de celle de son père. Pohpoh connaissait bien cette cour. Et le chien de garde, un boxer grassouillet nommé Tail, connaissait bien Pohpoh. L'entendant marcher dans le fossé, il s'approcha de la clôture en reniflant. Il se mit à sauter contre le grillage, à grogner, à gratter la terre et à aboyer, déclenchant les aboiements de tous les autres chiens du quartier. La déception de Pohpoh fit place à la peur. Elle savait qu'il était inutile d'essayer de calmer Tail. Elle sauta hors du fossé, glissa sur le versant moussu et atterrit à plat ventre dans un grand buisson. C'était une bonne cachette. Elle ferma les yeux. Si elle se tenait parfaitement tranquille, Tail l'oublierait peut-être, pria-t-elle. Elle banda les muscles de ses cuisses pour lutter contre une impérieuse envie d'uriner. Elle entendit des gens pester contre leurs chiens et des portes d'entrée claquer. Le sang lui battait joyeusement dans les tempes et elle sourit, triomphante. Elle attendit encore un moment pour être sûre que les voisins s'étaient recouchés.

Ses yeux s'étaient tellement habitués à l'obscurité qu'elle distingua dans l'herbe un arlequin de Cayenne mort, mais intact. Elle le ramassa, le flaira et le glissa dans sa poche.

Entendant de nouveau les grillons et les grenouilles, elle baissa son pantalon, évitant d'écraser sa précieuse trouvaille, puis elle se soulagea dans l'air froid.

Flip-flop. Flip-flop. Flip-flop. À chaque pas, ses sandales en caoutchouc frappaient l'asphalte. Des voitures passaient. Les conducteurs ralentissaient pour regarder Otoh, se demandant pourquoi, dans une ville aussi petite que la leur, ils n'avaient pas entendu parler de l'événement qui justifiait le port d'un habit. Un des véhicules s'approcha d'Otoh et se mit à rouler au pas à ses côtés. Le conducteur, un étranger qui, on ne sait pourquoi, venait souvent dans le coin, se pencha à la portière et commença à le baratiner. Cela faisait longtemps qu'il admirait de loin le jeune homme. Ce jour-là, le voyant si bien vêtu et, malgré l'ardeur du soleil, remonter la route avec une nonchalance et une grâce sans pareilles, il crut avoir un prétexte pour l'aborder.

— Pssst ! Où vas-tu, jeune homme ? Tu veux que je t'emmène ?

— Je ne vais pas très loin, répondit Otoh. Merci quand même.

Sa voix, inhabituellement douce pour un homme, ne fit qu'intriguer davantage l'étranger. Ombragés par le bord de son chapeau, les yeux noirs d'Otoh frangés de longs cils épais attisèrent son désir. Flatté par ces attentions, Otoh se sentit à la fois amusé et déconcerté par les suppositions de cet homme.

— Sois pas si timide, insista l'autre. Je vais peut-être dans la même direction que toi. Pour toi, je ferais même un détour. T'en portes, un gros paquet ! Ça doit être lourd. Et avec cette chaleur... Allez, hop, monte.

Otoh sourit.

— Non, vraiment, merci. Je vais voir quelqu'un. Vaut mieux que j'y aille à pied, même si ça prend plus de temps.

— Pour qui c'est que tu t'es mis sur ton trente et un ? Allez, dis-le-moi. Un ami ou une amie ? Excuse ma curiosité. Pourquoi a-t-elle cette chance et pas moi ? Un beau garçon comme toi a besoin d'un ami pour le conseiller. Allez, laisse-moi t'emmener. C'est un gramophone que tu trimballes ? Tu aimes danser ?

— Vous êtes un vrai moulin à questions ! répondit Otoh en riant. Je n'ai pas besoin qu'on me rapproche, merci beaucoup. Je ne vais pas loin. Et c'est une dame que je vais voir.

— Ah ! Eh bien, je t'emmènerai jusque chez elle. Tu feras ta visite, moi je t'attendrai. Ensuite, tu pourras revenir avec moi. Tu m'as pas répondu. Tu aimes ça, danser ? Parce que moi...

— Non, merci encore une fois. Je passerai la matinée avec elle.

— OK, passe la matinée avec elle. Moi, je te retrouverai vers midi. Ensuite, on pourra écouter quelques disques. Qu'est-ce que t'en dis ?

La proposition amusa Otoh. Ce flirt lui plaisait et il répugnait à y mettre fin. Cependant, voyant que ce badinage ne mènerait à rien, il refroidit l'ardeur de son amoureux inconnu.

— Vous êtes bien aimable, mais je ne sais pas combien de temps cela prendra. C'est que... je courtise cette dame, vous voyez.

— Ah, tu la courtises. Toi ? Tu courtises une femme ? Je vois. Bon, dans ce cas, je ferais bien de pas te retenir parce que, moi, je dois aller chercher mon épouse pour l'emmener à la première séance de ciné. Les gosses nous accompagnent. Je te demandais simplement de venir au ciné avec ma famille, tu comprends ?

L'homme redémarra, son visage rouge brique couvert de sueur. Otoh sourit et continua son chemin.

Il avait décidé que, ce jour-là, il laisserait sa livraison à l'entrée principale. À son arrivée, il rectifia sa coiffure et son nœud de cravate en se mirant dans le couvercle de la boîte à biscuits. Il poussa le portail, s'attendant à ce qu'il s'ouvre. Au lieu de cela, toute la clôture émit un long grincement comme le son d'un violon mal joué et tomba lentement en arrière. Otoh faillit perdre l'équilibre et ses paquets. Il regarda autour de lui. Il se sentit tout bête d'avoir endommagé le grillage, alors qu'il aurait voulu se présenter comme l'incarnation même de la courtoisie. Il viendrait le réparer plus tard ou à la première heure, le lendemain, se promit-il. À présent, la seule façon de pénétrer dans la cour de devant était de sauter par-dessus le treillis.

Le jardin avait l'air négligé. Otoh chercha un accès facile à la porte d'entrée. Il remarqua un passage dans les ronces. Se penchant par-dessus la clôture, il posa son paquet et le gramophone de l'autre côté. Tenant le disque, dont la pochette était mouillée de sueur, il recula de quelques pas. Mesurant de l'œil la hauteur du grillage, il y courut à grandes enjambées et bondit par-dessus. Il atterrit au milieu d'innombrables rangées de coquilles dont certaines étaient intactes, mais la plupart cassées en mille morceaux et à moitié enfoncées dans la terre compacte. Il contourna ces fragments sur la pointe des pieds.

De l'autre côté de la clôture, le monde semblait plus calme, comme si le temps y avait ralenti. Cela sentait la terre humide, une terre fertile pleine de vers. Otoh rassembla sa brassée d'offrandes et se glissa à travers l'ouverture dans les ronces. Alors qu'il avançait dans le jardin, les bruits familiers — coups de marteau, chuintement des voitures sur l'asphalte, aboiements — s'estompèrent. Ici, on entendait surtout un bourdonnement d'insectes, des battements d'ailes et le son d'une brise chargée d'une senteur d'humus.

Otoh atteignit l'ancien escalier principal. Devant lui, obscurcis par des plantes, s'élevaient les restes d'une vieille maison bourgeoise, invisible de la route. Un large escalier dallé, des fissures duquel surgissaient des poivriers et des orangers, menait à la véranda. La balustrade de celle-ci était faite de simples montants en bois dont grand nombre manquaient ou étaient sur le point de tomber. Levant les yeux, il aperçut des plantes grimpantes qui sortaient du toit, leurs grosses racines agrippant le côté de la maison.

Par politesse, Otoh voulait se présenter à la porte principale, mais, après avoir gravi les premières marches traîtresses, il se rendit compte que le haut de l'escalier était séparé d'un mètre de la maison. Il redescendit et resta planté au milieu de l'allée, se demandant s'il devait avancer ou se retirer. Déçu mais résolu, il se résigna à emprunter une entrée par l'arrière.

Cela faisait au moins dix ans que Mala n'avait pas reçu la visite d'un être humain. Et les derniers à entrer dans son jardin n'étaient même pas des visiteurs, mais de jeunes vandales qui l'avaient si cruellement tourmentée, elle et aussi ses plantes, qu'elle avait été obligée de les chasser.

Un jour, elle avait vu du sang jaillir de la tête d'un garçon quand, furieuse, elle lui avait renvoyé une balle de cricket en cuir avec laquelle, ratant le manguier, il lui avait cassé un carreau. Comme il n'y avait plus eu d'incidents de ce genre depuis de nombreuses années, elle avait cessé de surveiller son jardin. Elle ne se rappelait plus qui avait été son dernier visiteur. Sans doute Ambrose, juste après son retour des Terres humides.

Inconsciente de la présence d'Otoh, Mala revint à ses souvenirs...

Enfin maîtresse de la situation et s'étant soulagée, Pohpoh se détendit. Bien que ses yeux se fussent adaptés à l'obscurité, ils ne lui servaient à rien, ou presque. Pour trouver son chemin, elle dut se familiariser avec son environnement, fusionner avec les arbres, les buissons, les mauvaises herbes, les clôtures, les épines, l'eau et le sol moussu. Debout dans le fossé, recueillie, elle leva les mains dans les ténèbres et palpa l'air humide, inspectant et accueillant l'espace. Son cœur battait à tout rompre.

Elle s'apprêta à grimper hors du fossé. Jambes écartées, elle inspira profondément, puis, tel un soldat qui fuit, elle s'élança vers le haut de la pente. Des branches en surplomb et des frondes visqueuses la fouettèrent, envoyant des ondes de peur et d'excitation dans ses membres. En quelques secondes, elle parvint au sommet et se tint là, sur la route, entourée de maisons. Ses vêtements étaient trempés de rosée. Bien que claquant des dents, elle refusa de renoncer à son importante mission pour un peu d'inconfort physique.

Dépourvu de clôture et de haie, le jardin sur la gauche n'était entouré que de quelques massifs d'herbe coupante impossibles à tailler. Il présentait trop peu de difficultés, conclut Pohpoh. Dans les buissons, un chœur discordant de grosses grenouilles beuglait des avertissements. Elle s'étonna de voir qu'une des chambres était encore éclairée à une heure si tardive. Un homme passa, puis repassa devant la fenêtre. Par prudence, elle se ramassa sur elle-même. De l'autre côté du fossé s'étendait une haie basse, facile à franchir, mais trop près de l'insomniaque.

Tout en haut de la pente, il y avait un autre jardin. Il lui était aussi familier que si elle l'avait aménagé elle-même et vu grandir feuille après feuille, insecte après insecte. Un lien mystérieux l'unissait aux arbres fruitiers qui avaient poussé là à partir de graines machinalement crachées : limettiers, jambosiers, cerisiers, orangers, deux manguiers et un gros muscadier. Tous conspiraient à obscurcir encore plus les ténèbres. Le jambosier abritait plusieurs poules. Pohpoh savait qu'elles perchaient là, mais leurs ronflements et leurs ébrouements lui donnaient l'impression qu'il y avait aussi un être humain dans la cour. Elle redoubla de vigilance. Une odeur acide de fiente contrastait avec une autre senteur, plus forte et très sucrée. Parmi les buissons poussait un unique cereus. Pohpoh voyait ses grandes fleurs blanc et rouge briller comme des étoiles. Avec la puissance d'une bouche d'incendie brisée, elles émettaient un lourd parfum, attirant les milliers de phalènes et de mouches qui passaient par là. Un bourdonnement plein de menace résonnait à ses oreilles. L'air était chargé de poussière d'insectes. L'arôme des fleurs, mélange de vanille et de lait caillé, imprégnait tellement l'atmosphère que Pohpoh le savourait comme si elle le lapait dans un bol.

Évitant les coups de griffe des orties, Otoh se dirigea vers l'arrière-cour entre les pilotis de mudar gris-bleu qui soutenaient l'avant du bâtiment, puis il contourna une pièce construite sous la maison comme sa propre chambre à coucher. Il remarqua qu'à la différence de la sienne celle-ci n'avait pas de porte. On ne pouvait donc y accéder que du premier étage. La fenêtre d'origine était maintenant fermée par des planches et couverte d'une grosse plante.

Il renifla, essayant de retrouver le parfum qui l'avait

captivé la nuit précédente. Le soleil ne parvenait jamais jusque-là. Otoh tomba sur des flaques malsaines ; l'eau croupie avait filtré par les crevasses et s'était amassée sur les minces plaques de ciment cassé. Il s'en élevait une âcre odeur de pourriture. Pressant ses paquets contre sa poitrine, Otoh avança sur la pointe des pieds, craignant de déranger les éventuels occupants de ce lieu.

Quelques pas plus loin, une autre odeur indéfinissable l'assaillit. Chaque bouffée apportée par la brise qui soufflait entre les pilotis le faisait hoqueter. On aurait dit l'épaisse puanteur des latrines débordantes. À la clôture de derrière, loin de la maison elle-même, où il avait fait ses livraisons d'autres matins, rien ne l'avait préparé à de telles agressions sensorielles. Dans les rêves où il rencontrait Mala, il respirait des parfums d'herbes, de pots-pourris et de baumes, bref aucune odeur aussi oppressante que celle qui le suffoquait à présent.

Pendant un moment, il oublia la raison de sa présence en ce lieu. La pestilence était telle — pareille à un miasme palpable — qu'il s'attendit à voir quelque affreux liquide répandu. Cependant, malgré son dégoût, il fut de nouveau envahi par la curiosité. L'aiguillonnait aussi le souvenir d'une odeur similaire, celle de latrines situées derrière la maison de sa grand-mère, à la lisière de la plantation de canne à sucre. Il croyait alors que c'était une cabane juste assez grande pour abriter une personne.

La puanteur s'intensifiait près de la chambre du bas, remarqua-t-il. D'un pas mesuré, il longea le mur extérieur de cette pièce, enregistrant chaque détail : décennies de poussière ; masses de toiles d'araignée emmêlées ; vieilles cavités rongées par des cloportes ; faucheux flegmatiques accrochés, immobiles, aux planches ; grosses phalènes d'un blanc vaporeux émaillant le bois ; restes d'œufs de serpent, de lézard ; nouvelles bêtes en train d'éclore et de se tortiller pour parvenir à la tiède lumière du soleil. Un vieil aquarium de verre gisait par terre, renversé.

Otoh sortit de dessous la maison. L'éblouissante clarté du jour le fit cligner des paupières. Des frissons dus à la chaleur lui parcoururent les bras ; il se mit à transpirer. Levant le bras, il s'essuya le front et les lèvres sur son épaule. Rien ne bougeait dans la canicule claustrophobique du matin. Aucun signe de Mala.

Continuant à explorer l'arrière de la maison, il resta bouche bée en découvrant le mur couvert de fleurs de cereus fanées. Il les avait oubliées. Roussies par le soleil brûlant, elles penchaient mollement la tête. Otoh n'en fut pas moins étonné par leur taille. Elles étaient plus grandes que toutes les fleurs qu'il eût jamais vues et beaucoup trop lourdes pour les tiges grêles d'où elles pendaient. Le fantôme de leur parfum les enveloppait encore, vestige de leur plénitude de la nuit précédente, maintenant gâtée par la chaleur. Une odeur encore plus surprenante remplaça cet arôme : elle semblait émaner du mur caché par les fleurs. Comme celle qu'Otoh avait perçue sous la maison, elle devint bientôt nauséeuse. Au bout de quelques secondes, son estomac se révolta, se souleva, se tordit. Combinée à la chaleur, elle lui donna le vertige. Il eut envie de lâcher son paquet et le gramophone, de se presser l'abdomen, de retenir sa respiration et de sortir aussi vite qu'il le pouvait de la cour. Il était toutefois résolu à exécuter son projet. Il longea bruyamment le mur, telle une souris affolée. Dans sa hâte, il passa sans la voir à côté de Mala, assise sous le mudar.

Et elle, plongée dans l'aventure de son rêve diurne, n'entendit pas les abeilles bourdonner autour de ses oreilles, ne les sentit pas sucer la sueur salée qui lui coulait le long du cou. Pas plus qu'elle n'entendit les tyrans cesser de rivaliser entre eux et joindre leurs forces pour l'avertir de l'approche d'Otoh.

Ce dernier se retourna pour regarder les oiseaux. Ils voltigeaient en gloussant dans la cime du mudar. Otoh admira cet arbre magnifique, sachant qu'on ne trouvait de pareils spécimens qu'au cœur de la vieille forêt, de l'autre côté de l'île. Chargé de cosses mauves d'un mètre de long, il avait envahi toute une partie du jardin, bloquant la vue sur la route et sur la ville. Un mudar n'atteignait cette taille qu'au bout de plusieurs générations. Curieux ou inquiets, les tyrans sautillaient au bout des branches. Ils ne sifflaient plus. S'avisant de leur silence, Otoh leva les yeux et aperçut l'arbre couvert d'oiseaux gris-brun, aux plumes luisantes. Il n'en avait encore jamais rencontré en liberté. On les associait généralement à l'argent, au jeu et aux concours de chant. Les hommes de Paradise allaient souvent dans la forêt d'où ils revenaient avec des cages remplies de tyrans rares. Un seul oiseau de cette espèce coûtait très cher, investissement qu'on faisait volontiers dans l'espoir qu'il rapporterait des gains plus importants et du prestige dans les concours de chant. Otoh s'étonna que dans son propre quartier, à l'insu des chasseurs et des joueurs, il y eût un arbre qui abritât des centaines de ces bêtes. Il eut soudain l'impression d'être un intrus, un voyeur maladroit. Surpris de n'avoir jamais remarqué cet arbre énorme lors de ses livraisons antérieures, il regarda autour de lui, essayant de localiser la clôture de derrière.

Il s'arrêta net. Là, devant lui, il aperçut la raison de sa visite. Mala Ramchandin. Elle était assise, les yeux fermés, dans un fauteuil à bascule, à côté de l'arbre. Sa silhouette se confondait presque avec le tronc bleu. Elle portait une combinaison dans les tons vert, brun et bleu clair qui se mêlaient au fond de feuillage et de branches tordues. Le visage en feu, Otoh la contempla de tous ses yeux. Il avait devant lui la femme pour laquelle son père se réveillait. Ce n'était pas précisément une jolie jeune fille, se dit-il. Elle était mince, certes, mais sa stature, que rapetissait le fauteuil, le surprit.

Sans la quitter des yeux, Otoh s'accroupit et déposa son fardeau sur le sol d'argile poussiéreux. Il se mouvait avec lenteur. Il aurait pu passer facilement à côté d'elle, la prendre pour un buisson. Il eut de nouveau conscience de son indiscrétion.

Elle ne ressemblait à aucune des femmes qu'il connaissait. Il avait l'impression d'être tombé sur une jungle perdue et, n'eussent été ces étranges odeurs, il se serait cru au paradis. Après s'être assuré que le gramophone était bien posé en équilibre, il dénoua sa cravate, s'en essuya le visage et le cou.

Au ras du sol, l'air humide regorgeait de fragrances naturelles exhalées au cœur de la nuit. Un arôme de pamplemoussier, de limettier et d'oranger ourlait le bord des ténèbres. Pohpoh sentit frémir en elle un sentiment d'omnipotence : elle était capable de trouver son chemin, de survivre dans le noir, d'identifier plantes et insectes à leur seul parfum ou à leur seul contact. Elle sauta hors du fossé et atterrit élégamment dans la position accroupie. Avançant pas à pas le long de l'étroit talus recouvert de hautes herbes coupantes, elle s'approcha d'une ouverture dans le grillage. Aussi légère qu'une phalène, elle se glissa à travers le trou et sortit de l'autre côté sans une égratignure.

Des grillons et des grenouilles chantaient parmi les arbres. Elle tendit l'oreille, à l'affût d'un aboiement. N'entendant rien, elle en conclut que, s'il y avait eu des chiens, elle aurait déjà senti leur présence.

Après avoir traversé la pelouse en courant, elle arriva au pied d'un citronnier. Comme il n'y avait pas de buissons où se cacher, elle devint prudente et regarda attentivement la grande maison d'un étage qui se dressait au milieu du jardin. Dispensée par des lanternes plantées dans une platebande, une pâle lumière jaune baignait le rez-de-chaussée.

Là était son objectif. Pohpoh mit ses mains en coupe derrière ses oreilles et écouta. Pas un bruit. Elle imagina des chambres occupées par une famille heureuse, une famille de conte dans lequel le père serait un roi bienveillant. La mère une reine des fées. Leurs enfants, de petits chérubins, seraient assez nombreux pour remplir un grand soulier ou un carrosse-citrouille ; leurs visages roses et ronds souriaient jusque dans le sommeil. À la lueur des lanternes, elle vit des rideaux fermés derrière des grilles en fer forgé. Au premier étage, ils étaient tirés et les fenêtres, sans protection, ouvertes.

Le vieux pithécolobium derrière la maison était facile à escalader. Près de la cime, une branche s'étendait, telle une paume, vers une fenêtre ouverte. Pohpoh avait vu des iguanes de plus d'un mètre de long ramper le long des branches de ce genre d'arbre, et elle décida d'atteindre la fenêtre en glissant sur le ventre. À mi-chemin, elle s'arrêta. Elle tourna la tête à droite et à gauche, regarda la cour en bas, puis les branches qui quadrillaient le ciel étoilé au-dessus d'elle. Approchant du but, elle attendit que le vent agitât le feuillage et couvrît le bruit de sa reptation.

Une lampe brillait dans le couloir, juste à l'extérieur de la chambre où elle pénétra. Éblouie, elle se percha, telle une gargouille, sur le rebord de la fenêtre. Elle s'imagina invisible, chassant les monstres et les démons qui essayaient de toucher le bébé couché dans la chambre où elle se trouvait.

« La chambre d'un bébé vous indique que celle des parents n'est pas loin », se dit Pohpoh. L'imagination pouvait coûter très cher. Elle se ressaisit, agitant un doigt sévère à son intention. Fermant les yeux, elle bannit loin d'elle la gargouille bienveillante, l'iguane, le singe, la fée, et recouvra la concentration d'un rôdeur à l'œuvre.

— Je *peux* le faire en deux minutes. Je le *ferai* en deux minutes, et pas une seconde de plus.

Elle mit son chronomètre en marche, puis glissa au bas du rebord de fenêtre.

Elle patina gracieusement sur le parquet en teck. La porte de la chambre des parents était ouverte. Au bout du rai de lumière, elle aperçut un vaste lit, trop vaste pour les deux adultes qui l'occupaient, couchés dos à dos, unis dans un profond sommeil. Elle passa devant une autre chambre. S'étant habitués à la lumière rougeâtre, ses yeux distinguèrent deux enfants endormis dans un grand lit surélevé. Des jouets en peluche et des poupées de chiffon encombraient le large rebord de fenêtre.

Le couloir menait à un palier qui dominait un escalier tournant. La rampe, d'un beau bois rouge, était tentante. Pohpoh aurait aimé la chevaucher et se laisser glisser en bas à reculons. Mais elle s'était promis de ne toucher à rien. Elle descendit donc les marches, le dos pressé contre les lambris. Arrivée au pied de l'escalier, elle essuya la fine pellicule de sueur qui couvrait sa lèvre supérieure et son front.

La pièce du rez-de-chaussée n'était éclairée que par la faible lumière bleue du ciel nocturne qui entrait par les deux fenêtres du fond. Une bibliothèque occupait tout un mur. Sur un autre, on voyait des tableaux encadrés. L'un d'eux attira particulièrement son attention. C'était le portrait en pied de deux adultes et de deux petites filles. La mère posait la main sur l'épaule de l'aînée, le père sur celle de la cadette. Popoh n'était encore jamais entrée dans cette maison, mais elle avait déjà vu passer cette famille sur la route, devant chez elle.

Elle s'engagea dans le couloir. Des dessins d'enfant étaient punaisés aux murs. Les feuilles de papier bruissèrent sur son passage. Au bout du couloir, il y avait une arche. Elle savait qu'elle devait sortir par là. Pendant ses aventures nocturnes, elle avait appris qu'on pouvait prévoir l'agencement d'une maison : il dépendait du statut social de ses occupants. Elle fut ravie d'avoir deviné correctement la disposition des pièces.

Une lueur de triomphe dans les yeux, elle se tint sur le seuil de la salle de séjour. Son but, la porte principale, se trouvait de l'autre côté. Elle se dirigea vers la sortie. Un long miroir, le plus grand qu'elle eût jamais vu, pendait au mur dans un cadre doré. En passant devant, elle y aperçut une toute petite fille déguenillée.

Pohpoh s'arrêta. Elle n'avait encore jamais vraiment pensé qu'elle était minuscule ou minable. Cette vision ébranla sa confiance en elle. Elle regarda attentivement ses yeux caves. Elle n'avait jamais remarqué qu'ils étaient si grands, si enfoncés, si sombres par rapport au reste de son visage. Elle se demanda quel était son véritable moi : la fille timide, maigre, insignifiante qui la contemplait ou celle qui passait les nuits à faire ce que personne d'autre n'osait faire. L'image de son père se couchant sur elle, accompagnée d'odeurs et de goûts écœurants, lui vint soudain à l'esprit. Elle poussa un cri étouffé, mais assez fort pour se faire sursauter. Elle se pinça le bras à titre d'avertissement ; elle ne pouvait se permettre d'être distraite. Contournant rapidement les beaux meubles sculptés, elle se dirigea vers le vestibule. Elle ouvrit la porte et fit face à l'obscurité familière. Elle avait remporté un succès enivrant, mais elle savait que son aventure ne pouvait être considérée comme terminée que lorsqu'elle serait de retour dans sa propre chambre. L'air extérieur était agréablement chaud comparé à la fraîche humidité qui régnait dans la maison. Elle tira doucement la porte derrière elle. Il ne resterait aucune trace de son intrusion.

Elle inspecta brièvement le jardin avant de s'élancer à travers la pelouse et de se réfugier, triomphante, à l'ombre d'un gros pamplemoussier. Elle était vengée. Elle avait oublié le visage aperçu dans le miroir.

Un sourire de triomphe illumina le visage de Mala. Elle avait si souvent revécu ce scénario qu'elle ne savait plus quelle en était la part de réalité — si son aventure avait eu lieu de jour ou de nuit, si Asha l'accompagnait, si elle était vraiment entrée chez les voisins, si elle s'était jamais fait prendre. Elle garda les yeux fermés. Elle n'était pas encore prête à affronter l'éclat coupant du soleil.

Otoh avait réussi à sortir le gramophone de sa boîte. Il mit un disque et tourna la manivelle sans déranger Mala.

Quand il leva le bras de l'appareil, le plateau commença à tourner avec un léger ronronnement. Mala ouvrit les yeux. Apercevant le jeune homme devant elle, elle étouffa un cri.

Un quartet dixieland crachotant se fit entendre. Les yeux d'Otoh et de Mala se rencontrèrent. Cessant de tripoter le phonographe, Otoh se leva. Le son était beaucoup trop fort ; pourtant, il ne put se résoudre à s'agenouiller de nouveau pour le régler. Il recula de quelques pas.

Mala remua les lèvres, le vacarme du jazz noya ses paroles. S'appuyant sur les accoudoirs de son fauteuil à bascule, elle se leva, puis elle tendit la main au jeune homme. Quand la musique prit fin, elle murmura :

— Ambrose !

Qu'elle eût aussitôt remarqué sa ressemblance avec son père impressionna Otoh. Le bras du gramophone revint à son point de départ avec des grincements de protestation. Dans le silence qui suivit, Mala murmura plusieurs fois le nom d'Ambrose. C'est alors qu'Otoh se rendit compte qu'elle le prenait pour son père. Il faillit lui dire : « Moi, je suis Otoh. Ambrose, c'est mon père », mais il se tut. Peut-être ignorait-elle qu'Ambrose avait un enfant ou même qu'il était marié. Et il ne voulait pas le lui apprendre à ce moment-là.

Le bras du gramophone se leva automatiquement, se reposa sur le disque. Traînant les pieds, Mala s'avança vers le jeune homme au rythme de la musique. Malgré ses traits crispés, elle riait comme une enfant folâtre. L'attente agrandissait ses yeux renfoncés, les rendait vitreux. La première réaction d'Otoh fut de prendre la fuite ; cependant, il hésitait à faire des mouvements brusques ou à tourner le dos à cette femme dont il avait pu constater la ruse dans le passé. De plus, il se demandait dans quelle direction courir pour s'échapper. Il était complètement désorienté.

Mala s'approcha en fredonnant. Elle s'inclinait et glissait au rythme de l'entraînante mélodie. D'une voix forte et claire, elle chantait, en plus de l'air principal, les *oua-*

oua-oua allègres de la clarinette. Elle ferma les yeux, agita exagérément la tête et émit deux autres *oua-oua* expressifs. Alors qu'elle arrivait près de lui, elle devint fébrile. Elle lança les bras de côté en cadence et exécuta des pas de danse rapides qui suivaient parfaitement le rythme de la percussion et des banjos.

Elle lui tendit de nouveau la main. Otoh la prit — un morceau anguleux de chair et d'os. Finement ridés, son visage et ses mains avaient la texture et la pâleur d'un jeune lézard albinos. Fasciné par ses yeux vert-brun, Otoh s'exécuta. Elle le tira soudain vers son visage souriant et, tout aussi vite, le repoussa à bout de bras. Elle les fit tourner tous les deux autour de la cour, s'accompagnant de son imitation des solos de clarinette. La musique s'arrêta de nouveau, mais Mala continua à fredonner, à émettre des *oua-oua*, à le faire virevolter. Et, pendant tout ce temps, elle plongeait son regard dans le sien.

Sortant de lui-même, Otoh imagina qu'il observait toute la scène depuis la route. Vu ce que les villageois pensaient de cette femme depuis des décennies et ce que ses livraisons et la nostalgie de son père lui avaient appris, il n'en crut pas ses yeux. Voilà qu'il se trouvait réellement dans son jardin, lui tenait la main, dansait avec elle ! Bien qu'il ignorât que cette femme n'avait pas entendu sa propre voix depuis longtemps, il fut surpris qu'elle lui en révélât le son et le choisît comme témoin de son passé.

Ils s'approchèrent en dansant de l'escalier de derrière. Mala ralentit, attira Otoh contre sa poitrine et murmura, cette fois d'un ton suppliant :

— Ambrose ?

Otoh s'arrêta brusquement.

— Tout va bien, Ambrose. Tout va bien. Il ne te fera aucun mal, lui chuchota Mala à l'oreille.

— Qui ne me fera aucun mal ?

— Il ne peut plus te faire de mal, Ambrose. Viens avec moi.

Le prenant par la main, elle le conduisit en haut de l'escalier. Tandis qu'il gravissait les marches délabrées, il pensa qu'il suivait les traces laissées là par son père il y avait des décennies. Il se rappela à lui-même qu'il devait tout examiner avec attention pour qu'à son retour à Government Alley il pût rapporter sa visite dans les moindres détails, preuve qu'il était bien allé dans la maison de Mala.

En haut de l'escalier, le bruit des pigeons sautillant sur le toit le fit sursauter. Mala s'en amusa. Elle se tenait sur la véranda, toute contente de le revoir chez elle. Une multitude de bocaux contenant ce qui ressemblait à de la sauce au piment s'alignaient sur un des côtés de la galerie. Otoh reconnut les récipients. Quand il les lui avait apportés, ils étaient pleins d'épices et de condiments.

Sur la véranda, le parfum du jardin s'affaiblissait, remplacé par un autre : une fraîcheur quasi marine de terre noire, de vers de terre et, curieusement, d'escargots. Pareil arôme à cette hauteur le déconcerta. Debout près de lui, Mala croisa les mains derrière le dos, répugnant à troubler sa rêverie — ou du moins ce qu'elle prenait pour telle. Infiniment reconnaissante de son retour, elle voulait qu'il redevînt le roi de son jardin. Le voyant regarder une toile d'araignée, elle murmura, tout excitée :

— Des araignées ! Il y en a beaucoup maintenant, tu sais, Ambrose.

Ne recevant pas de réponse, elle regarda Otoh avec espoir.

— Plus qu'assez, Ambrose.

— Ah, très bien. Des araignées. Parfait.

Encouragée par ces mots, Mala prit Otoh par le bras et le conduisit à la cuisine. Il écarquilla les yeux, essayant de distinguer quelque chose dans la pénombre. Il remarqua que la fenêtre avait été bouchée avec des morceaux de bois, de carton et de tôle. De l'autre côté de la pièce, des meubles empilés les uns sur les autres formaient un mur couvert de poussière et de toiles d'araignée. Une odeur de moisi lui gratta la gorge. Il toussa, ses yeux s'emplirent de larmes. Mala se mit à démonter la barricade. Craignant que tout ne s'écroule, mais ne sachant que faire, il la regarda, résigné, tandis qu'elle tirait des meubles du bas de la structure. Celle-ci résista. Mala ne s'arrêta que lorsqu'elle eut percé une brèche assez grande pour leur livrer passage. Elle entraîna Otoh à travers le trou. Ils émergèrent dans une pièce vide. L'ancien salon, se dit Otoh. Il y avait là trois portes fermées. À en juger par l'épaisse couche de poussière qui recouvrait le sol, cela devait faire des années que deux d'entre elles n'avaient pas été poussées. Devant la troisième, Mala sortit une clé de sa poche. Avant de l'introduire dans la serrure, elle leva les yeux vers Otoh, plaça un doigt sur ses lèvres et fit « Chuut ! »

Quand la porte s'ouvrit, une odeur infiniment plus intense que celle qui régnait sous la maison éclata comme un rot, le faisant tomber sur le tapis de poussière. Mala l'aida à se relever. Elle était bien plus forte qu'elle ne le paraissait. Soudain, il reconnut la nature de cette puanteur : un mélange de pourriture organique parvenue à maturité et de vieille urine. Le souffle coupé, il hoqueta. Il avait l'impression que son estomac allait faire la culbute. Il crachota et toussa.

Mala le mena sur un palier, en haut d'un escalier obscur. Comme Otoh se raidissait, elle se glissa derrière lui et le poussa en avant. Une main posée sur son dos pour le soutenir, Mala leva une poignée d'herbes de l'autre.

— Du gingembre et de la sauge, expliqua-t-elle, agitant son bouquet devant Otoh. Respire-les. Ça soulage la nausée. Moi, je suis habituée à cette odeur depuis longtemps.

Les herbes avaient perdu leur arôme. Otoh les frotta contre son nez, espérant qu'elles recelaient encore un peu de parfum, mais il ne fit que casser les tiges friables. Les feuilles tombèrent en poussière. Mala ferma la porte à clé derrière eux.

— Vaut mieux qu'on soit prudents, tu sais. Comme ça, il pourra pas sortir.

Elle prit son visiteur par la main et le tira au bas de l'escalier. Les jambes d'Otoh tremblaient. À mesure qu'ils descendaient les marches, la pestilence s'accentua. Au milieu de l'escalier, Mala s'arrêta, lâcha la main d'Otoh et alluma une lampe. La lumière révéla des phalènes de la taille d'une paume. Elles voletèrent autour d'eux, désorientées, comme réveillées trop brusquement. En bas, il y avait une autre porte. Mala prit un passe-partout sur une étagère, au-dessus du chambranle, et entrouvrit le battant. Ils se faufilèrent à l'intérieur. Mala avança dans la pièce d'un pas assuré. Craignant de rester seul, Otoh marcha sur ses talons. À travers une brume de poussière, Otoh distingua un peu plus loin une haute plate-forme de la dimension d'un lit. Un long et informe paquet de vêtements gisait dessus. Quelque chose de noir en dépassait ici et là. Mala se dirigea droit vers cette masse confuse. Otoh la regarda.

— Il ne peut plus nous faire de mal, Ambrose, murmura-t-elle en souriant. Viens voir.

Otoh s'approcha, écœuré par l'odeur et terrifié à l'idée de ce qu'il allait découvrir. Mala leva la lampe pour éclairer le lit.

Ouvrant les yeux, Otoh se rendit compte qu'il était couché sur l'épaule de Mala et contemplait l'arrière de ses jambes tandis qu'elle remontait l'escalier menant au salon. Il était trop faible pour lui demander de le poser par terre. Elle ferma la porte derrière eux et donna un tour de clé. Puis elle le trimballa, toujours sur son épaule, à travers l'ouverture dans le mur de meubles et la porte de la cuisine. Elle le sortit sur la véranda où elle l'allongea sur le plancher. S'agenouillant à ses côtés, elle psalmodia, inquiète :

— Chuut, ne t'inquiète pas, Ambrose. Chuut.

Sa figure était désagréablement proche de la sienne. Elle

l'embrassa tendrement sur le front. Les tempes d'Otoh battaient. Terrifié, il ferma les yeux, mais cela fit surgir dans son esprit l'image de ce qu'il venait de voir en bas.

— Tu veux de l'eau ? demanda Mala d'une voix douce, affectueuse.

Elle se leva et disparut dans la cuisine. À peine fut-elle hors de sa vue qu'Otoh se leva d'un bond et dévala l'escalier de derrière. Avant qu'il ne fût arrivé en bas, Mala réapparut sur la véranda. En le voyant s'enfuir et l'abandonner de nouveau, ses cris se figèrent dans sa poitrine. Le visage apparemment calme, mais inondé de larmes, elle regarda Otoh traverser le jardin.

Otoh courut vers la clôture. Il passa devant le mur de fleurs mortes qui couvraient la chambre dans laquelle il se trouvait quelques minutes auparavant. Il se mit à faire de grandes enjambées et sauta par-dessus le grillage. Quand il atteignit la route, il avait perdu ses sandales. Des branches, des herbes coupantes et de petites épines lui avaient égratigné le visage et les pieds.

Parvenu de l'autre côté de la clôture affalée, un terrible accablement s'abattit sur lui. Malgré la chaleur, il frissonna, se demandant si ce qu'il venait de voir était vraiment réel. Plus il s'éloignait de la maison et du jardin, plus ses jambes faiblissaient. Il se sentit défaillir, comme abandonné par la frénésie qui l'avait soutenu jusque-là. Il ralentit, titubant, puis s'affaissa au milieu de l'étroite route. Un attroupement se forma presque aussitôt.

— Ma parole ! C'est pas le fils d'Ambrose ?

— Y s'appelle Otoh.

— Je croyais qu'y s'appelait Ambrosia.

— Dis pas de bêtises. Ambrosia, c'est un nom de fille.

— C'est bien le fils d'Ambrose. Regarde-le. Son père tout craché. Rien de sa mère. Mais qu'est ce qu'y fabrique là, couché au soleil, au beau milieu de la route, avec ses beaux habits ?

— Moi, j'ai tout vu. L'est tombé. Y courait et l'est tombé. L'ai vu de mes propres yeux.

— Une crise cardiaque qu'il a eue.

— Penses-tu ! Des jeunes comme lui y z'ont pas de crises cardiaques. Ç' qu'il est pâle ! Desserre-lui la cravate.

— L'ai vu sortir en courant du jardin de Mlle Mala et descendre la route à toute allure comme s'il avait le diable aux trousses.

— Le jardin de Mlle Mala ? T'es sûr ? L'est aussi fou que son père ou quoi ?

— Et qu'est-ce qu'y pouvait bien chercher là, je me demande ? Enlève-lui la veste. Pourquoi il porte un habit noir en plein jour ?

— Hé, ça va pas, vous autres ? Arrêtez de bavarder et appelez la police.

— Ce garçon a pas besoin de police, mais d'un docteur.

— Que quelqu'un appelle le docteur.

— Qu'est-ce qu'il est mince !

— Allez, Talap, va vite chercher le toubib.

— Que quelqu'un accompagne Talap. Grouillez-vous. Ce garçon a froid en plein soleil. Voyez un peu comme il tremble. Ôtez-lui sa chemise. Talap, t'es encore là ?

— Ma fille a le béguin de ce garçon, mais je voudrais pas qu'elle épouse une mauviette. Va dire à Mavis que son amoureux y s'est cassé la figure. Mavis. Où est Mavis ? Talap, va chercher Mavis. Dis-lui...

— Talap, laisse tomber Mavis, mon gars. File chercher le docteur.

— Moi, je vous dis d'appeler la police. Le docteur, d'accord, mais aussi la police.

— Oh, Jojo, arrête avec ta police, mon vieux. On a pas besoin de la police pour un garçon qu'a couru et qu'a ramassé une pelle.

— Suis d'accord avec Jojo. Faut appeler les flics. Et

laisse-lui sa chemise, à ce jeunot. Tu vois pas qu'il tremble comme une feuille ?

Ils n'eurent pas à appeler la police. Un agent se trouvait dans la maison d'en face, en train de courtiser une amie dont le mari était absent pour la journée. Quand il entendit le vacarme, il regarda dehors en repoussant le bord d'un épais rideau et reconnut l'appel du devoir. Il abandonna la femme, à la grande déception de celle-ci, et sortit par la porte de derrière. Il sauta par-dessus le mur de l'arrière-cour et remonta lourdement le long du fossé jusqu'à la route, persuadé que personne ne remarquerait son arrivée. Tous les badauds fixaient leur attention sur le garçon couché par terre.

Otoh ouvrit les yeux. Un cercle de têtes le regardait. Au centre du cercle, il aperçut un petit morceau de ciel froid et argenté.

— Un cadavre, il y a un cadavre dans sa maison... parvint-il à dire avant de s'évanouir de nouveau.

Il ne pouvait supporter une autre mauvaise odeur. Or, les corps autour de lui puaient. Refermant les yeux, il se réfugia dans l'inconscience.

— Qu'est-ce qu'il a dit ?

— Qu'il a vu un cadavre.

— Oh, mon Dieu ! Ça va vraiment mal dans cette ville, non ?

Qu'est ce qui se passe ?

— Appelez les flics. Paraît qu'y a un cadavre dans la cour de Mlle Mala.

— Quelqu'un est entré dans sa cour ?

— Comment il le sait ? Qu'est-ce qu'y faisait dans la cour de cette femme ?

— Il essayait p'têt' ben d'attraper le voleur.

— Il a dit qu'y a un voleur dans la cour de Mala.

Il a dit qu'un voleur est entré dans sa cour.

— Y a rien à voler dans cette maison. Le voleur doit être entré pour la tuer.

L'agent de police se fraya un chemin dans la foule et regarda Otoh. Il arriva juste à temps pour entendre :

— Quoi ? Un voleur a voulu tuer Mala ?

— Mala ? Mala Ramchandin ? lança le policier à la cantonade.

— Oui, y dit qu'il a vu un individu essayer de l'assassiner, expliqua l'homme à côté de lui.

L'agent partit en courant au commissariat. Ce n'était pas souvent qu'un policier avait la chance de pouvoir exhiber son entraînement à l'endurance physique ; conscient d'être le point de mire, il profita au maximum de l'occasion.

Entendant tout ce remue-ménage dans la ville, des femmes, des hommes et des enfants commencèrent à se déverser dans la rue. Alertés par ce vacarme inhabituel, les chiens des alentours se mirent à aboyer. Il se forma deux courants : les gens qui quittaient l'endroit où gisait Otoh pour traverser la ville en criant : « Meurtre dans le jardin des Ramchandin ! » et ceux qui se précipitaient vers le « lieu du crime » avec une telle hâte qu'ils se piétinaient presque les uns les autres.

Assis dans son fauteuil roulant, sur la véranda, Ambrose E. Mohanty attendait le retour de son fils. Intriguée par le bruit dans la rue, Elsie sortit à son tour.

Elle aperçut Pilai, le vieil épicier, qui, traînant son lumbago, gravissait péniblement la colline.

— Hé, Pilai. Bonjour. Comment va madame votre épouse ?

— Très bien, vraiment très bien. Merci, madame Mohanty. Z'avez entendu la nouvelle ?

— Non, je suis au courant de rien. Pourquoi tout le monde court comme ça ?

Pilai connaissait l'inclination qu'Ambrose et Mala avaient eue l'un pour l'autre dans leur jeunesse. Il avait même joué un petit rôle dans leur réunion, du moins c'était ce qu'il aimait à penser. Conscient de l'importance de ce moment, il s'arrêta et regarda Elsie, car Ambrose était caché à sa vue. Il ôta son chapeau, le pressa respectueusement contre sa poitrine et parla avec la solennité appropriée.

— Des voyous se sont introduits dans la maison des Ramchandin, y z'ont tout volé et assassiné la vieille dame raide morte ! Quelqu'un m'a dit qu'ils en avaient déjà attrapé un. L'est couché sur la route près de la maison de Mlle Mala. N'empêche qu'y en a encore cinq qui courent. Je monte présenter mes respects.

Il salua d'un signe de tête et se remit lentement en marche. Au bout de quelques pas, il accéléra de nouveau l'allure.

— Oh, mon Dieu ! gémit Elsie. J'espère qu'ils n'ont pas tué aussi mon Otoh. Oh, mon Dieu, Ambrose, je sens que je vais m'évanouir ! Mon fils est mort. Et c'est toi qui l'as envoyé là-haut. Oh, mon Dieu ! Ils ont tué mon unique enfant.

Alors qu'elle s'affaissait par terre, se lamentant sur la mort présumée de son fils, Ambrose bondit de son fauteuil, comme mû par un ressort.

— Il l'a vue ! Il l'a vue ! J'en suis sûr. Mon fils Otoh l'a vue !

Ambrose E. Mohanty se tenait debout pour la première fois depuis des décennies.

Toujours étendue sur le sol, Elsie ne vit pas son mari dans son costume noir mité, froissé et sentant le camphre, se placer derrière son fauteuil roulant et l'envoyer au bas des marches. Agrippant la rampe, il descendit pesamment à la suite de son véhicule ; son élégance semblait démentir la douleur que lui causait un acte aussi simple. Parvenu au pied de l'escalier, il s'assit dans le fauteuil pour reprendre haleine. Une fois reposé, il se leva, se remit derrière le fauteuil et le poussa avec solennité dans la rue.

« Comme Paradise a grandi ! » se dit-il. Il ne lui était jamais venu à l'esprit que, pendant qu'il dormait, la ville poursuivait ses activités. Paradise s'était transformé, remarqua-t-il, stupéfait. Le village composé d'une maison ici et là, avec des terrains en friche au milieu, était devenu une ville aux constructions serrées les unes contre les autres sans terre inculte, ou presque, en vue. Pour aller chez Mala, il compta sur l'habitude et sur l'instinct.

Il finit par arriver à un croisement de rues vaguement familier. Son fils était assis là, complètement désemparé. Comprenant que le jeune homme n'était plus en danger, la plupart des badauds étaient partis. Les événements intéressants, en effet, se déroulaient ailleurs : dans la maison de Mala.

On aurait pu croire qu'Otoh recevrait un choc en apercevant son père dehors, enfin dans le monde, mais se tenant bien droit derrière son siège habituel et non pas assis dedans. Cependant, le jeune homme était trop bouleversé pour s'étonner de quoi que ce fût. En outre, connaissant bien son père maintenant, il avait escompté le voir revenir à la vie dès l'instant où il apprendrait que son fils avait établi un contact avec Mala. Il ne fut pas davantage surpris par la vitesse à laquelle la nouvelle était parvenue à Government Alley.

C'était la première fois qu'Otoh regardait son père d'en bas. Ce nouvel angle révélait un visage vieillissant doté d'un menton charnu, plissé, et d'un fouillis de poils dans le nez. Ainsi debout, il était assez grand, et Otoh eut la troublante impression qu'il s'agissait d'un étranger. Ambrose essaya de s'incliner vers lui, mais il perdit l'équilibre et tomba par terre. Cette image de son père lui étant plus familière, Otoh y trouva le réconfort dont il avait grand besoin.

— Ooh ! Je suis un peu raide ! dit Ambrose avec un petit rire nonchalant.

Otoh posa la main sur la cuisse de son père. Ils patientèrent jusqu'à ce que le dernier badaud eût gravi la colline, puis Ambrose se pencha vers son fils.

— Se souvient-elle de moi ? T'a-t-elle posé des questions à mon sujet ?

— Elle se souvient très bien de toi, papa. Je crois qu'elle t'attend.

Ambrose fit de grands gestes pour se redresser.

— Eh bien, allons-y. Je vais t'aider à te lever, mon valeureux fils.

Voyant qu'il était incapable de se remettre debout tout seul, il rit, à la fois jovial et embarrassé. Otoh eut un sourire las. Il posa fermement son bras sur le coude de son père pour l'obliger à rester par terre.

— Papa, il faut que je te parle.

— Oh, mon fils, comment vas-tu ? Elle ne t'a pas menacé d'un couperet, au moins ?

— D'un couperet ? Oh ! mon Dieu ! Non !

— Bien. Très bien. Alors, dis-moi comment tu vas. J'aurais dû m'en enquérir tout de suite. Que je suis distrait ! Vas-y. Tu sais que tu peux tout me dire. En quoi puis-je t'aider ?

— Non, attends, attends un moment...

Otoh raconta à son père presque tout ce qui s'était passé et tout ce qu'il avait vu ce matin-là, passant sous silence le gramophone et la danse. Quand il parla des odeurs nauséabondes et de la chambre inférieure, Ambrose afficha un grand calme. Prenant la main de son fils dans la sienne, il soupira et murmura plusieurs fois, d'une voix désespérée : « Oh ! mon Dieu ! Oh ! mon Dieu ! » Il avait l'air de revenir à une réalité qui dépassait de loin tous les rêves qu'il avait faits pendant ses années de sommeil.

— As-tu raconté cette histoire à quelqu'un d'autre ? demanda Ambrose en baissant la voix, bien qu'il n'y eût personne à proximité.

Il se remémorait être sorti précipitamment du jardin, répondit Otoh ; cependant, il n'avait aucun souvenir de sa chute au milieu de la route, seulement d'avoir vaguement ouvert les yeux. Peut-être avait-il essayé de parler, mais il ignorait s'il y était parvenu.

— Comment se fait-il alors que les gens pensent qu'une bande d'assassins est entrée dans sa cour et l'a tuée ? demanda Ambrose en désignant des personnes qui passaient à côté d'eux en courant. Que leur as-tu dit ? Tu dois leur avoir dit quelque chose qui a été exagérément grossi. As-tu employé le mot *maraudeur* ? Tu ne te rappelles pas ? Essaie, mon fils, essaie de te rappeler.

Craignant d'avoir été trop bavard, Otoh secoua la tête.

— Papa, je ne voulais vraiment pas lui causer du tort. Une seule chose m'importait : qu'elle et toi vous puissiez vous revoir.

— Quelle autre explication pourrait-on donner de cette malheureuse tournure des événements ? De toute évidence, ce n'est pas toi qui as créé le problème. Il semblerait plutôt que celui-ci se cachait tel un mauvais fantôme, attendant d'être révélé, et toi tu as eu la malchance de le découvrir. En fin de compte, tout le monde en arrive à accomplir chaque iota de sa *raison d'être*. Et c'est ce que tu viens de faire. Ton devoir, mon fils infortuné, c'était de déchaîner un horrible fantôme caché.

Ambrose regarda Otoh dans les yeux. Y lisant une expression qu'il prit pour du désespoir — qui n'était en fait que de la perplexité —, il sourit d'un air penaud.

— Nos relations, la tienne avec moi et la mienne avec elle, ne servent qu'à troubler, mais d'une façon intéressante, les eaux sur lesquelles nous naviguons, dit-il. Ne sois pas triste. On ne peut défaire ce qui a été noué.

Otoh regarda Ambrose. Son père baissait les yeux. Malgré ses efforts pour paraître optimiste et philosophe, le vieil homme souffrait.

— Tu sais, mon fils, selon toutes les apparences, cette situation est terrible. Mais notre manière de penser ne fait que mettre en évidence l'ignorance et l'aveuglement des pauvres mortels que nous sommes. Mala et moi nous reverrons comme tu le souhaites. Les fins ne sont que des commencements à l'envers. Et maintenant, allons tous deux chez elle.

— Je t'ai entendu, papa. Mais je voudrais savoir ce qui s'est vraiment passé. Tu as l'air d'être au courant. Qui est Mala ? Et qu'y a-t-il eu entre vous ?

— Seigneur ! Par où commencer ? Même les débuts ont leur propre début. C'est une rude tâche.

Ambrose s'interrompit, prit une profonde inspiration et se tourna vers Otoh.

— Si nous montions simplement chez elle ? Puisqu'elle n'a pas été assassinée, à la grande déception, j'en suis sûr, des habitants de Paradise, nous le lui demanderons nous-mêmes. Viens, mon fils, lève-toi. Viens vite. Tu traînes ! Vu ta lenteur, on pourrait croire que c'est toi qui as passé ta vie à dormir.

Alors qu'Otoh et son père, qui poussait son fauteuil, approchaient de la maison, ils virent des policiers en uniforme frapper les ronces du jardin à coups de faux et de machette. Ils avaient déjà ouvert un passage pour une voiture. À présent, on avait une bonne vue sur la demeure délabrée.

Ambrose s'arrêta. Regardant la maison, il couvrit sa bouche ouverte de sa main. Des larmes jaillirent de ses yeux. Ils atteignirent le portail que les policiers avaient complètement détruit, mais un jeune agent armé d'un bâton leur barra le chemin. Otoh s'étonna de ce que son père se laissât ainsi retenir.

— Papa, dis-lui que tu la connais. Allez, dis-le-lui.

Ambrose réfléchit un long moment.

— Papa, pourquoi tu ne le lui dis pas ? Nous devons entrer et nous occuper d'elle.

Ambrose secoua la tête.

— Je n'ai jamais été doué pour ce genre de chose, n'est-ce pas ?

Otoh ne lui rendit pas son sourire. Une colère et un dégoût inaccoutumés l'envahirent. Cette fois, il n'y aurait pas de « d'une part..., mais d'autre part... ».

— Non, mon fils. Ce qui est fait est fait. Le mieux, c'est d'attendre ici.

Otoh regarda son père d'un air incrédule. Puis, jouant des coudes, il se fraya un chemin à travers la foule qui s'était rassemblée là. L'agent essaya de l'arrêter, mais Otoh passa outre. D'un geste hésitant, le policier lui donna un coup de matraque sur le crâne, juste assez fort toutefois pour l'étourdir. Ambrose ne bougea pas. Il enfouit son visage dans ses mains. Hochant la tête, il murmura : « Je n'aurais pas dû me lever ce matin. Soudain, j'ai affreusement sommeil. »

Dès qu'Otoh fut sorti en courant de son jardin, Mala sentit qu'elle aurait des ennuis. Se tordant les mains de désespoir, elle se demanda si ce qu'elle avait pris pour une visite de son bien-aimé Ambrose n'était pas un simple souvenir, un souvenir aussi vif que les aventures de Pohpoh dans ses rêves diurnes.

Elle jeta un regard de convoitise sur les bocaux de sauce au piment. La douleur que provoquerait une cuiller à café de ce liquide sur sa langue atténuerait sûrement la détresse qui menaçait de l'engloutir. Tout semblait tellement réel. Elle renifla ses mains, cherchant une trace d'huile de girofle, de cardamome et de laurier — senteurs qu'elle associait avec Ambrose. Elle perçut une odeur inconnue, mais non celle qu'elle se rappelait. S'il risquait d'y avoir des problèmes, se dit-elle, son premier devoir était de sauver Pohpoh, de prendre soin d'elle. À son avis, personne, pratiquement, ne s'était jamais occupé de cette petite. Maintenant qu'elle-même était adulte, elle se chargerait de cette tâche. Elle descendit l'escalier de derrière et se dirigea vers le mudar et son fauteuil à bascule. Elle s'assit là et attendit.

Elle entendit bientôt la sirène d'une voiture de police. Quand le hurlement s'éteignit devant sa cour, elle se cala sur son siège et ferma les yeux.

Alors, où en était-elle avant qu'Ambrose — c'était bien Ambrose, n'est-ce pas ? — n'entrât dans sa cour ? Ah oui ! Pohpoh avait brillamment réussi à sortir de la maison étrangère et se tenait dans le jardin. Depuis quelques années, Mala s'était attachée à cette Pohpoh-là. Autrefois, quand Pohpoh et elle ne faisaient qu'une seule et même personne, elle l'avait plutôt détestée. Ces jours-ci, cependant, elle regrettait que Pohpoh et elle n'eussent pas été des êtres séparés, des amies intimes, qu'elle n'eût pas été sa mère ou, du moins, sa sœur aînée. Car, dans ce cas, elle l'aurait prise dans ses bras, serrée contre elle et protégée aussi bien que Pohpoh avait protégé Asha.

Oui, Pohpoh était dehors dans la cour, cachée derrière un pamplemoussier. Dans son ciel à elle, les étoiles avaient pâli. N'était-ce pas ainsi ? N'était-ce pas là qu'elle avait laissé Pohpoh ? se demanda-t-elle. Oui. Les étoiles brillaient moins que lorsque Pohpoh avait grimpé sur l'arbre et était entrée par la fenêtre des voisins. Et il y avait un tout petit nuage rose, à peine une traînée pareille à un griffonnage, qui annonçait le point du jour. Il barrait un coin du ciel. Et puis, oui, c'était bien ça, il y avait les coqs. Ici et là, les plus matinaux d'entre eux lançaient leurs premiers cris incertains.

Une voix d'homme appela :

— Mademoiselle Ramchandin ! Mademoiselle Ramchandin, vous êtes là ?

Elle ne répondit pas. Elle pensa encore plus fort à Pohpoh. Elle ferma l'oreille au bruit qu'ils faisaient en arrachant sa clôture.

— Mala prendra soin de toi, Pohpoh. Personne ne te touchera plus comme ça. Je ne laisserai jamais personne poser ses sales pattes sur toi. Moi, Mala Ramchandin, je te rendrai libre comme un oiseau, libre comme un oiseau, Pohpoh Ramchandin !

Le pamplemoussier trembla. Une averse froide de rosée s'abattit soudain sur elle. Pohpoh sursauta. Un vieil homme, le gardien de nuit, fit le tour de l'arbre en brandissant un manche à balai. Bouleversé par l'apparition d'une personne inconnue dans sa cour, il essaya de crier, mais la peur bloqua les sons dans sa poitrine.

— Qui est là ? Qui est là ? éructa-t-il, puis il s'éloigna, battant nerveusement l'air de son bâton.

Retrouvant enfin la voix, il hurla :

— Au voleur ! Au voleur ! Y a un voleur dans le jardin !

Et il se mit à courir vers la maison.

Entre deux rêves, Mala entendait son jardin grouiller de policiers. Tout comme Otoh, ils étaient incapables de la distinguer sous le couvert du mudar. Ils avaient cerné la maison ; maintenant, ils se préparaient à la fouiller pour trouver des assassins et un cadavre. Mala se balança un peu et réfléchit au dilemme de Pohpoh.

Pohpoh décida de foncer vers le trou dans la clôture. Alors qu'elle était sur le point de bondir de derrière le pamplemoussier, les chiens du voisinage se mirent à aboyer avec frénésie. Instinctivement, elle se figea, essayant de toutes ses forces de se diluer dans l'air.

Les lumières s'allumèrent dans la maison, une chambre après l'autre. Pohpoh agrippa sa poitrine. À l'allure d'un lièvre terrifié, elle s'élança vers le grillage. Elle rampa à travers le trou avec moins de grâce qu'à l'entrée. Alors qu'elle sautait dans le fossé, elle remarqua que des lumières brillaient dans toutes les maisons alentour. Elle roula en bas, glissa sur le fond moussu. Jetant un coup d'œil hors de la tranchée, elle s'apprêta à courir vers sa maison, de l'autre côté de la rue.

Son père avait allumé la lumière dans sa chambre. Il apparut à la porte d'entrée, torse nu et bedonnant, en pantalon de pyjama. Le cerveau embrumé par l'alcool, il resta debout sur la marche supérieure, essayant de comprendre la raison de ce vacarme. Deux voisins, eux aussi en pyjama, chaussés de sandales en caoutchouc de couleur vive, descendirent précipitamment la rue, des bâtons à la main.

Pohpoh s'aplatit dans le fossé. Elle tendit l'oreille, mais sa tête résonnait de sa respiration rapide, pareille à celle d'un animal acculé. Elle commença à sentir une gêne dont elle ne tenait pas compte d'ordinaire : son visage et son cou mouillés de sueur et de larmes, ses jambes meurtries. Elle avait l'impression qu'on lui avait arraché de grands lambeaux de la peau du dos. Elle avait mal au ventre.

La peur la détruisait, déchaînait sa mémoire. Elle se rappela une souffrance qu'elle refoulait d'habitude : ses cuisses écartées de force, cette chose qui la pénétrait en bas, la pénétrait, puis fouillait ses entrailles. Son corps se souvenait.

Mala se souvenait.

Elle entendit les voix des policiers. Changeant leurs paroles, elle les adapta à l'histoire qu'elle se racontait : comment elle avait sauvé Pohpoh ce jour-là.

Au souvenir des assauts de son père, Pohpoh mit sa main sur sa bouche et sur son nez, essayant d'étouffer sa panique et de supprimer l'écœurante odeur de peur qui montait en gargouillant de son ventre. Appuyée contre un buisson, elle se mordit l'intérieur de la lèvre et s'obligea à réfléchir.

Mala se mordit l'intérieur de la lèvre et s'obligea à réfléchir. Elle ferma les yeux sans prêter attention aux gens qui piétinaient, saccageaient son jardin. Elle rassembla ses forces pour protéger Pohpoh.

Pohpoh ferma les yeux, produisant un feu d'artifice rouge et argent dans ses prunelles. Elle se morigéna, jurant qu'elle ne renoncerait jamais, ne se ferait jamais attraper, ne céderait jamais à la panique. Ne l'ayant encore jamais fait, ce n'était pas maintenant qu'elle commencerait. Les choses s'étaient toujours passées ainsi : juste au moment où elle allait succomber, une force irrationnelle surgissait, s'emparait d'elle, lui donnait le sentiment d'être invincible. Mais, aujourd'hui, c'était différent : pour la première fois, Pohpoh se sentait soutenue.

Résolue, elle se précipita vers la maison de Mala. Chose curieuse, le jardin parut venir à sa rencontre. Comme si elle émergeait d'un état de stupeur, elle se rendit compte que c'était ce jardin-là qu'elle connaissait le mieux.

Avec tout le remue-ménage qui se produisait dans la rue, les chiens du voisinage continuèrent à aboyer et les voisins à crier.

— On les a attrapés ?

— Alors, y z'ont trouvé les assassins ?

— Y z'ont trouvé le cadavre ?

— C'est vrai que la vieille est morte ?

— Y devraient lâcher les chiens dans le jardin, et tout de suite encore !

— Mais qu'est-ce que les flics attendent, hein ?

En atteignant la clôture de Mala, Pohpoh sut qu'elle avait enfin un refuge. Elle empoigna l'un des poteaux pourris et sauta par-dessus à une vitesse magique. Au lieu d'atterrir dans les orties, elle tomba sur un doux fouillis d'aloès. Ce jardin était différent des autres. Les plantes y poussaient dans un désordre total et il ne semblait pas y avoir d'allée. Elle se fraya un chemin à travers les herbes médicinales dont la forte odeur imprégna ses vêtements. La lumière rose du matin éclairait à peine ce chaos de verdure, mais Pohpoh s'en moquait : elle le connaissait comme sa poche.

Les policiers tapaient sur les arbustes et les ronces du jardin. Dans son rêve, Mala murmura, comme si elle s'adressait à Pohpoh :

— Oh, mon Dieu ! Ils vont écraser mes plantes ! Et ce qu'ils parlent fort !

— Dis donc, y en a des buissons ici !

— Vise-moi ce cactus. T'as vu la taille des fleurs ? Si j'en coupais une bouture, tu crois qu'elle prendrait chez moi ?

— Merde ! Qu'est-ce que c'est ? Ça pue, là-derrière. Tu sens ça ?

— Beurk ! Qu'est-ce que ça peut être ? La vieille, elle pisse dans son jardin ou quoi ?

— Bon Dieu, ça sent le pourri ou le cadavre !

— Pour puer comme ça, faudrait que ça soit au moins aussi gros qu'une vache.

Quelqu'un se mit à chanter :

— Vieille mama a fait un kilomètre et tralala...

Les hommes éclatèrent de rire et le chanteur reprit son refrain.

— Eh, vous autres, venez voir ! On dirait que quelqu'un est entré ici.

— C'est peut-être des gosses qui sont venus l'embêter. Quand j'étais petit, je montais ici lui voler des poires et des prunes. Des poires extra ! De cet arbre, là-bas.

— Tu sais pourquoi elles étaient si délicieuses ?

De nouveau, les hommes éclatèrent de rire.

— À cause du bon fumier.

— Eh, vous autres, fermez-la et soyez un peu sérieux. Je vous dis que quelqu'un est entré dans cette cour, y a pas longtemps. Pas une bande, une personne seule. Les aloès sont complètement écrasés et ça date d'aujourd'hui. Y a des traces fraîches de pas ici, près des marches. Les unes toutes petites, petites. Ça doit être les siennes. Les autres plus grandes. Et regardez, elles forment un cercle, là, et encore là. On dirait... on dirait... hum... que des gens ont dansé.

— Moi, je dis qu'y faudrait amener des chiens.

— Les chiens refuseront de renifler cette cour. Les gosses disent toujours que ça pue là-derrière et, bon sang, c'est bien vrai !

Les fleurs orange, épineuses, du *shandolay* égratignèrent Pohpoh ; quand ses mollets effleurèrent le *shado-beni*, les feuilles froissées de la plante exhalèrent cette odeur de viande crue assaisonnée qu'elle adorait. Se rapprochant de la maison, elle attendit, cachée dans les grandes frondes du bananier. Les tyrans du mudar se taisaient : ils sautillaient nerveusement, craignant d'attirer l'attention sur eux et sur leur protégée. Les poules perchées sur le jambosier s'agitaient et gloussaient d'inquiétude. L'échange de cocoricos d'un côté à l'autre du village s'accéléra, se fit pressant comme un signal.

Le commissaire était arrivé. En le voyant descendre le chemin fraîchement ouvert, ses subordonnés reprirent leur sérieux. Plus il avançait dans le jardin, plus ses traits s'altéraient. Il sortit un mouchoir blanc de sa poche et s'en couvrit le nez. De son autre main, il serrait une matraque dont il se tapotait nerveusement la cuisse. Il passa à côté du mur couvert de cereus sans même lui jeter un regard.

— Décomposition. Mort. Une mort ancienne, murmura-t-il.

Il ne tarda pas à repérer Mala dans son fauteuil à bascule, sous le mudar. Ses hommes, qui l'observaient, se demandèrent ce qui l'attirait vers cet arbre énorme. Puis, eux aussi, ils virent la vieille femme.

Mala les entendit approcher. Gardant les yeux fermés, elle se balança plus vite, résolue à poursuivre son rêve. Elle s'imagina dans la maison, en train de regarder Pohpoh depuis la fenêtre d'une des chambres à coucher.

S'accroupissant et jetant un coup d'œil de derrière le massif d'ixoras, Pohpoh aperçut ce qu'elle prit d'abord pour une girafe, ensuite pour un oiseau battant des ailes. Elle se rendit compte que c'était Mala, Mala avec des yeux proéminents de hibou. La vieille femme agita la main d'une façon pressante et désigna, au-dessous d'elle, un mur de cereus qui couvrait une fenêtre barricadée, au rez-de-chaussée. Pour montrer qu'elle avait compris, Pohpoh acquiesça de la tête, puis elle se dirigea vers les cactées. Mala disparut.

— Mademoiselle Ramchandin ? Bonjour, mademoiselle Ramchandin.

Le commissaire attendit. Ne recevant pas de réponse, il éleva la voix.

— Eh, mademoiselle Ramchandin, vous m'entendez ?

Il appela un de ses hommes et lui ordonna de prendre le pouls de la vieille femme. S'étant assuré qu'elle était vivante, il demanda à deux agents de la soulever par les bras et de la faire monter sur la véranda.

À la surprise générale, elle écarta leurs mains et se dirigea seule vers la maison. Même en marchant, elle restait près de Pohpoh. Pour elle, Pohpoh passait avant les autres.

Alors qu'elle avançait vers la maison, Pohpoh remarqua que les fleurs blanches des cereus étaient teintées comme si on les avait lavées avec du linge rouge. Chacune d'elles était plus grande que deux mains posées côte à côte. En ce début de matinée, elles se fermaient, se protégeant du soleil. Leur entêtant parfum faiblissait. Quand Pohpoh atteignit la maison, cette fragrance se transforma en une odeur amère, putride.

Debout sur la véranda, le commissaire regarda le mudar. Il glissa lentement sa matraque dans sa ceinture et s'approcha des bocaux de sauce au piment rouge vif. Il en poussa un du bout de sa lourde botte.

— Excusez-moi, monsieur le commissaire, dit l'un de ses subordonnés. Y a pas signe de macchabée dans le jardin. Ça pue la charogne, mais y a pas de macchabée.

Le commissaire resta impassible.

— Faites sortir les hommes du jardin, dit-il. Ce garçon, Mohanty, a vu quelque chose, mais ce n'était pas un meurtre — du moins, pas un meurtre récent.

— Pardon, monsieur ?

— Exécutez mes ordres. Faites sortir les hommes du jardin.

— Oui, monsieur le commissaire. Tout de suite.

Le commissaire s'accroupit près de Mala assise sur la marche supérieure de l'escalier.

— Mademoiselle Ramchandin, nous craignons pour votre sécurité et voudrions jeter un coup d'œil dans la maison.

— Z'êtes jamais préoccupé de ma sécurité avant. (Malgré sa voix rauque, elle parlait avec tant de force que le commissaire eut un mouvement de recul involontaire.) Alors, pourquoi vous inquiéter maintenant ? Z'abusez de la faiblesse d'une vieille femme, voilà tout. Vous croyez que je suis stupide ou quoi ? Je sais très bien que vous pouvez pas fouiller une maison sans papier officiel.

— Mademoiselle Ramchandin, en fait nous ne voulons pas *fouiller* votre maison. On nous a dit qu'il y avait des rôdeurs dans le coin. Ils se cachent quelque part. Nous inspectons toutes les maisons du quartier. Absolument toutes.

— À cette heure-ci du matin, vous réveillez les gens. Z'êtes vraiment sans-gêne.

— Il est midi passé, mademoiselle Ramchandin. Nous allons visiter brièvement votre maison.

Il ordonna à l'un de ses hommes de rester avec Mlle Ramchandin, ajoutant dans un murmure :

— Surveillez-la de près.

Il entra dans la cuisine et promena le faisceau de sa grosse lampe de poche autour de la pièce. Il tomba sur un tas de coquilles d'escargot qui lui arrivait à hauteur des genoux ; il le remua du bout de sa botte. Il dirigea sa lumière vers une porte de forme étrange : un passage dans un amoncellement de meubles couverts de poussière. Il envoya un agent de l'autre côté du trou, puis il appela d'autres policiers pour démanteler la structure.

Lorsqu'elle les entendit démolir sa barricade, Mala se mordit la lèvre inférieure et regarda le jardin. Se perdant dans les ombres du mudar, elle psalmodia : *Sauvez Pohpoh. Sauvez Pohpoh.*

Pohpoh attendait en tremblant au milieu des cactées. Elle craignait que des villageois en colère ne la repèrent avant l'arrivée de Mala. Quelques instants plus tard, celle-ci ôta sans bruit les planches qui condamnaient la fenêtre du rez-de-chaussée. Dès que l'ouverture fut assez grande, Pohpoh se hissa avec souplesse sur le rebord. Mala l'attrapa et la tira à l'intérieur. Une odeur étrange régnait dans la pièce. Pohpoh toussa pendant un moment, puis elle s'habitua. Mala remit les planches en place, replongeant la chambre dans une totale obscurité. En silence, elle enveloppa Pohpoh d'une robe de chambre moisie et lui serra les épaules de ses doigts osseux. Un chœur d'ailes battantes entoura la fillette : des mites se détachaient à regret du vieux vêtement inutilisé. Seul leur vol dérangeait l'air tranquille de la pièce.

Une fois le mur de meubles démonté, les policiers entrèrent dans l'ancien salon. Un tapis de poussière s'éleva en nuages ondoyants. Alors qu'ils inspectaient les deux chambres ouvertes, la maison s'emplit d'un chœur de reniflements, de toux, d'éternuements et du bruit de gens qui se mouchent.

Arrivés devant la troisième porte, ils découvrirent que celle-ci était fermée à clé. Le commissaire demanda à un agent d'aller chercher Mlle Ramchandin. Mala refusa de nouveau qu'on la touche. Comprenant ce qu'on attendait d'elle, elle suivit l'homme d'un pas rapide, sans protester. Considérant la porte d'un air de défi, elle sortit une clé de sa poche. Quand elle poussa le battant, une terrible puanteur les assaillit. Au grand plaisir de Mala, tous les policiers, y compris l'imperturbable commissaire, eurent un haut-le-cœur.

— Monsieur... cette odeur... murmura l'un des hommes.

— Quelle odeur ? s'indigna Mala. C'est pas parce que vous avez pas de mandat qu'il faut m'insulter. Un peu de respect, je vous prie.

Un mouchoir sur le nez, le commissaire désigna l'escalier d'un geste impérieux. Quand il indiqua par signes que Mala devait les accompagner, il vit celle-ci regarder de côté et acquiescer de la tête, comme si elle exprimait son accord à une personne imaginaire.

Mala poussa légèrement Pohpoh pour la faire avancer dans la pièce. Une main rassurante posée sur son dos, elle lui fourra un bouquet d'herbes sous le nez.

— Respire ça. Ça calme la nausée. Si tu restes tout, tout près de moi, tu seras en sécurité là, en bas.

Guidés par la lumière d'une seule lampe de poche, les policiers descendirent prudemment. Soudain l'un d'eux poussa un cri ; il se tourna brusquement, frappant l'air du coude. Tous bondirent en arrière.

— Quoi ? Qu'est-ce qu'il y a ? s'écrièrent-ils.

Surpris, le commissaire, qui se tenait derrière Mala, vacilla.

— Maîtrisez-vous, mon vieux, gronda-t-il. Si une simple mite vous effraie à ce point, votre place n'est pas dans la police.

Au pied de l'escalier, ils virent une autre porte. Le premier de la file se tourna vers le commissaire. Celui-ci fit un signe de la tête. L'agent essaya d'ouvrir la porte. Elle était fermée à clé.

— Qu'est-ce qu'il y a dans cette pièce ? demanda le commissaire à Mala.

Pas de réponse.

— Mademoiselle Ramchandin, vous nous épargneriez pas mal d'ennuis si vous nous disiez s'il y a quelqu'un dans cette chambre.

Mala croisa les bras sur sa poitrine d'un air de défi. Elle ferma les yeux, fit la moue.

— Oui, y a quelqu'un, finit-elle par dire d'une voix forte. Mais ça pose pas de problème. Il vit là. C'est mon père.

Il y eut un moment de silence, puis un jeune agent demanda :

— Votre père ? Que voulez-vous dire ? Quel père ?

— J'en ai qu'un, répondit Mala, irritée.

Elle marmonna quelques phrases presque inaudibles et complètement incompréhensibles.

— M. Ramchandin ? s'étonna le commissaire. Mais il a disparu il y a très, très longtemps, non ?

— Exactement, fit Mala. Il est couché là, ni malade ni rien, juste vieux et fatigué. J'ai pris soin de lui toutes ces années. C'est le devoir d'une fille, monsieur le commissaire.

— Je crois que vous feriez mieux de nous ouvrir cette porte. S'il vous plaît.

Mala répondit à sa manière à l'insistance du policier. Se balançant d'un côté à l'autre, elle se mit à fredonner un vieil air de dixieland. Puis elle désigna une corniche. L'un des agents leva le bras et ramassa une poignée de poussière avant de trouver la clé. Mala la lui arracha et la fit jouer dans la serrure.

L'agent tourna la poignée et poussa le battant avec force. Submergés par une vague de gaz répugnants, les policiers se contorsionnèrent comme si cette puanteur les assaillait physiquement. L'homme qui se trouvait en tête pivota sur lui-même et, bousculant ses collègues, monta l'escalier quatre à quatre.

Le commissaire promena le faisceau de sa lampe de poche autour de la pièce. Un essaim de mites affolées voleta autour d'eux. Il y avait là une grande armoire placée contre un mur et une machine à coudre rouillée. Au milieu de la chambre se dressait un haut lit en fer forgé.

Pohpoh vit un haut lit en fer forgé. Sous les draps, auxquels la lumière de la torche électrique donnait un reflet rouge foncé, elle distingua une forme décharnée. La peau de celle-ci, qui passait du gris au rouge, s'étendait sur un crâne chauve, collait au front et aux pommettes, définissait le contour de la cavité de la bouche, tombait dans le précipice de la mâchoire. Une fine langue pourpre dardait d'entre les gencives noires comme si elle essayait de lécher les lèvres toutes les quelques secondes.

Le commissaire vit Mala regarder de côté comme si elle parlait à quelqu'un.

— C'est papa, Pohpoh, murmura-t-elle. Tu te souviens de lui ? Approche pas. Même maintenant, il est encore capable d'essayer de te toucher. (Se passant la langue sur les dents, Mala fit entendre un long claquement.) Tiens-toi tranquille, ordonna-t-elle au lit, sinon je te laisserai deux ou trois jours dans le noir. (Se tournant vers la personne invisible auprès d'elle, elle ajouta :) Reste près de moi, petite, et tout ira bien. Aie pas peur. Je te laisserai pas seule avec ce monstre ni avec tous ces gars qui sont venus nous déranger. Reste tout près de moi. Aie pas peur.

Un faible bruit, étouffé par des toiles d'araignée, sortit de la gorge du corps. Pohpoh se jeta en arrière. La forme poussa un autre grognement bizarre, cette fois avec plus de force :

— Viens, ma petite, viens ici.

Pohpoh se précipita vers le lit et plongea au-dessous, traversant un mur épais de toiles d'araignée. Elle ôta les fils collants, pareils à un emballage en plastique, de ses paupières, de son nez et de ses lèvres. Elle tremblait.

Mal à l'aise, le commissaire s'approcha de la silhouette étendue sur le lit.

— M. Ramchandin, bredouilla-t-il. (S'entendant parler, il toussa très fort, puis il articula ses mots avec l'autorité qui sied à un commissaire.) Ma parole ! J'ai bien l'impression que c'est le vieux Ramchandin !

Il fit le tour du lit, évaluant le degré de décomposition du corps, puis il ordonna à un agent d'enlever le drap blanc qui recouvrait en partie le cadavre.

Voyant que l'homme hésitait, le commissaire cria :

— Votre compte est bon, mon gars ! Fichez-moi le camp d'ici !

Un autre policier s'avança. Il saisit le drap froissé entre le pouce et l'index et le tira en arrière avec précaution. Le coin du drap sembla trembler entre ses doigts. Quand l'homme tira de nouveau, le linge se défit. Soudain, des morceaux entiers du tissu se déchirèrent, se transformèrent en une brume envahissante de mites engourdies. Terrifié, l'agent lâcha le drap. Celui-ci plana un instant dans l'air, puis se désintégra. Des milliers de petites mites s'étaient posées sur le lit en rangs si serrés que les minuscules crochets du bout de leurs ailes s'étaient enchevêtrés. Soudées les unes aux autres, elles avaient formé une couverture qui dévorait lentement le cadavre couché au-dessous.

Pour éviter d'être étouffés par le nuage d'insectes, les policiers et le commissaire attrapèrent Mala par le bras et se ruèrent hors de la pièce. Un des agents essaya de fermer la porte derrière lui, mais, se dégageant, Mala retourna en courant dans la chambre. Alors qu'elle se penchait pour regarder sous le lit, les hommes l'entendirent crier :

— Viens, Pohpoh. Viens vite. Sauve-toi !

Mala tendit la main et tira la fillette de sa cachette. Pohpoh enfouit son visage entre les seins flétris de la vieille femme.

— T'es futée, petite. Vraiment futée. Y reviendront pas ici. Allons-nous-en.

Pohpoh tremblait comme une feuille au vent.

Dans l'esprit de Mala, la forme couchée grogna de nouveau. Le lit grinça comme si le corps avait réussi à bouger. Son occupant essaya encore une fois de parler. Mala se hâta de pousser Pohpoh hors de la pièce.

— Je te regarde. J'arrête pas de te regarder, la nuit, quand tu sors. Et je vois tout, absolument *tout* ce que tu fais, *toutes* les maisons dans lesquelles tu entres. Mais cette nuit, t'as raté ton coup, hein ? Ça va mal chez toi, petite ? Je comprends. Je comprends tout. *Tout.* À partir d'aujourd'hui, plus personne ne pourra te faire de mal. Oh ! comme tu as froid !

Mala étreignit l'enfant tendue, rigide.

— Je suis vieille, mais pas stupide. J'ai pas besoin d'aller loin pour tout voir. Je vois comment ton père y te regarde. Il a les mêmes yeux que mon père à moi. Mais toi, tu es maligne. Moi, je l'étais pas. Tu te débrouilles bien mieux que moi.

Craignant que Mala ne fût en train de devenir complètement folle, le commissaire s'approcha d'elle à pas de loup. Il jeta les bras autour de son torse, tandis que l'un de ses hommes attrapait ses jambes. À leur grande surprise, la vieille femme n'opposa aucune résistance quand ils la portèrent en haut de l'escalier.

— Sauve-toi vite, Pohpoh ! Sauve-toi ! marmonna-t-elle.

Pohpoh se faufila agilement entre les agents et arriva la

première au salon. En haut des marches, les policiers posèrent Mala par terre et la regardèrent pointer le menton en direction de la véranda.

— La véranda, chuchota-t-elle. Tu pourrais t'enfuir par là.

Suivie par les agents curieux, Mala sortit en boitillant sur la galerie.

Dans l'ancien salon, le commissaire organisait l'examen du corps du rez-de-chaussée.

— À en juger par le degré de décomposition, le vieil homme est resté longtemps prisonnier, là, en bas, avant de mourir. À moins qu'il n'ait été tué. Demandez au docteur Datt d'autopsier le cadavre et à l'inspecteur Moroze de venir examiner les lieux.

— Autopsier un corps dans cet état, monsieur le commissaire ?

Le commissaire prit un air furieux.

— Bon, bon, d'accord, dit l'agent, mais je dois vous dire tout de suite que le docteur Datt est parti en week-end. Il a emmené Mme Datt et ses enfants à la mer. Je pourrais essayer de contacter le docteur Ottley, mais il habite trop loin pour arriver aujourd'hui.

Le commissaire réfléchit un moment.

— Bon, ce cadavre ne s'échappera pas. Un jour de plus ne changera rien à l'affaire.

Il regarda Mala. Debout sur la véranda, la vieille femme agrippait la balustrade et parlait d'une voix exaltée.

— Voyez comme cette enfant court vite ! Regardez-moi ça !

Les agents se moquèrent d'elle. Désignant un endroit quelconque du jardin, l'un d'eux la singea :

— Regardez ! Elle a sauté par-dessus la clôture. Derrière l'arbre... Où est-elle passée ? Seigneur ! On dirait un éclair...

— Ils sont à tes trousses ! Cours, cours ! cria Mala à la

fillette qui, dans son imagination, avait déjà franchi les limites du jardin.

Son esprit s'emplit de voix et de bruits de pas qui poursuivaient Pohpoh.

— Oui, petite, décolle ! Envole-toi.

Un des agents qui s'amusait à exciter Mala sourit et dit au commissaire, légèrement perplexe :

— Diable ! Elle vole ou quoi ? Monsieur le commissaire, elle a sauté par-dessus la clôture. Même les chiens en sont incapables !

Au sommet de la colline, Pohpoh se pencha en avant et se mit à fendre l'air de ses bras comme si elle nageait la brasse. À chaque mouvement, elle montait plus haut, ses pieds quittèrent le sol. Elle passa bientôt au-dessus des plus grands arbres. Apaisée, elle plana, s'inclinant légèrement à droite ou à gauche. Elle décrivit un vaste cercle, essayant de distinguer les jardins familiers, le terrain de cricket, la cour remplie de clapiers. Son village fut très vite englouti par une surprenante mosaïque de verts, de bruns et de jaunes. Elle fit trois autres brasses et monta en flèche, puis elle se remit à planer, se prélassant dans le ciel limpide. Elle s'entraîna à tournoyer avec élégance, telle une frégate dessinant un V sur l'azur. En bas, son île se perdit parmi les autres, toutes aussi informes que des grains de poussière flottant sur une vaste mer turquoise.

La foule rassemblée à l'extérieur du jardin vit les policiers lutter avec la vieille dame récalcitrante. L'un lui tenait les bras, l'autre les pieds. Quand un des agents ouvrit l'arrière de la voiture cellulaire, les badauds se turent. Mala Ramchandin fut confiée à la garde d'un policier armé. Aussitôt, le bruit se répandit qu'elle avait tué quelqu'un. Un policier bavard révéla qu'on l'emmenait au commissariat pour y être interrogée sur la mort de son père. En entendant cette rumeur, Ambrose s'assit sur la route, cacha son visage entre ses genoux et pleura.

Avant même que la foule ne se disperse, Otoh, encore tout endolori et abruti par le coup de matraque qu'il avait reçu, vit une bande d'hommes munis de cages à oiseaux — ils en tenaient quatre chacun — s'approcher de la clôture de derrière. Trois autres, porteurs de scies, les suivaient.

Quand les oiseleurs passèrent à côté de lui, il les entendit dire :

— Au pire, dix oiseaux pourraient vivre deux à trois jours dans la même cage.

— Combien ça coûte un tyran de nos jours ?

— Coupe le tronc en trois, un tiers chacun. Avec ce mudar, on sera riches. Je me réserve la base de l'arbre.

Otoh s'accroupit près de son père.

— Papa, s'ils l'accusent de meurtre, qu'est-ce qui lui arrivera ?

Ambrose secoua la tête, incrédule.

— C'est impossible. Tout à fait impossible.

— Demain, ils inspecteront la maison, dit Otoh.

Son père garda le silence.

— Papa, dis quelque chose ! Pourquoi tu te tais ? Pourquoi tu ne fais rien ? Tu vas les laisser l'emmener comme ça ?

Puis, brusquement, il demanda :

— Tu as des allumettes sur toi ?

Cette nuit-là, quand le grincement des scies se fut tu, Ambrose sortit sur la véranda obscure et s'appuya à la balustrade. Dans le noir, il regarda des hommes coltiner de lourds morceaux de bois de Hill Side à Government Alley. Ils avançaient péniblement de quelques mètres, déposaient leur fardeau au milieu de la rue et repartaient en chercher un autre. Ainsi rapportaient-ils petit à petit leur trésor. Cependant, la maison de Hill Side leur réservait une surprise.

Otoh avait disparu. Fatiguée pour la première fois

depuis des décennies, Elsie Mohanty avait fini par s'endormir. Ambrose n'avait nullement sommeil. Le visage dénué d'expression, il regardait en direction de la maison sur la colline, pensant avec amertume à son incapacité congénitale à agir résolument. Il se demanda avec tristesse ce qu'allait devenir la femme qu'il aimait depuis son enfance, s'il pouvait faire quelque chose pour elle, une chose qui lui viendrait à l'esprit s'il réfléchissait assez longtemps et qu'il oserait faire. Il ne trouva rien.

Soudain, émanant de l'endroit où il situait la maison de Mala, un flamboiement rouge et jaune monta dans le ciel. Quelques secondes plus tard, on entendit les sifflements et les craquements d'un incendie. Le cœur d'Ambrose battit la chamade. Il se dressa sur la pointe des pieds pour essayer de mieux voir. Pour la deuxième fois en vingt-quatre heures, des voisins en émoi envahirent la rue. La voiture des pompiers arriva, mais les bûches posées au milieu bloquaient le passage. Tandis que les pompiers dégageaient la chaussée, une gerbe de braises incandescentes jaillit sur la colline. Le feu dévorait les vieilles huisseries et tout le bois de la maison. Un capiteux parfum de mudar brûlé se répandit dans l'air. Des chauves-souris et des papillons de nuit affolés remplissaient le ciel ardent. *Fop, fop, fop.*

Otoh apparut. Il cachait des boutures de cereus derrière son dos. Debout, côte à côte, stimulés par la fragrance du bois, père et fils contemplèrent jusqu'à l'aube le ciel illuminé. Aux petites heures du matin, flammes et odeur s'atténuèrent.

Pendant près d'une semaine, jusqu'au lendemain de la décision du juge, approximativement, la maison, les arbres, les buissons et toutes les particules de matière morte ou vivante qui avaient prospéré à Hill Side continuèrent à flotter dans l'air. Formant un épais nuage noir, cette poussière irritante plana sur la ville, occultant le soleil.

3.

Autrefois, Ambrose Mohanty n'avait pas la moindre envie de dormir. Il disait en riant qu'une fois mort il dormirait tout son soûl. C'était à l'époque où Mala et lui partageaient espoirs et rêves, bien avant son mariage avec Elsie.

Il avait fait des études dans les Terres humides septentrionales. Il en revint célibataire, élégant, et pourvu d'un accent étranger. Mala apprit son retour à l'épicerie de Pilai où elle était allée acheter du poisson salé et d'autres provisions. Pilai attendit qu'ils fussent seuls dans le magasin.

— Hé, Pohpoh-beti, comment ça va ? De quoi tu as besoin aujourd'hui ?

— Je vais bien, merci, monsieur Pilai. J'ai besoin de manioc, d'ignames, de figues et de bananes.

— J'ai tout ce qu'il te faut. Prends un panier. (L'épicier s'approcha d'elle.) Alors, Pohpoh, tu as entendu la nouvelle ?

— Voyons, monsieur Pilai, vous oubliez toujours. S'il vous plaît, ne m'appelez pas Pohpoh. Je ne suis plus une enfant. Quelle nouvelle, monsieur Pilai ?

— C'est pas pour t'ennuyer, tu sais. Je te connais depuis que tu es toute petite et ça fait si longtemps que je t'appelle comme ça que j'ai du mal à me rappeler. *Mala*, ça me paraît bizarre. Alors, t'es vraiment pas au courant ?

Bon, une fois de plus, c'est moi qui dois annoncer les nouvelles.

Mala aimait bien M. Pilai. Tandis qu'elle choisissait du manioc sur le plateau, elle gardait les yeux fixés sur les marchandises. L'épicier la suivait comme son ombre.

— Ambrose... commença-t-il.

À son grand plaisir, Mala tressaillit. La nouvelle qu'il avait à lui communiquer compterait donc pour elle. C'était d'autant plus excitant qu'il en était le porteur.

— Ambrose, oui, tu te souviens d'Ambrose ? Boyie, quoi. Y revient ce soir.

Mala poussa un cri de surprise qu'elle regretta aussitôt. Si Pilai potinait avec elle, il devait en faire autant avec ses autres clients. Or, elle n'avait aucune envie de faire l'objet de commérages. Elle avait connu très jeune les blessures que peuvent provoquer chuchotements moqueurs et regards hostiles. Cependant, la nouvelle qu'Ambrose, le meilleur ami qu'elle eût jamais eu, revenait en ville la bouleversait trop pour qu'elle pût dissimuler adroitement ses sentiments.

— Ambrose Mohan... ?

— Oui, oui, en personne. Voyons, de quel autre Ambrose je pourrais bien te parler ? Sa maman était ici y a à peine dix minutes. Tu l'as ratée de peu. Elle m'a raflé tout mon bon manioc. (Fouillant sur le plateau, Pilai lui montra que les racines restantes étaient abîmées.) L'a acheté mes meilleures provisions. L'a dit qu'elle allait préparer un repas de fête pour son fils. À la plantation, c'est Noël.

Mala se permit une légère curiosité.

— Sa maman doit être contente ! Il vient pour des vacances, monsieur Pilai ?

— Non, jeune fille. Y a terminé ses études. L'a son diplôme et tout ça. Y rentre pour de bon et arrive ce soir par bateau. Y revient dans notre chère île. Quand les garçons partent dans des pays comme les Terres humides septentrionales, z'en reviennent rarement, tu sais. Ils restent là-bas, épousent des étrangères et nous oublient. Ambrose, lui, c'est un vrai petit gars de Lantanacamara. Et toi, Poh-poh-beti, tu vas bien ? T'es heureuse ?

Pilai posa ces questions avec tant d'affection que Mala n'eut pas le cœur de le corriger de nouveau.

— Je suis ravie pour sa maman. Elle passera sûrement la journée à cuisiner et à nettoyer la maison.

Pilai mesura la réaction de Mala à la nouvelle moins à ce qu'elle dit, car elle parla à peine, qu'à son brusque changement d'attitude. Elle s'anima, acheta de la farine, de la levure, des œufs, du chocolat et même une once des perles glacées et colorées qu'il venait de recevoir.

Tout en faisant ses emplettes, elle se demandait si Ambrose revenait seul ou s'il avait trouvé une femme étrangère, belle et cultivée. Avait-il des enfants, se souvenait-il même d'elle ? À l'époque où ils allaient à l'école ensemble, ils étaient inséparables, et Ambrose était le seul représentant du sexe masculin — à part Chandin Ramchandin, son père — à avoir touché son corps, à l'avoir embrassée sur la bouche. Ils étaient alors adolescents, et elle l'avait laissé faire, non point par amour, mais parce qu'elle recherchait l'agréable sensation et les moments d'évasion que lui procuraient ces caresses. Sur le chemin du retour, elle ne pensa qu'à lui, à ce à quoi il ressemblait avant son départ. Le jour où il avait gagné la seule et unique bourse accordée par la Mission de la Bible pour étudier la théologie dans les Terres humides, tout le village avait été très fier de lui. Il avait hésité à partir si longtemps, craignant que quelque chose n'arrivât à sa mère en son absence. Maintenant, il reverrait une mère en bonne santé, plus âgée, certes, mais en forme et heureuse. Elle se demanda s'il avait jamais rencontré sa mère à elle dans les Terres humides. Ou Asha, qui s'était enfuie de la maison peu avant sa vingtième année, ce que Mala comprenait, même si elle avait pleuré pendant des mois à l'idée que sa sœur ne reviendrait jamais, comme elle le lui annonçait dans la lettre qu'elle lui avait laissée sur le lit. Tous les jours, Mala se demandait ce qu'elle était devenue, si elle était partie dans les Terres humides pour chercher leur mère. En supposant que ce fût là que s'étaient rendues maman et tante Lavinia. Elle se souvenait à peine de leur apparence, sauf de celle qu'elles avaient sur l'instantané jadis sauvé du feu. Asha n'était pas sur cette photo et, malheureusement, elle n'en avait déniché aucune la représentant. Mala aurait bien voulu qu'Ambrose apparût sur son seuil avec des nouvelles de ces trois femmes.

Elle retourna chez elle et se mit à cuisiner. Son père rentra tard ce soir-là. Il avait déjà bu et ne prêta aucune attention à l'odeur de pain et de gâteau à peine sortis du four. Il était assez ivre pour ne pas remarquer que la maison était bien rangée et plus propre que jamais. Avec le sol de la cuisine et les meubles cirés, on se serait cru aux premières heures d'un matin de Noël.

Cette nuit-là, Mala céda au désir de son père de l'avoir dans son lit. Avec une docilité inhabituelle, elle le laissa poser ses mains rêches sur son ventre : elle ressentait tant de joie et d'espoir qu'elle pouvait oblitérer toute cette scène. Elle songea à Ambrose, assis avec sa mère dans leur maison, au bord de la plantation. Elle avait entendu dire qu'il lui avait envoyé régulièrement de l'argent et que cette dernière avait ajouté à leur logement deux chambres pourvues de portes que l'on pouvait fermer à clé. Une pour elle, une pour lui. Mala se demanda ce qu'Ambrose pensait de cette transformation. Elle imagina qu'il venait lui dire bonjour tout comme, des années plus tôt, il était venu lui dire au revoir. Quand il frapperait à la porte, elle serait à la cuisine. Changeant de décor, elle se vit ensuite dans le jardin. Il arriverait par l'arrière et la surprendrait en train de bêcher la terre autour des rosiers ou, mieux encore, de cueillir des fruits de la passion ou de remplir un panier de fleurs de frangipanier. Un jour, quand ils étaient au lycée, il était venu lui rendre visite. S'apercevant que son tyran de père était à la maison, il avait laissé un signe de son passage : une tige de frangipanier volée, enfoncée dans le sol, près de la clôture, à l'intérieur de la cour. Le cœur de Mala bondit de joie : en ce moment, l'arbuste portait une profusion inhabituelle de fleurs. Sans doute était-ce un présage.

Quand elle fut sûre que son père avait sombré dans son sommeil d'ivrogne, elle ôta sa grosse patte de son ventre et se glissa hors du lit. Elle courut à la fenêtre et regarda au-dehors. Près de la clôture, les fleurs du frangipanier brillaient dans l'obscurité. Son envie de revoir Ambrose la surprit.

Le lendemain matin, elle se mit à douter. Ambrose, ce jeune homme éduqué à l'étranger, viendrait-il vraiment lui rendre visite ? Elle s'affaira dans la cuisine, observant son père qui se préparait à partir pour la journée.

Pour Chandin Ramchandin, la vie était devenue routine. Selon son habitude, il irait d'une maison à l'autre, appelant : « Madame ! Madame ! Patron ! Besoin d'un coup de main aujourd'hui ? » Il avait appris à en éviter certaines. Leurs habitants sortaient en brandissant un balai, lui criant de s'en aller, qu'ils ne voulaient pas d'une canaille comme lui auprès de leurs enfants. Alors que beaucoup de gens le chassaient, d'autres le plaignaient parce qu'il avait été autrefois un évangéliste respecté. Or, un gars comme lui ne se mettait à abuser de l'alcool et de sa propre fille que s'il souffrait d'une sorte de folie, raisonnaient-ils. Quel homme, se disaient-ils, ne serait pas pris d'une rage proche de la démence si sa femme, avec un esprit diabolique, les quittait, lui et leurs enfants ? Tous, aussi bien ceux qui le détestaient que ceux qui le toléraient, l'appelaient « monsieur ». Souvent, on lui donnait un shilling et quelques pennies pour désherber le jardin, déboucher l'égout, cueillir des noix de coco, tuer un poulet, une chèvre, ou aiguiser des couteaux. Quand il avait récolté assez d'argent, Chandin quittait son travail et allait à la rhumerie où il restait jusqu'à ce que son estomac criât famine.

À peine Chandin avait-il quitté la maison et Mala venait-elle de commencer à refaire le lit malodorant de son père qu'elle entendit une voix douce comme du bon miel clair susurrer son nom sur la véranda de derrière. Elle lissa ses cheveux, rajusta sa robe et tenta de calmer sa respiration.

— Pohpoh ?

Elle voulut répondre, mais la voix lui manqua. Elle sortit sur la véranda en souriant.

— J'ai appris que tu rentrais chez toi pour de bon.

Mala se sentit rougir.

— Ah ! Les nouvelles circulent vraiment vite dans une petite ville. Et moi qui espérais te faire une surprise !

— Eh bien, je le savais déjà. J'étais justement en train de me demander quand est-ce que je te verrais. Hier, j'étais dans le magasin de Pilai, tu te souviens de lui ? C'est lui qui m'a annoncé ton retour. Ta maman doit être aux anges, hein ? Pilai m'a dit qu'elle te préparait un repas de fête.

Bien qu'ayant un peu grossi, Ambrose n'avait jamais été aussi beau. Le feutre qu'il ôta avec l'aisance d'un gentleman lui donnait un air distingué. Homme à tous les égards, Ambrose E. Mohanty emplissait la véranda d'effluves de clou de girofle, de cardamome et de laurier. Pour la première fois de sa vie, Mala se sentit femme, une sensation à la fois merveilleuse et terrifiante. Elle redressa les épaules, faisant discrètement saillir ses petits seins.

— Maman va bien, Pohpoh. Et toi ? Comment vas-tu ?

— Très bien, merci, dit-elle, soudain effrayée à l'idée d'apprendre qu'il était marié, qu'il n'était pas revenu au pays pour de bon.

Boyie s'était transformé en un jeune homme d'une remarquable beauté. Il était même plus élégant que les pasteurs des Terres humides ou les planteurs blancs qui n'étaient pas retournés chez eux depuis longtemps. Mis à part la couleur de sa peau, il avait l'air de sortir d'un magazine étranger, et, en forçant un peu son imagination, Mala pouvait se le représenter en homme blanc.

— Entre. Papa n'est pas là. Il est déjà sorti pour la journée.

Mala évita les yeux de son visiteur.

— Je sais. Je suis resté un bon moment dehors à attendre qu'il parte.

Ambrose ramassa un paquet qu'il avait posé par terre, sur la véranda, et suivit Mala à la cuisine.

— Papa n'a presque pas changé. Tu te souviens de lui ?

Combien devait-elle lui en dire pour qu'il comprît ? s'interrogea-t-elle. Elle ne pouvait jamais se résoudre à révéler les détails de sa situation ; cependant, elle désirait ardemment qu'Ambrose, plus que quiconque, devinât ce qu'elle taisait. Pourquoi l'en croyait-il capable ? Elle n'en savait trop rien. Cela faisait des années qu'ils ne s'étaient vus. Mais, pendant cette période, il s'était manifestement débarrassé du Boyie rondouillard à la peau grasse avec lequel elle ramassait des escargots dans la cour de récréation. Comme tous le savaient, son père à elle continuait à être un pénible tyran. Elle se demanda si Ambrose s'était jamais rendu compte que ce dernier feignait de voir en elle l'épouse qui l'avait quitté il y avait fort longtemps.

— Alors, tu restes ou tu repars ?

Mala s'affairait, sortant une assiette, un couteau, du pain frais, du beurre et de la gelée de goyave. Elle était incapable de le regarder. La boîte qu'il avait apportée lui était-elle destinée ? songea-t-elle.

— J'ai l'intention de rester ici. J'ai terminé mes études. (Ambrose posa son paquet sur la table de la cuisine.) Tiens, c'est pour toi. Excuse mon audace, Pohpoh, mais j'ai acheté cette nouveauté à l'étranger. Je me suis dit que ça pourrait t'intéresser. Puis-je te l'offrir ?

— C'est très gentil de ta part. Mais je sais pas ce que c'est. T'as pas besoin de me faire des cadeaux, voyons. Qu'est-ce qu'y a dans cette boîte, monsieur Mohanty ?

Il ne l'avait encore jamais entendue prononcer son nom de famille. Sa solennité l'amusa.

— Pohpoh, tu dois m'appeler Ambrose. Je suis le même garçon que celui que tu as connu enfant. Je t'en prie, accepte mon présent.

Poussant la boîte vers elle, il l'encouragea à regarder à l'intérieur. Mala l'ouvrit en hésitant. Elle découvrit un gramophone portatif avec deux disques soixante-dix-huit tours sur le plateau. Surprise et embarrassée, elle mit la main devant sa bouche.

— Mais je te connais à peine ! Une femme peut pas accepter d'un homme un cadeau aussi cher. Je suis désolée, mais je dois refuser, monsieur Ambrose.

— Pas *monsieur* Ambrose. Ambrose tout court. Tu me connais très bien. J'ai apporté ce gramophone parce que je te tiens en haute estime et que je voulais te présenter mes hommages dans l'idée que...

Ils s'interrompit. À son étonnement, Mala vit qu'il avait les larmes aux yeux.

— Je pensais que tu porterais un col dur de pasteur, dit-elle en toute hâte.

Ambrose changea d'humeur. Abandonnant le sujet du gramophone, il se lança dans un long discours avec une éloquence dont il était visiblement très fier.

— Après avoir étudié la théologie pendant un an, j'ai découvert que certains concepts avaient le don de m'irriter. C'est tout à fait contraire à la mentalité d'un théologien, n'est-ce pas ?... (Ambrose rit et la regarda, attendant une réponse. Mala garda le silence.) J'ai quitté le séminaire et me suis inscrit dans une université peu connue où j'ai obtenu, avec d'excellentes notes, je dois dire, un diplôme d'entomologie. Je suis entomologiste, un foutu entomologiste, Pohpoh ! (Ambrose rit de bon cœur. Mala le regarda d'un air perplexe, se demandant ce qu'il voulait dire.) Voilà : au cœur de la théologie il y a une prémisse — ils te diront qu'il n'en est rien, mais, si tu écoutes attentivement, tu constateras qu'il y a une prémisse selon laquelle les êtres humains sont le soleil autour duquel tourne tout l'univers. L'idée sous-jacente, c'est que les êtres humains sont de loin supérieurs au reste de la nature, que nous sommes, par conséquent, les héritiers de la terre. Quelle arrogance, n'est-ce pas ? En outre, tous les hommes n'en font pas partie, de ce soleil. Certains d'entre nous sont considérés comme inférieurs à d'autres — surtout si nous ne sommes pas nés dans les Terres humides, en Europe, ou si nous ne sommes pas entièrement blancs.

Trouvant ses paroles trop difficiles à suivre, Mala s'attacha à la musique de sa voix. Ses mots ressemblaient à des breloques de cristal tintinnabulantes. Ambrose s'interrompit et attendit une réponse, mais Mala était complètement dépassée.

— Ambrose, je ne savais pas que tu pouvais parler autant.

— En bien, vois-tu, j'ai envie de parler de tout avec toi, de parler et de parler sans jamais m'arrêter. Avec toi, et personne d'autre. Tout ce que j'ai appris, je voudrais en discuter et le partager avec toi. Comment vas-tu, Pohpoh ? Dis-moi comment tu vas.

— Je vais très bien. Mais je comprends pas de quoi tu parles. Et le révérend, il t'en veut pas d'avoir interrompu tes études ? Va falloir que tu rembourses la mission, non ?

— Oh ! là là ! Par où vais-je commencer ?

— T'as déjà commencé. Alors, continue. Mais va lentement et explique-moi bien les choses.

— Écoute, je n'avais pas l'intention de tourner le dos à Dieu. Je pensais simplement que ces professeurs et éminents théologiens n'étaient pas à la hauteur de leurs théories. Quand on m'a demandé quels étaient mes sujets préférés, je leur ai dit que je désirais ardemment découvrir l'importance des insectes et des bestioles mentionnés dans la Bible pour contribuer au bien-être spirituel de l'humanité et de la terre sur laquelle nous tous, hommes et nature, coexistons. De tout l'univers de Dieu.

Mala se mit à rire. Ambrose la regarda, perplexe.

— Je pensais ne pas te comprendre, mais maintenant j'ai l'impression que si.

— Ah oui ? Oh, Pohpoh, je savais que tu me comprendrais ! Ils m'ont d'abord pris pour un fou, mais ensuite, voyant mon sérieux, ils m'ont laissé commencer une étude personnelle. Cependant, ils n'ont pas cessé d'intervenir, d'exiger de moi que je classe les insectes, les bestioles et toutes les créatures autres que l'homme comme des êtres *inférieurs*, *stupides*, que je les relègue au rang d'*instruments* de Dieu, de serviteurs ou de fléau qu'Il envoie à l'humanité en tant que punition ou récompense. Finalement, j'ai écrit au révérend, et il m'a permis d'utiliser ma bourse pour étudier l'entomologie si je lui promettais de revenir et de me mettre au service de l'agriculture en bon chrétien.

— Tu iras travailler dans les plantations de canne à sucre, Ambrose ?

— Il a fini par accepter que je travaille dans le tourisme. J'amènerai les gens à Dieu par le truchement de Sa merveilleuse nature. Le révérend m'a dit que, si je n'avais pas été aussi intelligent et maman une aussi bonne chrétienne, il m'aurait privé de ma bourse pour la donner à quelqu'un d'autre. Mais il savait qu'enfant je m'intéressais déjà à l'entomologie. Donc, je ne lui dois pas d'argent. Mais à toi, je dois une immense reconnaissance. C'est toi qui m'as fait connaître le monde des insectes, tu le sais, n'est-ce pas, Popoh ?

— Alors, quel genre de travail feras-tu ?

— Du commerce. Je serai mon propre patron. Trouver un emploi serait presque impossible. N'importe quel employeur verrait très vite que j'ai beaucoup trop d'imagination. Il me mettrait à la porte avant la fin du premier jour. Les accusations contre moi rempliraient tout un livre : rêverie, insolence, entêtement, donquichottisme, et cetera.

Mala avait un peu de mal à le suivre, mais, au grand plaisir d'Ambrose, elle rit. Elle jeta un coup d'œil au gramophone, toujours enfermé dans sa boîte. Le bras de l'appareil, de couleur cuivre, était orné de motifs gravés. Il était ravissant.

— Donc, si je veux garder ma place, je dois m'auto-employer, poursuivit Ambrose, tout joyeux. J'ai un tas d'idées, mais je ne t'ennuierai qu'avec la plus intéressante.

— Laquelle ?

— Je pensais recueillir du fil d'araignée. Tu te souviens de cette bande d'imbéciles, à l'école, qui essayaient d'écraser du fil d'araignée ? Ils le broyaient avec une pierre sans jamais arriver à le fendre. On a déjà récolté ces fils par le passé, mais les résultats n'étaient pas probants. Je crois que le hasard m'a permis de découvrir une méthode, Pohpoh.

Ambrose disait « Pohpoh » avec tant d'affection que Mala se sentit incapable de lui dire qu'elle ne supportait plus ce nom. C'était celui par lequel son père l'appelait tendrement depuis sa petite enfance, bien avant que n'éclate la crise familiale. Quand Chandin Ramchandin avait commencé à la toucher d'une façon qui la terrifiait et lui faisait mal, elle s'était mise à détester ses murmures : « Pohpoh, ma petite Pohpoh, tu ne me quitteras jamais, n'est-ce pas ? » Elle décida de ne pas en parler tout de suite à Ambrose. Sa demande pouvait susciter trop de questions et dresser une barrière entre eux.

— J'envisage aussi d'acheter une pirogue, poursuivit Ambrose, songeur. Un petit bateau avec lequel j'emmènerai des visiteurs étrangers à la découverte des merveilles naturelles tropicales, le long du fleuve et jusqu'aux marécages de la côte est. Cet endroit regorge d'oiseaux magnifiques aux couleurs somptueuses, de toutes les tailles, et pourvus d'appendices qui leur donnent l'air de sortir d'un conte de fées. Dans les marais, on rencontre aussi d'innombrables espèces de crabes, de lézards et de crocodiles. Ces naturalistes étrangers paieraient une fortune pour voir cette faune. Je suis persuadé que nous y trouverions aussi une grande quantité d'araignées fileuses. Qu'en penses-tu ?

Tout cela était bien trop étrange pour Mala, surtout l'emploi qu'Ambrose faisait du mot *nous*.

— Il te plaît, ce pain ? fut tout ce qu'elle parvint à dire.

— Et toi, Pohpoh, tu pourrais leur servir du thé et du pain frais à la fin de leur périple. Qu'en dis-tu ? Je ne te savais pas si bonne cuisinière. Mais cela ne m'étonne pas. Ton pain est délicieux. J'en mangerais volontiers à chaque repas pour le reste de mes jours.

La surprise que leur causa cette déclaration les réduisit au silence. Embarrassés, ils se séparèrent, Ambrose faisant semblant d'oublier le gramophone sur la table et Mala de ne pas remarquer qu'il restait là. Ambrose sortit par la porte de derrière.

Sans l'ôter de la boîte, elle regarda son cadeau, toucha le gros bras de cuivre. Elle pressa les disques contre sa poitrine, imaginant qu'Ambrose connaissait bien ces morceaux de musique, qu'il les avait choisis exprès pour elle. Elle les rangea et referma la boîte. Puis, avec plus d'aisance qu'Ambrose, elle la souleva et l'emporta dans sa chambre où elle la glissa sous son lit, hors de la vue de son père.

C'était le jour du marché. En quittant la maison ce matin-là, Chandin Ramchandin avait précisé comme à son habitude ce qu'il voulait manger le soir. « Un poulet brun au curry », avait-il dit, mais cela sous-entendait que le repas comprendrait aussi du riz, du *dhal*, du *channa* ou de l'*aloo* au curry ainsi qu'un *sadha roti*. Pour les emplettes, il laissa six shillings sur la table de la cuisine. De quoi acheter le poulet, mais, avec tout ce pain et ces gâteaux qu'elle avait confectionnés pour Ambrose, il ne lui restait plus assez de farine pour le roti. Dépitée, elle se dit que mieux vaudrait écourter la visite d'Ambrose pour pouvoir se rendre à l'épicerie de Pilai et au marché. Elle avait besoin de plusieurs heures pour tuer, vider et plumer la volaille avant de la mettre à cuire. Ce jour-là, pas question de traîner.

Heureusement, Ambrose lui laissa juste le temps de faire les courses et de cuisiner avant le retour de son père. Cependant, captivée par son fascinant amoureux, elle oublia complètement quel jour on était. Avant de partir au marché, elle se coiffa d'un chapeau à large bord garni de grandes fleurs rouges et d'oiseaux pourpres. Elle se mira dans la glace, feignant d'être déjà au marché où Ambrose, qui s'y trouvait aussi, la regardait à son insu. Elle se tortilla, fit la moue et leva les sourcils comme les femmes riches qui venaient parfois s'y approvisionner. Imitant leur ton condescendant, elle demanda au vendeur de lui donner un poulet brun bien gras, de la cannelle et un ananas. Dans le miroir, elle se voyait avec les yeux admiratifs d'Ambrose — c'était du moins ce qu'elle imaginait. Cuisiner pour son père lui coûtait peu d'efforts. À présent, cette tâche devenait un plaisir. Elle préparerait plus de nourriture que nécessaire ; ainsi, le lendemain, elle pourrait exhiber ses talents devant Ambrose.

Quand elle arriva à l'épicerie de Pilai, elle constata avec horreur qu'elle était fermée. Elle se rappela alors qu'on était mercredi. Son étonnement fit bientôt place à la peur. Ce jour-là, Pilai n'ouvrait son magasin que deux heures, très tôt le matin. À neuf heures, il fermait boutique et, comme chaque semaine, il se rendait sur les quais pour y prendre livraison de marchandises qui arrivaient par bateau d'une autre île. Tous les habitants de Paradise connaissaient ses horaires. Mala baissa les yeux à terre. Son ombre était courte. Il devait être plus de dix heures. Elle se demanda si elle trouverait un poulet, et qui plus est un poulet brun, à une heure si tardive.

Armé d'un tuyau, le marchand de volaille nettoyait sa table et sa balance couvertes de sang, de plumes et d'entrailles ainsi que les cages vides pleines de plumes et d'excréments empilées derrière lui. Deux étals de poisson étaient encore ouverts. À travers une nuée de mouches paresseuses, Mala aperçut de petits tas de crevettes décolorées et quelques poissons entiers ternis par la chaleur. Il avait vendu tous les *lampris*, rougets et *carangues*, lui dit le poissonnier, mais il lui restait du requin pour lequel il lui ferait un prix. Le requin était toujours beaucoup moins cher que les autres poissons. On disait que seuls les gens à l'âme noire mangeaient la chair d'un animal qui se repaissait de chair humaine. D'un geste théâtral, le marchand fendit le ventre de la bête et en arracha les entrailles. Il ouvrit l'intestin incisé. Mala regarda. Ne voyant rien qui ressemblât à des morceaux de corps humain ni couleurs bizarres, elle se laissa tenter. Pour se réconforter, elle se dit que le poisson était moins cher que la viande. Elle économiserait l'argent de son père et rapporterait la monnaie à la maison.

Beaucoup d'éventaires d'épices et de légumes étaient encore ouverts. Mala acheta des tomates, des oignons, de l'ail, des grains d'anis, des patates douces, du manioc, des ignames et des poivrons. Pour réparer sa négligence, elle prit aussi une poignée de haricots, le légume préféré de son père. Il lui restait un shilling et des pennies.

Chandin Ramchandin n'aurait pas son curry, mais Mala lui préparerait le ragoût de poisson le plus savoureux qu'il eût jamais mangé. Elle ferait frire les haricots avec des oignons et des tomates, comme il les aimait. Il ne regretterait pas son curry. Le lendemain, elle pourrait offrir une assiette de poisson aromatisé d'anis et de poivron à Ambrose. Car c'était bien pour lui qu'elle cuisinait. Il apprécierait son plat de requin. Il n'était pas homme à bouder son plaisir. Et il était peu probable que Chandin Ramchandin demandât quel était le poisson qu'il mangeait. Si tel était le cas, elle lui dirait simplement que c'était du thon. Jamais il ne remarquerait la différence.

Cependant, en rentrant cet après-midi-là, son père s'attendait à sentir flotter autour de la maison l'arôme amer d'une pâte de curry fraîchement grillée et moulue. À sa surprise, il fut accueilli par une odeur plus légère de poisson adoucie par du caramel et de l'anis. Un ragoût créole. Mala l'entendit pousser le portail du jardin. Elle se hâta de mettre la table pour une personne. À l'aide d'une cuiller, elle remplit un bol d'émail blanc de poisson brillant, coloré par la tomate et décoré de poivrons jaunes. Il en restait assez pour elle et Ambrose. Elle servit une portion de haricots sur une assiette et un peu de riz dans un bol d'émail bleu ciel. Quand Chandin ouvrit la porte, tout était prêt.

Mala se tenait dans la cuisine, bien en vue, mais il ne regarda pas dans sa direction, allant droit dans sa chambre où il se déshabilla. Il enleva sa chemise et son vieux pantalon kaki taché, remplaçant celui-ci par un pantalon de pyjama tout aussi vieux et taché. Nerveuse, Mala chassait les mouches des plats de nourriture. Elle s'attendait à une confrontation, mais espérait qu'à la première goutte de ragoût sur sa langue son père terminerait tranquillement son repas. En pyjama et tricot de corps en mérinos, il entra pieds nus dans la cuisine, ignorant toujours Mala.

Il sortit sur la véranda de derrière, promena ses yeux autour de lui, revint et se planta sur le seuil. La lumière vespérale éclipsait ses traits.

— Tu as fait la lessive aujourd'hui ? grogna-t-il.

— Non, papa. Nous sommes mercredi. Je fais la lessive les mardis et les vendredis.

— Tu as balayé la cour ? Ça en a pas l'air.

Effrayée, Mala bredouilla :

— Non, je l'ai balayée hier. Je vais la balayer tout de suite, si tu veux.

Il regarda le plat de poisson sur la table.

— Je vois que tu es allée au marché aujourd'hui, dit-il doucement.

D'un pas traînant, il pénétra dans le salon et passa l'index sur une table.

— Et je vois que tu n'as pas essuyé la poussière.

Il parlait à voix basse, mais Mala flairait l'approche de l'orage. Ses yeux se voilèrent de larmes.

— Non, papa, murmura-t-elle.

L'interrogatoire commençait à produire son effet.

— Alors, si t'as pas balayé, pas fait la poussière ni la lessive, pourquoi es-tu arrivée trop tard pour acheter un poulet ?

— Y en avait pas.

Chandin s'approcha de la table où attendait le repas. Mala contempla les mouches qui se posaient sur les plats. Elle se sentait piégée. Les écraser risquait de déchaîner la violence de son père, mais ne rien faire était tout aussi dangereux.

— Alors, comment se fait-il que ce matin j'aie vu Mlle Barlo quitter le marché un poulet à la main ? Mlle Gomez en avait un, elle aussi, et M. Samlal deux. Oui, peux-tu m'expliquer ça ?

Elle ouvrait la bouche pour dire quelque chose qui n'avait pas encore pris forme dans sa pensée quand son père attrapa le bol de poisson et le lui pressa contre la figure. Terrifiée, elle cria, le ragoût pénétrait sa bouche et ses narines. Bien que la nourriture la brûlât, elle garda les yeux fixés sur Chandin. Elle avait appris à observer et à prévoir ses attaques de manière à pouvoir en contrôler les conséquences.

Chandin Ramchandin tremblait de rage. Mala gonfla la poitrine comme un crapaud prenant une pose de défi. Son père grogna, muet sous l'effet de la colère. Saisissant une poignée de ses cheveux, il lui appliqua de nouveau le bol sur la figure, le tournant dans un sens, puis dans l'autre. Elle se mit à saigner du nez. Elle se concentra sur le frottement de l'émail contre sa figure comme si elle prenait des notes sur cette sensation. Son père rythmait chaque rotation du bol en la heurtant de son bassin, la poussant contre l'évier. Elle ne ressentait aucune douleur. Plaquant sa langue au palais pour vérifier l'assaisonnement du poisson, elle perçut un goût de sang. Pour maîtriser la panique que provoquait en elle cette découverte, elle fixa les yeux sur la marque de vérole en demi-lune que son père portait au-dessus d'un sourcil. Il laissa tomber le bol et s'appuya contre Mala, son front pressé contre le sien. L'odeur de son corps et son haleine alcoolisée affectèrent davantage cette dernière que les blessures qu'il venait de lui infliger. Sortant la langue, elle lécha la sauce qui lui maculait le visage. Le goût d'ail et d'anis supprima l'odeur de son père. Oui, le ragoût était parfaitement assaisonné ; c'était peut-être le meilleur qu'elle eût jamais préparé. Elle se félicita d'en avoir gardé pour Ambrose.

Chandin se redressa et s'éloigna d'elle.

— L'oisiveté est la mère de tous les vices, espèce de sale menteuse. Tu ne veux en faire qu'à ta tête — comme ta mère. Et tu mens, tout comme elle. Mais moi, je t'apprendrai à vivre. Je veux un poulet au curry. Peu m'importe où tu le trouves, ton poulet, mais tu vas aller m'en chercher un. Ce soir même, tu m'entends. T'iras pas te coucher avant de l'avoir préparé et d'avoir nettoyé la cuisine.

Il arracha son tricot de corps taché de sauce tomate et le lança à la figure de Mala. Elle l'attrapa au vol. Secrètement contente d'elle, elle baissa la tête et contempla ses pieds nus. Son père sortit de la cuisine et entra dans sa chambre. Il claqua la porte avec une telle violence que la vaisselle du buffet trembla. Mala poussa un profond soupir.

Dehors, c'était déjà la nuit, une nuit qu'illuminaient les

éclairs du ciel tropical. Non pas que Mala eût besoin de lumière pour trouver son chemin dans le quartier. Au cours des premiers mois suivant le départ de sa mère, elle avait marché dans les rues la nuit, désespérée, sans jamais se faire prendre. Honteuse d'être obligée de sortir de chez elle pour chercher un poulet, Mala réfléchit aux possibilités qui s'offraient à elle. De toute évidence, son père s'attendait à ce qu'elle vole. Sinon, comment se procurerait-elle un poulet, la nuit, quand tous les magasins étaient fermés ? Cependant, si elle volait, son père la battrait et l'humilierait, ce qu'il ne se priverait pas non plus de faire si elle revenait les mains vides. Au portail de l'arrière-cour, elle sentit quelque chose. Une mort récente. Ce n'était pas une odeur désagréable. Sans doute s'agissait-il d'un écureuil ou d'un chat. Suivant son flair, elle attendit qu'un éclair lui révélât quel animal avait succombé.

Soudain, le jardin s'illumina. Un jeune pigeon gisait par terre. Elle s'agenouilla près de lui, le renifla, le poussa du doigt. Bien qu'il fût déjà rigide, Mala pouvait dire d'après son odeur que l'oiseau était mort ce jour-là. Se cachant derrière un épais buisson, elle se mit à glousser. Elle fit de plus en plus de bruit, comme un oiseau pourchassé et capturé. Elle caqueta, elle cracha. Secouant le buisson, elle imita de façon convaincante une poule en train de se débattre.

Profitant de l'obscurité de la cour, elle pluma le pigeon, lui fendit le ventre, le vida et lui coupa la tête avec une machette. Elle trancha sa tendre poitrine, détacha la chair et expédia les os par-dessus la clôture. Puis elle dépeça le reste de l'oiseau. Au bout du compte, les morceaux de viande auraient pu passer pour ceux d'un poulet.

Chandin avait déjà bu la moitié d'une bouteille de whisky quand il entendit un grésillement et perçut un arôme de *masala*, d'ails et d'oignons frits dans l'huile. Il était trop ivre pour remarquer le goût infect d'un plat préparé avec de la viande à moitié pourrie. La saveur du curry suffit à l'apaiser. Les cuillerées de sauce au piment dont il arrosa sa nourriture brûlèrent ses papilles, éliminant les saveurs. Il souffrit seulement d'une légère colique et se coucha plus tôt que d'habitude, imputant ses crampes à un repas trop copieux, trop épicé et trop tardif : un poulet entier, deux assiettes de riz flottant dans du dhal et un quart de bocal de sauce au piment. Alors qu'elle débarrassait la table et nettoyait la cuisine, Mala l'entendit gémir dans son lit. Il l'appela deux fois, mais elle fit la sourde oreille. Quand elle eut terminé sa tâche, elle perçut des ronflements.

Elle éteignit toutes les lumières. Pendant qu'elle faisait la vaisselle et rangeait la cuisine, l'obscurité avait englouti la ville. Mala s'appuya à la balustrade de la véranda et respira l'humidité de la terre. Un million de lucioles brillaient dans la nuit. Les ronflements de son père se mêlaient aux cris des grillons et des grenouilles invisibles. Tant que ces émissions gutturales duraient, elle pouvait se détendre.

Elle pensa à Ambrose, se demandant s'il ronflait lui aussi et à quoi il ressemblait quand il dormait. Elle pensa à ses lèvres. Elle se rendit dans sa chambre sur la pointe des pieds et tira doucement la boîte de sous le lit. Sur ses côtés étaient peints les mots *Cadence*, *Terres humides septentrionales*, *Fabricants d'appareils de musique*, *Fournisseurs de Sa Majesté Rupert II*. Mala les prononça à voix basse, savourant leur exquise sonorité étrangère. La boîte lui parut plus lourde qu'avant. Elle la trimballa jusqu'à la véranda et en sortit le gramophone. Asha et elle avaient un jour regardé tante Lavinia remonter le sien à la manivelle. Elle essaya de se rappeler comment elle l'avait fait fonctionner. Elle trouva le bouton du volume, le régla au minimum. Elle leva le bras pourvu de l'aiguille et le posa sur les sillons d'un disque. Même avec le son presque coupé, elle entendait un faible grattement qui suggérait un orchestre de jazz dixieland. Elle pressa l'oreille contre le pavillon et sourit, envahie de nouveau par la sensation qu'elle avait éprouvée en regardant sa mère danser avec tante Lavinia. Ses pieds brûlaient de bouger en mesure, de marquer le rythme le long de la véranda, du haut en bas de l'escalier, d'un bout à l'autre de la ville. Elle frappa le sol de la galerie de son orteil nu. Elle s'imagina vêtue d'une robe à fleurs, fraîchement lavée et repassée, tournoyant en riant dans les bras de son Ambrose en habit et haut-de-forme, sautant d'étoile en étoile dans le ciel de Lantanacamara et revenant avant les premières lueurs de l'aube.

À partir de ce jour-là, Mala s'arrangea pour faire sortir son père de bonne heure. Encore tout embrumé par l'alcool absorbé la veille, celui-ci remarquait à peine qu'elle s'était lavée et habillée avant qu'il n'eût fini son chocolat et ses biscuits salés. Ambrose ayant un matin complimenté Mala sur ses cheveux tirés en arrière, celle-ci prit l'habitude de se faire un chignon au sommet de la tête. Juste pour lui.

Depuis que son ami était rentré des Terres humides septentrionales et venait la voir fréquemment, elle lavait et repassait ses robes et ses dessous dès que son père s'endormait. La joie que lui procuraient les visites d'Ambrose lui donnait la force de supporter les assauts nocturnes de son père. Elle voulait paraître aussi élégante et riche que possible aux yeux de son galant qui s'habillait comme un lord des Terres humides. D'ailleurs, c'était bien ainsi qu'elle le voyait : il était son beau seigneur noir. Elle-même était la dame qu'il sauverait un jour et qui se révélerait être une princesse volée à sa naissance par des roturiers.

Chaque jour, sauf une fois par quinzaine, quand il ne pouvait ni ne voulait — ce qui était tout à son honneur — se dérober à ses obligations filiales, Ambrose se levait aux aurores. Posté au coin de la rue, il attendait d'interminables minutes que Chandin Ramchandin quittât la maison. Puis il entrait voir Mala, les bras chargés de fruits au sirop achetés pour elle ou de bulbes et de racines de plantes sauvages. Les poches de son pantalon noir étaient bourrées de bocaux de champignons aux couleurs vives et aux formes étranges trouvés la veille dans la forêt ou au bord des marais.

À la fin de chaque visite, ils tiraient le gramophone de dessous le lit et le portaient sur la véranda où les arbres de l'arrière-cour leur procuraient un peu d'intimité. Ambrose posait un des deux disques sur le plateau, puis le lord noir et sa pauvre princesse brune se mettaient à danser en se tenant délicatement par le bout des doigts. Hésitant d'abord à se mouvoir librement, Mala perdit sa timidité quand son prince, toujours galant et attentionné, comprit sa peur et s'abstint de toucher son corps ou de la regarder d'une manière susceptible de la gêner. À la plus légère pression des doigts de sa cavalière, il sentait que la musique pénétrait dans son âme, s'élevait de ses pieds à sa magnifique tête couronnée de cheveux noirs. Réprimant son désir, il contemplait ses propres pieds en train de danser, imaginait le goût, la texture et l'odeur des lèvres et de la langue de sa bien-aimée.

Il se réadapta très vite à son île natale. Il vivait surtout pour ses rendez-vous avec Mala, la scintillante étoile de Lantanacamara — car c'était ainsi qu'il la voyait. Danser avec elle représentait le point culminant de ses visites. Il désirait ce moment à la fois avec impatience et avec tristesse, car il donnait le signal du départ. Les soirées lui semblaient ensuite interminables et, dès le crépuscule, il allait se coucher, bien avant que le dernier coq se fût perché pour la nuit. Afin d'apprivoiser le sommeil, il glissait une feuille fraîche de sauge sous sa langue. Et il patientait.

Tous deux se demandaient avec inquiétude combien de temps ils pourraient cacher ces rendez-vous à Chandin, mais cela ne les arrêtait pas. Mala espérait que le rêve d'Ambrose d'avoir sa propre entreprise deviendrait bientôt réalité et leur procurerait juste assez d'argent pour leur permettre de s'enfuir dans une autre ville de Lantanacamara.

Un matin, Ambrose guettait comme d'habitude le départ de Chandin. Il portait un aquarium vide dans lequel il jeta une branche chargée de baies rouges et mûres détachée du palmier qui lui servait de cachette.

Ambrose entra dans le jardin avec ses cadeaux avant même que Chandin eût gravi la colline. Il plaça la boîte en verre dans un coin sombre, sous la maison, où Chandin avait peu de chances de la voir. Il prit la branche de palmier et monta quatre à quatre l'escalier de derrière. Mala l'attendait sur la véranda.

Avant d'entrer dans la cuisine, Ambrose invita son amie à parcourir encore une fois le chemin qu'enfants ils prenaient ensemble. Ils rendraient visite à sa mère, désireuse de rencontrer la femme dont son fils ne cessait de lui parler. Mala trouva étrange qu'Ambrose voulût se montrer en public avec la fille déshonorée de Chandin Ramchandin. Elle comprit qu'il n'était plus le petit garçon timoré, influençable qui reculait au moindre signe de désapprobation. Elle aurait aimé faire ce pèlerinage avec lui, mais elle craignait d'être vue. Beaucoup de gens s'amusaient des rages de Chandin et ils rivaliseraient entre eux pour être les premiers à lui communiquer la nouvelle.

— Faut que je sois à la maison au retour de papa et je sais pas très bien à quelle heure il rentre, dit Mala sans enthousiasme. Il est de plus en plus difficile. Il me demande sans cesse un tas de choses. Je peux vraiment pas m'absenter longtemps.

Elle aurait voulu qu'Ambrose comprît de lui-même la situation. Elle était devenue si experte dans l'art de cacher ses émotions qu'une autre personne aurait eu peine à déceler la tristesse et la supplication contenues dans ses paroles. Mais Ambrose commençait à la connaître.

— Si ton père risque de rentrer bientôt, ne ferais-je pas mieux de partir tout de suite ?

— Je sais pas à quelle heure il viendra, mais moi je devrais pas quitter la maison.

Ambrose eut l'impression qu'elle lui parlait en langage codé. Il la suivit à la cuisine et posa les baies sur la table. Les fruits brillèrent comme l'amour encore inexprimé qui existait entre eux.

— T'as pris ton petit déjeuner ? demanda Mala.

— Maman m'a fait un roti et du poisson salé. Je les ai mangés, mais j'ai laissé un petit creux dans l'espoir que tu me ferais de nouveau profiter de tes merveilleux talents culinaires.

— Zut ! J'ai préparé du poisson salé, moi aussi !

— C'est un de mes plats préférés. Je pourrais en manger plusieurs fois par jour. Et je suis sûr que le tien sera différent de celui de maman. Meilleur, peut-être.

Mala posa devant lui une assiette de morue qu'elle avait mijotée la veille pour lui.

— Mmm, je n'ai jamais rien mangé d'aussi bon, dit-il, et il le répéta tant de fois que Mala cessa de se tourmenter à l'idée de devoir lui resservir de la morue.

Ambrose était face à son auditoire préféré et aussi le plus indulgent. (Alors que sa mère s'extasiait sur ses moindres faits et gestes, elle comprenait à peine un mot de ce qu'il disait.) Peu après qu'il eut terminé son repas, des phrases lui glissèrent langoureusement des lèvres. Il essayait d'exprimer ses sentiments à l'égard de Mala.

— En soi, un mot ne veut rien dire, commença-t-il assez simplement, mais il ne tarda pas à s'embrouiller. On fait l'expérience d'un monde débarrassé de définitions, de syntaxe et de formes grammaticales... Les sens sollicités s'affinent... Les terminaisons sensorielles de tes articulations s'ouvrent comme des fleurs avides, leurs petits récepteurs s'agitent follement, impatients d'intervenir. Tout ton être physique, mais surtout ton être spirituel, devient vibrant de sensations... Dans ton corps croissent et décroissent, au rythme de la lune, des kilomètres de sang, d'eau, de sérum, de toxines, d'effluves et de substances nutritives... La moindre fraction de ton être est reliée à ton centre sensoriel. Or, celui-ci ne peut être pleinement perçu que si tu te conçois comme un canal, comme un petit rouage dans le fonctionnement de l'univers...

Incapable de dire ouvertement à Mala à quel point elle l'excitait, Ambrose se lança dans un discours enivrant sur l'usage éventuel de belles étoffes tissées par les araignées. Il demanda à Mala d'imaginer des bas de femmes ou des résilles confectionnés à partir de ces fils arachnéens. Ses mots cachaient son désir de connaître la délicatesse de la peau de la jeune femme, de boire à ses lèvres. Il voyait cependant que Mala craignait d'être étouffée. Cette peur était si évidente qu'Ambrose l'acceptait sans en comprendre la raison, tout en espérant qu'un jour Mala aurait confiance en lui.

Mala, elle, regardait son torse svelte apparent sous sa chemise, ses doigts fins, ses lèvres de velours d'un rouge incroyable qui contrastaient avec une peau aussi sombre que les fruits du mudar. Elle contempla ses cheveux qu'il n'inondait plus d'huile de noix de coco. Elle aurait aimé enfouir ses doigts dans leurs boucles rêches et serrées. Elle examina les endroits où sa barbe renaissante formait une zone couleur vert d'eau. Elle imagina la sensation qu'elle aurait si, de son pouce, elle lui frottait cette partie-là du visage et le bruit âpre ainsi produit. Elle imagina l'odeur de sa sueur, impatiente de sentir la chaleur de son aisselle contre ses joues. La seule odeur de sueur mâle qu'elle connût était celle de son père, elle lui donnait la nausée. Aussi était-elle ravie de pouvoir inventer pour Ambrose des effluves qui la feraient défaillir de passion et qui, pour un instant du moins, la libéreraient de l'atroce domination de son père. Son corps s'arquait de désir, il se tendait vers Ambrose, l'engouffrait, l'aspirait, mais elle se refusait à traduire ces pensées en actes.

Pourtant, dès le départ de son amoureux, elle était assaillie par la peur et le remords. En présence d'Ambrose, la crainte que son père ne découvrît, ne fût-ce qu'en flairant ce nouveau désir sur sa peau, qu'elle le trompait avec sa tête, son cœur et son corps, la paralysait complètement. Elle arpentait les pièces du premier étage, tourmentée par le sentiment confus de l'avoir trahi. Après tout, raisonnait-elle, son père avait terriblement souffert de l'abandon de sa femme. Elle se fustigeait, consciente de ce que personne, y compris elle-même, n'était capable d'imaginer la douleur et l'humiliation qu'il avait éprouvées. Parfois, quand elle pensait à Ambrose, elle se haïssait pour sa cruauté à l'égard de son pauvre père blessé. Mais, prise d'un élan de tendresse, elle désirait, même à ces moments-là, qu'Ambrose la prît dans ses bras et l'emmenât.

Ambrose lui montra l'aquarium à l'extérieur. Ils fouillèrent le dessous de la maison à la recherche d'araignées. Non sans quelque appréhension, Mala le regarda détacher la fibre poisseuse d'une toile attachée à un pilotis. Elle le suivit tandis qu'il traversait lentement l'arrière-cour, étirant le fil à chacun de ses pas. Elle admira son dos bien droit et imita son maintien. Certaine que la végétation luxuriante du jardin les cachait à la vue des passants, elle repaissait ses yeux de ses magnifiques vêtements. Ambrose atteignit la clôture sans que le fil se fût rompu.

— Imagine, murmura-t-il, oui, imagine un rideau de fin tissu qui monterait jusqu'au ciel, entre la mer des Caraïbes et l'Atlantique. Un rideau qui laisserait passer la lumière, mais arrêterait les ouragans !

Impressionnée par son esprit inventif, Mala aurait voulu qu'il lui murmurât ces mots dans la bouche. Elle garda les yeux fixés sur la courbe du doigt de son amoureux. Ravi de pouvoir lui exposer les méthodes et principes de la récolte de la soie d'araignée, Ambrose, tout en parlant, se délectait de sa beauté et réprimait son incroyable désir.

Ils enfermèrent plus de quarante araignées dans l'aquarium. Dans le jardin de derrière, Mala attrapa sans peine les mouches léthargiques collées sur les pétales, tachés de nectar, des fleurs de la passion. Elle les mit dans un sac qu'elle vida ensuite dans l'aquarium.

Une fois de retour à la cuisine, et bien que satisfaite des premiers pas faits dans leurs recherches, Mala, debout près de l'évier, garda ses distances. Rouge et transpirant d'excitation, Ambrose s'assit à la table. Ils burent un thé rafraîchissant et grignotèrent la chair jaune pâle des fruits qu'Ambrose avait cueillis.

Ambrose sortit un carnet relié de cuir dans lequel il notait les détails de son affaire naissante. Tous deux tombèrent d'accord sur le nom que celle-ci porterait : PDC-PFA. Plus Doux que le Coton-Plus Fort que l'Acier. Il l'inscrivit sur la page de garde en lettres tarabiscotées. Puis, en une simple cursive, il écrivit son nom, *Ambrose E. Mohanty*, et, à côté, *Directeur*. Sous cette ligne, il ajouta : *Pohpoh Ramchandin, Sous-directrice et inspiratrice*. Il lut ces mots à haute voix et ils rirent. Mala vérifia l'orthographe du mot Pohpoh. L'écriture d'Ambrose était nette et adroite. Elle n'eut pas le courage de le contredire.

Ambrose se cala sur sa chaise cannée, il étendit les jambes. Sous la table, Mala aperçut ses fines chaussettes blanches. Les mains croisées derrière la nuque, il décrivit à Mala les circonstances qui l'avaient amené à s'intéresser aux propriétés et aux possibilités des fibres d'araignée. C'était au cours du premier hiver passé dans les Terres humides septentrionales. Jamais encore il n'avait connu un froid pareil.

— N'essaie même pas de l'imaginer, c'est impossible. Dieu sait pourtant si j'en avais lu des choses à ce sujet ! Bien avant de quitter l'île, j'avais vu des photos de la ville couverte de cette poudre qu'ils appellent neige. Mais tu sais, Pohpoh, j'étais incapable de comprendre à quel point ce froid peut être froid. Jusqu'au jour où j'en ai fait l'expérience. Cet interminable et infernal événement remplit ton existence. Tu dépenses toute ton énergie à inventer des stratagèmes pour rester au sec et bien au chaud. Au milieu de ce terrible hiver, alors que je soignais un rhume de tous les diables, je me suis claquemuré chez moi et, par la fenêtre, j'ai contemplé le morne spectacle des cours, des allées et des rues sous la neige. Je pensais que ça ne finirait jamais.

— Mmm... répondit simplement Mala.

— Puis, un jour de printemps de cette même année, je suis tombé sur un fil de toile d'araignée attaché aux branches supérieures d'un arbre dénudé. Ce fil étincelant descendait jusqu'au sol, formant un V parfaitement symétrique sous le poids d'un glaçon de vingt centimètres. Pendant des heures, je suis resté là, au soleil printanier, à regarder fondre le glaçon. Libéré peu à peu de son fardeau, le fil s'est levé avec grâce. Il est monté de plus en plus haut, comme soumis à une lévitation spirituelle. Après la fluide disparition du glaçon, le filament ne paraissait nullement étiré. Merveilleusement brillant, il était aussi tendu que tous ceux, fraîchement tissés, que j'avais vus jusque-là.

À travers ce magma de paroles, Mala parvint à saisir la pensée de son ami.

— Ah ! un pont ! Tu pourrais construire un pont avec des fils d'araignée, un pont sur la rivière. Un tas de gens, d'animaux et de voitures le traverseraient et jamais il ne s'écroulerait.

Mala rit de sa propre plaisanterie. Ambrose était encore plongé dans son rêve, puis, remarquant l'enthousiasme de sa bien-aimée, il se leva d'un bond. De joie, il jeta ses bras autour d'elle et attira son corps surpris et réticent vers le sien. Instinctivement, elle croisa les bras sur sa poitrine ; pourtant, quand il la regarda, elle sourit. En fait, elle se mit à rire. Du même rire qu'elle avait autrefois. Il reconnut aussi son sourire, mais, au lieu de gaieté, il ressentit une grande inquiétude.

— Oh, Pohpoh, ma chère et douce Pohpoh !

Mala le regarda dans les yeux.

— Sois gentil, ne m'appelle plus ainsi, murmura-t-elle. Tu te rappelles mon vrai nom ?

Ambrose en resta tout interdit.

— Quel nom ? Je suis mortifié. Dis-moi quel nom te déplaît et je ne le prononcerai plus jamais.

— *Pohpoh*. Je ne m'appelle pas comme ça.

Après avoir secoué un peu sa mémoire, Ambrose sourit, content de lui.

— Mala ! Tu as raison. Effectivement, Mala te va beaucoup mieux. Je ne t'appellerai plus jamais autrement.

Essayant de se faire pardonner, il poursuivit :

— Viens à la maison avec moi. Viens voir ma chère maman. Elle sait tout de toi et t'attend avec impatience. Tu viendras, n'est-ce pas, ma chère Mala ?

Ce nom qu'il n'avait pas prononcé depuis des années lui parut bizarre, mais très vite il commença à en aimer la musique. Mala appuya son visage contre sa poitrine. Il baisa ses épais cheveux. L'odeur qu'il dégageait était encore plus agréable qu'elle ne l'avait imaginé.

Il serait vain d'essayer d'expliquer le phénomène qui se produisit dans une autre partie de Paradise, à un bon kilomètre de la cuisine des Ramchandin. Disons simplement que ces choses-là arrivent. À l'instant précis où sa fille embrassait son bel amoureux, Chandin Ramchandin, assis dans une rhumerie, sentit soudain une pression dans sa poitrine. Il gémit et avala une autre gorgée d'alcool. Cela ne fit qu'augmenter sa douleur. Il avait l'impression d'étouffer.

Mala était inquiète. Était-ce le jour où elle mettrait fin à ses rendez-vous avec Ambrose ou celui où elle lui dirait que son père régentait sa vie d'une main de fer ? Ambrose respira l'arôme sucré de sa transpiration. Du cuir chevelu de Mala émanait une légère odeur d'huile de coco. Bien qu'Ambrose s'aspergeât d'une lotion à base d'essence de girofle, de feuilles de laurier et de cardamome, la fragrance naturelle de sa peau, en même temps piquante et sucrée, s'élevait de sa chemise. À présent, Mala connaissait le goût de sa peau par son odeur. Elle pressa son visage contre sa poitrine. À la différence de son père, Ambrose ne sentait pas le rhum, les parties mal lavées et d'âcres sécrétions. Il posa ses lèvres sur sa tempe. Elle ferma les yeux et leva la tête.

Chandin avait l'impression qu'on lui serrait le torse avec une grosse chaîne métallique. Il vida son verre d'un trait et, à la surprise de ses compagnons de beuverie, quitta la rhumerie. D'abord, il marcha lentement. La douleur diminua. Il poursuivit sa route en ivrogne expérimenté : il titubait et il parlait tout seul. Cependant, en raison des années et de la quantité d'alcool absorbé, il était en possession de ses facultés. La douleur s'atténua encore davantage, mais, craignant qu'elle ne reprenne, il continua à se tenir la poitrine. Pour plus de sécurité, il prit le chemin de la maison.

Mala sentit les lèvres d'Ambrose tout près des siennes, elle perçut son haleine. Un peu effrayée, elle recula, éprouvant la même répulsion que lorsque son père lui enfonçait sa langue dans la bouche et, à la fois, un immense désir d'embrasser celle d'Ambrose, d'explorer son goût, sa température, sa texture. Surpris par ce brusque changement d'humeur, Ambrose frissonna lui aussi.

En fait, il accueillait cette interruption avec soulagement. Ses membres n'avaient plus connu pareil fourmillement depuis l'enfance. Il se rappela Mala couchée sur son cattiya en petite culotte. Il sentait sa peau tiède. Dans les Terres humides septentrionales, durant les longues soirées d'hiver, beaucoup de femmes avaient proposé leur compagnie à cet étrange et bel homme noir. Ambrose n'avait eu aucun mal à résister à leurs tentations. Il était resté pur, sauf quand il pensait à Mala. Il avait attendu le moment où il pourrait enfin réaliser le rêve de son enfance : mettre cette partie durcie de son anatomie, dont le tremblement lui donnait le vertige, si près... jusqu'à la toucher... de cette mystérieuse grotte que Mala avait entre les jambes. Un endroit qu'il imaginait chaud, humide et exhalant deux arômes distincts : celui du balsa provenant du fromager dans le bois duquel il fabriquait autrefois des cuillers pour la pêche et celui du fruit mûr du boulet de canon, une senteur extrêmement forte, mais irrésistible. Couché sur son lit, là-bas, dans les Terres humides, il fermait les yeux et fixait son esprit sur l'image de Mala. Le sang en effervescence, il se frottait, se caressait et s'imaginait en train de placer son membre gonflé si près de Mala que cette mystérieuse bouche s'ouvrait en un énorme bâillement et l'avalait.

Le brusque retrait de Mala l'arrangeait. On aurait dit qu'avec le temps il était tombé amoureux du désir et que l'acte de désirer se suffisait à lui-même. Bien entendu, il soupirait après le plaisir de voir Mala nue, de tenir délicatement son mamelon entre ses dents et, par-dessus tout, de sentir son membre viril mouillé, caressé et aspiré dans son corps. Mais, lorsque Mala le repoussa doucement, il fut obligé de reconnaître qu'avec les années le *désir* était devenu un véritable compagnon. Il répugnait à compromettre sa relation avec lui. S'il succombait aux trésors de Mala, le *désir* pouvait changer, et même disparaître.

Mala le regarda. Touchée par sa généreuse hésitation, elle l'attrapa par le devant de sa chemise et attira son visage vers le sien. Elle ferma les yeux, se répétant : « Laisse-toi aller, il n'est pas ton ennemi, il t'aime. » Elle huma l'odeur de sa peau, sentit les poils de sa barbe contre sa douce joue. Les lèvres voluptueuses d'Ambrose déposèrent de petits baisers sur sa figure, s'approchèrent de ses lèvres, puis, effarouchées, remontèrent vers son oreille. Elle prit son visage entre ses mains, couvrit sa bouche de ses lèvres fortes et humides. Le jeune homme sentit ses jambes flageoler. Jamais encore il n'avait connu vertige si agréable.

Il ouvrit la bouche pour aspirer de l'air, Mala y introduisit sa langue et lécha la sienne. Ambrose se dégagea, suffoqué. Jamais encore il n'avait vu son visage de si près. Il le parcourut des yeux, puis d'un doigt léger. De son autre main, il chercha ses fesses. Mala se pressa contre lui, sachant qu'il serait dur. La main baladeuse rencontra le postérieur. La forme de son corps — un corps de femme — le troubla si fort qu'il crut qu'il allait s'évanouir. Mala bougeait d'une façon différente de ce jour où, enfants, ils s'étaient rendus à la maison de la plantation. Cette fois, elle ne poursuivait pas de but égoïste. Cette fois, elle se laissait toucher pour qu'il en retirât lui aussi du plaisir. Elle sentit sa passion, l'accueillit et la lui rendit. Elle se frotta contre sa turgescence. Il releva sa robe petit à petit.

Pour lui, c'était la première fois ; pour elle, la première fois avec quelqu'un de son choix. Dans la cuisine, sur le plancher qui exhalait une odeur d'oignon et d'ail écrasé pendant des années dans les fissures du bois, Ambrose connut l'émotion de vider son sperme dans une femme, dans son amour d'enfance, et non pas dans un magazine. Pour la première fois, Mala n'éprouva aucune douleur. Pour la première fois, elle sut ce que c'était que d'être caressée, d'avoir ses mamelons léchés et goûtés comme une friandise. Et, bien que son père l'eût forcée d'innombrables nuits à le toucher, c'était la première fois qu'elle percevait au bout des doigts et dans sa paume ce qu'était vraiment un sexe.

Ils restèrent étendus par terre. Appuyé sur un coude, Ambrose lui caressait le pubis de l'autre main, un doigt glissé délicatement entre les lèvres étonnamment mouillées. Soudain, Mala se rendit compte qu'il était tard. Son père allait rentrer. Elle se leva d'un bond et enfila ses vêtements. Ambrose mit plus de temps à se rhabiller, à enfoncer sa chemise dans son pantalon, fermer les boutons, accrocher les bretelles. À leur grand regret, la journée touchait à sa fin.

— Nous n'avons pas dansé aujourd'hui, dit Ambrose, mais j'avoue que te faire l'amour... (à ces mots, Mala se sentit de nouveau défaillir) est tout aussi bon. Toutefois, je te promets trois danses supplémentaires pour celle que nous avons ratée aujourd'hui. Ce sera le plus grand plaisir de ma vie que de danser avec toi dans mes bras et moi dans les tiens.

— Et moi, je m'entraînerai pour pouvoir te surprendre. Tu viendras demain, Ambrose ?

Comment aurait-il pu rester loin d'elle ? Il l'embrassa plusieurs fois pour sceller sa réponse. C'était la journée la plus longue qu'il eût passée avec Mala depuis son retour à Lantanacamara.

Chandin atteignit le portail de la cour juste au moment où Ambrose prenait son chapeau pour partir. Pressant son couvre-chef contre sa poitrine, ce dernier sortit à reculons de la cuisine, les yeux toujours fixés sur Mala qui levait ses mains pour y respirer les traces du corps de son bien-aimé. Il flaira ses propres doigts, puis les porta à ses lèvres. Elle ferma les yeux. Ambrose descendit lentement l'escalier de derrière.

Chandin lutta avec le portail déformé. Cela faisait des années que celui-ci était gauchi, mais Chandin refusait de le réparer, convaincu que le bois ne se tordait que pour l'ennuyer quand il avait bu un verre de trop. Il était bien décidé à ne pas se laisser faire. Du coin de l'œil, il vit quelque chose bouger à l'arrière de la maison. Il cessa de secouer le portail et fixa son regard brouillé au-delà des buissons et des pilotis, sur l'escalier de derrière. Il aperçut un homme qui descendait lentement les marches à reculons. Vêtu d'une redingote noire et d'une chemise blanche, il tenait son chapeau à la main. Chandin se dissimula derrière un buisson.

Promenant son regard autour de lui afin de s'assurer que le père de Mala n'était pas à proximité, Ambrose fit un petit détour par les pilotis pour voir ce que devenaient les araignées de l'aquarium. Chandin, qui sentait la colère l'envahir, se demandait ce que cet homme fabriquait sous sa maison. Il resta caché.

À son étonnement, Ambrose constata que toutes les mouches étaient restées en vie, mais que seules quatre araignées bougeaient encore. Les autres, décapitées, gisaient au fond de la cage de verre. Il comprit aussitôt qu'il s'agissait d'un exemple de sélection naturelle. Trop nombreuses, les araignées s'étaient livré une guerre sans merci. Les plus fortes avaient survécu. Elles n'avaient pas tissé un millimètre de toile.

Ambrose fut saisi d'un pessimisme inhabituel. Tournant le dos aux araignées, il pressa de nouveau son chapeau contre sa poitrine et sortit de la cour.

Chandin avait du mal à garder l'équilibre. Il vacilla, se retint à une poignée de feuilles.

— Qui diable... ? marmonna-t-il. Est-ce que cet homme est en train de me voler ma gosse ? Qu'il ose ! Personne ne me prendra plus ma femme. Aucun homme, aucune femme, personne ne me volera plus mon bien. Je le tuerai. Et elle aussi, peut-être. Ensuite, je me tuerai. Cette nuit, j'aiguiserai mon couteau.

Chandin gravit subrepticement l'escalier de devant et monta sur la véranda. Il regarda par le carreau de la porte d'entrée. Sa fille était toujours adossée contre l'évier. Elle souriait et reniflait ses mains. Posées sur la table, il y avait l'assiette et la tasse qu'autrefois sa femme n'utilisait que pour les visiteurs. Une chaise était tirée.

Dans son visage déjà rougi par l'alcool, les veines de ses tempes gonflèrent, bleuirent. Il agrippa sa poitrine. Son cœur pesait une tonne. Il sortit bruyamment son porte-clés de sa poche.

Entendant les clés et le bruit sur la véranda, Mala sursauta : elle ne s'attendait pas à ce que son père rentrât si vite après le départ d'Ambrose. Elle débarrassa prestement la table, remit la chaise en place. Elle jeta la belle vaisselle à la poubelle, la poussa hors de vue. Le silence de son père à son entrée n'avait rien d'insolite. Elle le dévisagea, cherchant quelque signe de suspicion, mais elle ne discerna rien. Elle prit un torchon et essuya le comptoir, feignant d'accomplir ses tâches habituelles. Il rectifia la position de la chaise, puis s'approcha de Mala et la fit tourner brusquement. Lui prenant les mains, il les leva à sa figure et pressa ses lèvres contre elles dans l'évidente intention de les renifler. Mala jeta un coup d'œil à la véranda de devant. D'où avait-il pu les observer ? Qu'avait-il vu ? Terrifiée, elle baissa la tête et se mit à sangloter.

Silencieux depuis son arrivée, son père éclata de rire. Puis son visage s'empourpra de colère, il s'éloigna d'elle et saisit la chaise. La tenant par le dossier, il la leva au-dessus de sa tête et l'abattit de toutes ses forces sur le sol où elle se brisa. Pliée en deux de frayeur, Mala enfouit son visage dans ses mains et gémit. Le souvenir du jour où son père avait découvert la fuite de sa femme la submergea. Chandin traversa la petite cuisine comme un ouragan. Il se précipita vers sa fille recroquevillée sur elle-même et leva la main, plate comme une raquette de tennis. Quand elle poussa un cri, il laissa retomber lentement son bras. Des larmes inondaient ses joues. Au lieu de frapper Mala, il déboucla sa ceinture et ouvrit la fermeture Éclair de son pantalon. Se baissant, Mala essaya de s'échapper. Cela augmenta la fureur de Chandin. C'était la première fois qu'elle osait le défier. Il l'attrapa par les cheveux et les tira jusqu'à ce qu'elle se redressât. Il pressa son visage menaçant contre le sien et hurla :

— Salope ! N'essaie pas de m'avoir ! Je vais te tuer ici même. Je n'ai pas peur.

— Je t'en prie, papa, me fais pas mal, me fais pas mal. Je te demande pardon. Pitié, papa.

— Est-ce que je t'ai jamais fait mal ? Non, jamais. Tu veux savoir ce que c'est que d'avoir mal ? Pardon, hein ? Pitié ? Je vais te montrer ce que c'est que d'avoir mal.

Il la poussa vers l'évier et lui enfonça la tête dans la cuvette, pressant son menton contre son dos, tandis que des deux mains il lui relevait la robe. Telle une arme, il sortit son sexe durci par la colère. Du genou, il lui ouvrit les jambes, les maintint écartées à coups de pied. De ses gros doigts, il lui entrouvrit les fesses, pendant qu'elle sanglotait et murmurait :

— Dieu, ayez pitié de moi, je vous en prie, je vous en prie !

Chandin la pénétra avec brutalité. Les bras passés autour d'elle, il lui triturait frénétiquement les seins en une imitation grotesque des coups violents qu'il donnait avec sa verge.

Puis il se retira et la fit pivoter vers lui. Debout, le pantalon aux genoux, le sexe toujours dressé, il la gifla plusieurs fois de la paume et du dos de la main. La lèvre inférieure de Mala se fendit, le bord extérieur de son œil gauche se déchira. Elle essaya de ne plus pleurer, mais elle haletait. Chandin la frappa si fort qu'elle vacilla et s'écroula. Il laissa tomber son énorme corps sur elle, se mit à cheval sur son torse, la saisit par les cheveux et lui fourra son pénis dans la bouche. Quand il le lui enfonça dans la gorge, elle étouffa, eut des haut-le-cœur. Alors qu'elle était au bord de l'évanouissement, il se retira et éjacula sur sa figure.

Il commença à culbuter les chaises et à arracher les rideaux. Il jeta des ornements contre les murs et, à l'aide d'une poêle à frire, fracassa des verres, des assiettes et des tableaux accrochés dans le salon. Mala se boucha les oreilles et ferma les yeux.

Chandin se précipita dans la chambre de Mala et déchira les vieux et lourds rideaux de coton que sa femme avait cousus vingt ans plus tôt. Il les déchiqueta. Se tournant, il s'aperçut dans la grande glace de l'armoire. Avec la rapidité de l'éclair, il l'attaqua du talon. Le miroir se brisa ; une centaine d'éclats brillants tombèrent par terre. Pas encore satisfait, il ôta brutalement la porte de l'armoire du gond supérieur, tira quelques robes des cintres et les réduisit en lambeaux.

Il attrapa le lit et le renversa. Alors, il découvrit la nouvelle boîte. Après l'avoir ouverte, et vu le gramophone, il enfouit son visage dans ses mains et pleura. Pendant plusieurs minutes, il contempla le gramophone et ce qu'il semblait signifier. Il prit le bras de l'appareil et le tira en arrière. Le bras se cassa comme une patte de crabe. Il essaya d'en faire autant au pavillon, mais celui-ci résista. Il se releva et envoya son pied nu dedans. La colère le rendait insensible à la douleur. Il se redressa, retourna à la cuisine et lança un coup de pied à Mala étendue, sanglotante, par terre. Il ouvrit un tiroir et en sortit un couperet. Il traîna Mala dans sa chambre.

— Qu'est-ce que c'est que ça, putain ? C'est lui qui t'a donné ça ? Tu acceptes des cadeaux d'un homme ? Qu'est-ce qu'il t'a donné d'autre ? Il y a longtemps que tu fais ce genre de chose ? Est-ce que tout le monde, sauf Ramchandin, sait que sa fille est la pute du village ?

Mala tourna son visage vers le plancher et pleura. Chandin lui envoya un coup de pied dans les cuisses.

— Réponds-moi, petite pute. C'est l'homme qui était ici qui t'a donné ça ?

Il ficha le couperet dans le plancher, à côté du gramophone. Mala leva les yeux.

— Oui, papa. C'était un cadeau pour toi et pour moi.

— Pour moi ? Tu me prends pour un imbécile ? Et toi, qu'est-ce que tu lui as donné ? Viens, donne-moi ce que tu lui as donné à lui.

Serrant le couperet dans sa main, il attrapa Mala par le devant de sa robe, la fit lever et la poussa vers sa propre chambre. Il la jeta sur le matelas de son lit affaissé, lui arracha les vêtements. Fermant les yeux, elle poussa un grand cri. Jamais encore, depuis cette première fois dans son enfance, elle n'avait eu aussi mal.

Chandin ferma la porte de sa chambre à clé. Il posa le

couperet près du lit. Il la viola encore trois fois cette nuit-là et l'obligea à rester au lit avec lui. Le lendemain matin, il se leva à la même heure que d'habitude. Il laissa la porte de la chambre grande ouverte, emporta le couperet à la cuisine et, marchant sur les meubles et le verre cassés, sortit sur la véranda.

Mala se leva lentement. À son étonnement, son père ne la pressa pas. Il ne prononça pas un mot. Mala était tout endolorie. Elle se lécha la lèvre : celle-ci était enflée. Elle sentit que son œil était enflé lui aussi. Son bassin et ses cuisses lui faisaient si mal que le moindre mouvement lui donnait le vertige. Alors qu'elle se traînait vers sa chambre, elle remarqua que le couperet avait disparu.

La boîte, ouverte, était toujours sur le plancher. Le gramophone s'y trouvait, inutilisable. Cela l'affligea davantage que ses meurtrissures, mais elle n'osa pas y toucher ni ne voulut être surprise en train de le regarder. Elle ramassa une robe par terre et la mit.

Gênée, effrayée, elle constata que son père avait fait bouillir de l'eau et posé le pain de la veille sur la table. Il mangeait déjà. Il ne lui jeta pas un seul regard, ne prononça pas un mot.

Alors qu'elle s'aspergeait précautionneusement le visage d'eau sur la véranda de derrière, elle entendit la porte d'entrée s'ouvrir et se refermer. Elle promena son regard sur l'arrière cour, souhaitant qu'Ambrose ne soit pas en vue. Elle n'avait même pas envie de penser à lui à ce moment-là, tout en sachant qu'il arriverait dès que son père serait parti. Il verrait ses traits meurtris, il verrait qu'elle souffrait. Elle ne lui dirait pas ce que son père lui avait fait, se jura-t-elle. Après tout, elle n'aurait pas dû lui mentir. En fin de compte, c'était sa faute. Elle souhaita qu'Ambrose eût mieux à faire ce matin.

Elle entendit le portail se refermer avec un raclement. Souffrant le martyre, elle s'approcha en boitant de la porte d'entrée et regarda par les jalousies qui la flanquaient. Son père avait déjà disparu, mais elle continuait à sentir sa présence dans tous les coins et recoins de la maison et du jardin. Elle retourna à la cuisine et chercha le couperet des yeux. Il n'était nulle part. Elle tira le loquet sur la porte de derrière. Elle espérait qu'Ambrose la croirait au marché ou à l'épicerie, et qu'il s'en irait.

Ambrose attendit au coin que Chandin Ramchandin remontât la rue. Dans son impatience, il courut si vite vers le portail de derrière qu'il ne vit pas Chandin se tourner et s'accroupir derrière la charrette d'un voisin. Chandin aperçut les basques de la jaquette noire du soupirant de sa fille.

Une fois dans la cour, Ambrose remarqua qu'on avait ôté les rideaux de la chambre à coucher. Il n'y vit rien d'insolite. Le fait que la porte de derrière fût fermée éveilla sa curiosité. Il frappa et appela à plusieurs reprises. Il regarda autour de lui pour vérifier si les rideaux avaient été lavés et accrochés sur la corde à linge. N'apercevant aucun signe d'activité matinale et trouvant la porte de Mala close un jour à peine après le plus beau moment de sa vie, il commença à se poser des questions. Il oscilla entre la peur d'un rejet et la panique. L'air semblait lourd de menaces.

Chandin resta accroupi derrière la charrette jusqu'à ce qu'il fût certain qu'Ambrose était entré dans la maison ; ensuite, il revint sur ses pas. Il grimpa par-dessus la clôture pour éviter que le grincement du portail ne trahît son retour. Le couperet était toujours là où il l'avait dissimulé : au pied du laurier-rose. Chandin se glissa dans le buisson. Aucun signe d'Ambrose ni de Mala, la maison était silencieuse. Chandin allait sortir de sa cachette, le couperet à la main, quand il sursauta : des pas se dirigeaient vers le jardin de devant. Il se baissa vivement.

Ambrose contourna en hâte la demeure et monta l'escalier de devant quatre à quatre. Jetant un coup d'œil hors de son abri, Chandin le vit regarder par les fenêtres de la véranda.

Le cœur d'Ambrose battait à grands coups. Les yeux

exorbités, il contempla le désordre qui régnait à l'intérieur. Il crut d'abord que la maison avait été cambriolée. Mala était invisible. Redoutant le pire, il s'exhorta à garder son sang-froid. Il se mit à frapper doucement, mais avec insistance. Il murmura le nom de Mala, puis l'appela de manière plus pressante. Il frappa si longtemps que même Chandin se demanda où sa fille était passée. Ambrose tourna la poignée de la porte. À sa surprise, celle-ci s'ouvrit avec un déclic.

Plein d'appréhension, il entra. D'un seul regard, il embrassa le salon et la cuisine dévastés. Sa bien-aimée n'était ni dans l'un ni dans l'autre. Transpirant à grosses gouttes, il avança sur la pointe des pieds. À la porte de la chambre de Chandin, il prit une inspiration, puis poussa le battant entrebâillé. Il craignait de découvrir son amour ligotée, bâillonnée ou pis encore, mais il s'interdit d'imaginer ce qui pourrait être pire. Il fut à la fois soulagé et terrifié de ne voir personne. L'oreille tendue, il s'immobilisa, se demandant si les voleurs ou les assassins étaient encore sur les lieux. Toujours sur la pointe des pieds, il retourna au salon. D'un geste hésitant, il essaya d'ouvrir la porte qui menait à la chambre du rez-de-chaussée. Comme d'habitude, elle était fermée à clé.

Après avoir monté subrepticement l'escalier et s'être glissé sans bruit vers les fenêtres, Chandin vit le jeune homme coller son oreille contre la porte. Il le regarda s'approcher de celle de Mala.

Au bord de la nausée, Ambrose pressa son oreille contre le battant. Silence. Ses yeux s'emplirent de larmes de peur. Serrant les dents, il referma la main sur le bouton de porte et le tourna très lentement. La porte s'ouvrit de quelques centimètres, puis se referma. Terrifié, Ambrose poussa le vantail avec une vigueur aussi soudaine que surprenante.

Cachée derrière le battant, Mala tomba par terre. La tête enfouie entre ses cuisses, elle sanglotait si fort que son corps en tremblait. Ambrose vit tout, sauf son visage : le lit renversé, les vêtements déchirés, le gramophone cassé et, pis encore, les ecchymoses sur les membres de Mala. Il poussa un cri d'horreur et se jeta sur la jeune fille telle une couverture protectrice.

— Qui a fait ça ? Qui a fait ça, Mala ? Dis-le-moi.

Elle sanglota encore plus fort, refusant de lui montrer sa figure.

— Je t'en prie, ne reste pas ici. Va-t'en. Laisse-moi, laisse-moi.

Lui prenant le menton, Ambrose la força à le fixer. Des cheveux humides lui collaient au visage. Fluidifié, le sang de son œil blessé lui maculait les joues. De la morve barbouillait ses lèvres et son menton.

Ambrose la contempla, stupéfait. Mala cessa de pleurer. Retenant son souffle, elle regarda droit devant elle d'un air de défi. Tel le premier éclair d'un soir d'été, le visage d'Ambrose s'enflamma.

— Ton père ? murmura-t-il.

Mala ferma les yeux. Soudain, Ambrose comprit tout.

— Et maintenant, que comptes-tu faire ? demanda Chandin.

Le père de Mala se tenait sur le seuil. Ambrose était incapable de dire s'il souriait ou grimaçait de colère. Chandin serrait des deux mains le manche d'un couperet. Brandissant l'arme au-dessus de sa tête, il arqua le corps pour s'affermir. Ambrose recula, incrédule. Levant les yeux et voyant son père sur le point d'abattre le couteau, Mala poussa un cri terrifiant.

Elle bondit en avant, saisit Chandin par les genoux et, avec une vigueur qui effraya même Ambrose, le fit basculer. Chandin tomba sur le dos. Il tenait toujours le couperet. Mala plongea vers le sol, empoigna le manche et lutta pour l'arracher à son père. Celui-ci attrapa ses cheveux et, serrant le poing, tira de toutes ses forces.

Ambrose avança d'un pas. Il voulait aider Mala, mais

comment ? Il se sentait faible et timoré. Chandin lança son pied dans sa direction. Ambrose recula. Le pied tomba lourdement sur le gramophone.

Hors d'elle, Mala ne remarqua même pas qu'on lui arrachait les cheveux. Avec difficulté, elle approcha sa tête de la main qui serrait le couperet et enfonça ses dents dans le poignet. Chandin la lâcha, se roula en boule de douleur. Mala l'avait fait saigner.

Ambrose vit là une occasion d'aller chercher de l'aide ou peut-être de trouver une arme. Il ramassa le gramophone cassé, ouvrit grande la porte et se précipita hors de la pièce. Le lourd battant frappa Chandin à la tête et l'étourdit. Il s'affala, les yeux ouverts. Mala arracha le couperet de sa main soudain inerte. Elle essuya son visage barbouillé du sang de son père et cracha sur le corps étendu à ses pieds. Puis elle sortit en trombe.

Une fois dans la cuisine, Ambrose s'immobilisa, essayant de comprendre ce qu'il venait de découvrir. Il se persuada que c'était lui et non pas sa propre fille que Chandin voulait tuer. Inspectant la pièce, il chercha vaguement un couteau pour se défendre. Il avait honte de lui et d'elle, comme si Mala l'avait trahi. En même temps, il repoussait l'idée inconcevable qu'elle eût pu consentir à avoir des rapports intimes avec son père. Assailli de doutes, il se distancia à tel point de Mala que, pareil à un observateur extérieur, il vit le monde qu'il avait connu, le monde dont il avait rêvé, se désintégrer d'un seul coup. Il posa le gramophone sur la table et sortit en trébuchant sur la véranda. Au pied de l'escalier, il hésita de nouveau, se demandant s'il devait aller chercher de l'aide et comment s'y prendre. Derechef, il recula, une telle initiative risquant de mener à la découverte du scandale qu'abritait cette maison à laquelle il était lié.

Tout à coup, il entendit un terrible fracas. Mala criait son nom. Il remonta l'escalier en courant, comme tiré par une corde. Dans la cuisine, au lieu de la femme avec laquelle il avait fait l'amour la veille, il aperçut une créature sauvage, méconnaissable, au visage taché de sang, à la bouche écumante, qui mettait en pièces les meubles du salon. Il la vit casser un guéridon d'un seul coup de couteau. L'apercevant, elle laissa tomber le couperet et s'approcha de lui d'un pas lourd, gémissant d'une voix mourante :

— Reste ici, Ambrose. Me quitte pas. Reste ici, je t'en prie.

Ambrose ne comprit pas ses paroles. Croyant qu'elle était devenue folle et craignant encore une fois pour sa vie, il tourna les talons et s'enfuit.

Mala en resta bouche bée. Criant son nom, elle se précipita sur la véranda. Il avait déjà disparu. Elle agrippa la balustrade, suffoquant comme s'il n'y avait plus d'oxygène dans l'air. Tombant par terre, elle eut l'étrange impression d'avoir déjà vécu cette scène. Elle se rappela son père agrippant cette même balustrade et elle couchée sur la véranda dans la même position. Il y avait longtemps. Aujourd'hui.

Elle cessa de pleurer et s'assit lentement. Elle jeta un œil dans la cour.

— Asha ? Tante Lavinia ? Vous êtes là ? Maman ? Boyie ? marmonna-t-elle.

Elle regarda, écouta. Rien. La maison était silencieuse. Elle s'ordonna de réfléchir. Frissonnante, elle rentra dans la maison sur la pointe des pieds et empoigna le couperet. Tous les deux pas, elle s'arrêtait et tendait l'oreille, s'attendant à entendre le bruit d'un boghei, la voix de sa sœur, les pas d'Ambrose qui revenait, son père qui bougeait. Elle écouta également à la porte de sa chambre. Incapable de supporter la tension, elle poussa le battant du coude et regarda à l'intérieur. Son père était toujours étendu par terre, les yeux vitreux, les jambes écartées, les mains crispées. Elle recula, se redressa et ferma la porte. Elle posa le couperet. Elle alla de nouveau vers la porte et appliqua ses paumes contre le bois. Prenant une profonde inspiration, elle poussa de toutes ses forces. Le battant frappa la tête de Chandin et se referma tout seul. Mala prit une autre inspiration et répéta l'opération jusqu'à ce qu'elle fût épuisée.

Elle ouvrit la porte qui menait à la lingerie, en bas, et contempla la volée de marches. Elle retourna à sa chambre. Son père n'avait pas bougé. Elle ramassa le couperet et, sur la pointe des pieds, fit le tour du corps étendu. Elle se pencha et attendit. Aucun mouvement. Elle approcha la lame brillante du visage de son père, la lui plaça sous le nez. S'imaginait-elle qu'un souffle chaud ternissait le métal ? Elle se releva d'un bond et, avec une extrême prudence, se glissa vers les pieds de la forme inanimée. Elle les attrapa et tira. Le corps de son père paraissait étrangement raide. D'une forte traction, elle le traîna par-dessus le seuil. Sur le plancher de la cuisine, le corps glissa plus facilement. Elle l'amena ensuite vers la porte ouverte. Le plaçant en haut de l'escalier, elle poussa ; son père dégringola deux marches, puis s'immobilisa. S'aidant des pieds et des mains, elle réussit à le faire rouler en bas. Couverte de sueur, elle s'arrêta pour reprendre haleine sans quitter son père des yeux. Puis elle tira son poids inerte dans la lingerie. Elle sortit en courant, claqua la porte derrière elle. Autrefois, sa mère gardait une clé sur une petite corniche. Levant le bras, elle la trouva. Elle la tourna dans la serrure. Soulagée, elle s'adossa contre le battant, puis remonta l'escalier. Une fois en haut, elle ferma aussi l'autre porte à clé.

Elle se demanda ensuite où étaient, non pas Ambrose, mais Boyie, Asha, sa mère, tante Lavinia. Après avoir ramassé le gramophone cassé, elle descendit les chercher au jardin. Elle regarda sous la maison, y laissa le gramophone et s'approcha de la clôture. Longeant celle-ci, elle balaya la rue du regard. Personne.

Elle arracha les planches posées par terre qui facilitaient la traversée de la cour pendant la saison des pluies. Les tirant à l'extérieur de la lingerie, elle les cloua sur la fenêtre. Elle remonta l'escalier de derrière en courant. La porte menant à la lingerie était toujours fermée. Elle s'assit en face de celle-ci, dans la cuisine, réfléchit et attendit.

Au crépuscule, elle était toujours là. Elle pensa à la nuit. Jamais elle n'oserait dormir dans son lit. Elle avait peur du sommeil. Pas question de demeurer dans la maison. Elle se leva d'un bond, courut dans sa chambre et en sortit une commode, un fauteuil et un tabouret qu'elle tira au milieu du salon. Elle alla dans la chambre de son père, en déménagea également les meubles et consacra la nuit à construire une barrière compliquée, du mur au plafond, avec tout le mobilier de la maison, y compris des meubles qu'elle cassa en morceaux. Elle ne s'arrêta que lorsqu'elle eut obtenu un mur parfait, infranchissable. Il aurait été dangereux pour n'importe qui d'essayer de le démanteler. Prenant conscience qu'elle aurait besoin de connaître l'état de son père et de savoir quelles mesures prendre pour rester hors de son atteinte, elle pratiqua dans la barricade une petite ouverture bien camouflée.

Quand elle eut terminé, elle sortit sur la véranda. Tandis qu'un vent écumeux secouait les arbres, elle s'assit dans le jardin et patienta.

Plus jamais elle n'alluma une lampe dans la maison. Et plus jamais elle ne passa une nuit entre ses murs.

4.

Au lendemain de l'incendie à Hill Side, l'aube ne parut point. Épuisée par les émotions de la veille, la ville reposait sous un toit de suie qui sentait le mudar. À mesure que Paradise s'éveillait, on entendit un concert de toux rauques et d'éternuements. La plupart des habitants ne se rendirent même pas compte qu'on était au matin. Ils se levèrent dans une totale obscurité.

Ambrose E. Mohanty était resté toute la nuit sur la véranda. Mort de fatigue, Otoh aurait pu dormir, mais il avait choisi de tenir compagnie à son père. Au cours des heures qui venaient de s'écouler, le temps semblait avoir rattrapé Ambrose. Regardant son père, Otoh fut surpris de voir à quel point il s'était affaissé et voûté. Il était pâle, ses yeux tombaient comme s'ils ne résistaient plus à la pesanteur. L'état de veille ne lui réussissait pas, se dit Otoh. Pendant les silences qui s'établissaient entre eux, Ambrose frappait délicatement la balustrade, ses doigts pareils à un marteau de joaillier. Il se taisait souvent, parfois si longtemps qu'Otoh s'absorbait de nouveau dans ses propres pensées et oubliait complètement ce dont ils avaient parlé.

— J'apprécie beaucoup ta compagnie, mon fils, dit Ambrose.

C'était au moins la troisième fois qu'il prononçait cette phrase.

— Mais tu es si taciturne ! risqua-t-il ensuite.

Pas de réponse.

— C'est même un peu déconcertant, ton silence, je veux dire, insista-t-il.

Otoh hocha tristement la tête.

— Chaque fois que je te regarde, je me sens obligé de répondre aux questions que tu es tout à fait en droit de poser, mais que ta politesse t'empêche d'exprimer.

Ambrose tapota la balustrade.

— Est-ce imagination de ma part ou des centaines de questions flottent-elles réellement au-dessus de ta tête ? Je contemple ton visage silencieux et le faible mot *parce que* se forme dans ma gorge, mais il y reste bloqué. *Parce que, parce que, parce que*. Une fois prononcé, ce petit mot menaçant ressemble à un aveu.

Ambrose tambourina de nouveau sur la balustrade.

— Épargne-moi cette honte, mon fils. Exprime, je t'en prie, ces doutes qui plissent ton front et décolorent tes yeux. Quel tourment que d'être dégoûté ou même déçu par son propre père !

Ainsi passa la nuit. Otoh avait des questions à poser, mais là n'était pas sa préoccupation majeure. Bien qu'irrité par sa verbosité, il avait envie d'embrasser son père, de le protéger.

— T'es-tu jamais demandé pourquoi je dormais tant ? poursuivit Ambrose. Il fut un temps où je pensais : il y a tant de choses à faire et la vie est si merveilleuse que je ne dormirai qu'une fois mort et enterré. Je ne dormais pas pour vous fuir, ta mère et toi, comme vous aviez toutes les raisons de le croire. Je dormais parce que je ne me supportais plus. Quand je me regardais dans une glace, je voyais mon propre visage se moquer de moi et secouer la tête, dégoûté par mon comportement pendant toute l'affaire Ramchandin. Je dormais pour éviter la nausée qui aigrissait mes entrailles et le poids de la défaite qui me brisait le cœur chaque fois que je pensais à mon attitude passive... à mon indécision le jour où M. Ramchandin m'a menacé de son couperet. Dans un sens, je n'ai pas seulement perdu Mala Ramchandin. Je me suis perdu aussi. Et toi, t'ai-je perdu, mon fils ? Hein ? Chaque mois, à mon réveil, je sentais que la bête enfermée dans ma poitrine avait grandi, me rendant encore plus las et plus malade. Je me hâtais donc d'étouffer le monstre en me rendormant. Seigneur ! Le sommeil aussi est passivité, n'est-ce pas ? Une sorte d'indécision ? Mmm.

Écoutant ces divagations, Otoh commença à se sentir pareil à sa mère ou, du moins, à comprendre sa colère quand Ambrose jonglait avec les mots.

— Oh, mon Dieu, mon Dieu ! s'exclama Ambrose, interprétant l'expression de son fils. Otoh, sache que j'y suis retourné le lendemain. En fait, j'y suis retourné trois fois. La première je ne suis pas allé plus loin que le bas de l'escalier de derrière : Mala s'est précipitée sur moi avec un bâton, grognant comme une bête. Ma bien-aimée m'a attaqué avec une longue canne de goyave. Elle m'a chassé du jardin. Elle ne savait pas qui j'étais. Elle ne savait pas, Otoh ! Elle émettait des sons inintelligibles et battait l'air de son arme. Alors, j'ai compris — et cette pensée m'a brisé le cœur — que mon amour avait perdu l'esprit. La deuxième fois, j'ai réussi à récupérer le gramophone. Je pensais le faire réparer et le lui offrir de nouveau. Cet appareil nous avait fait passer de si bons moments... J'y suis retourné trois fois, te dis-je, mais chaque fois je me suis retrouvé dans la même situation. Mala, ma douce Mala, avait vieilli en une seule nuit. Ses cheveux étaient aussi ébouriffés qu'un balai de fibres de noix de coco tout usé. Je me suis dit que ces visites n'étaient pas sans danger pour moi. Chaque fois, son père est resté invisible. J'ai supposé qu'il avait pris la poudre d'escampette. Au moins, elle n'avait plus rien à craindre de lui, ai-je pensé. Tout ce que je pouvais faire pour compenser mon désarroi — appelle-le négligence, si tu veux —, c'était de m'assurer qu'elle avait les denrées essentielles nécessaires à sa survie. Lui livrer ces provisions — morue, beurre, sucre, et cetera — était le seul moyen que j'avais de desserrer un peu le nœud qui grossissait dans mon cœur.

Les gens avaient fini par se lever et les trouvèrent encore assis sur la véranda. (Elsie Mohanty, cependant, continua à dormir jusqu'à une heure avancée de la matinée.) Résigné au tour qu'avaient pris les événements, Otoh renonça à fouiller dans le passé et à blâmer quiconque.

— Papa, j'aimerais aller la voir le plus tôt possible. Veux-tu venir avec moi ?

Entre larmes et sourire, Ambrose joignit les mains sur la poitrine comme s'il priait. Il acquiesça d'un signe de tête.

— Bien, dans ce cas, je découvrirai où on l'a emmenée et à quels moments on peut lui rendre visite. Nous irons tous les deux. J'ai une idée.

— Je n'en doute pas. Je n'en doute pas !

Ambrose eut un rire gêné, mais Otoh resta grave.

— Je veux aussi lui apporter une bouture de cette plante. Quel est son nom ? Le sais-tu, papa ?

Avant de quitter Paradise, Elsie Mohanty attendit un moment favorable pour parler à son fils. Un matin, la nervosité d'Otoh lui en fournit l'occasion.

— Écoute, Otoh, arrête de tourner autour de moi ! Tu me donnes le vertige. Tu peux pas avoir faim, tu viens de déjeuner. Ou alors t'as des vers. Si quelque chose va pas, assieds-toi et parle.

Otoh continua à décrire des cercles, hésitant à demander à sa mère des renseignements sur la vie de Mala Ramchandin. Abordé avec maladresse, ce sujet pouvait exploser dans toutes les directions, sauf celle qu'il désirait. Elsie était loin de se douter qu'il voulait parler de la fille. Elle s'imaginait qu'Otoh avait les mêmes préoccupations qu'elle.

— Bon, si tu veux, je vais essayer de deviner ce qui te tracasse.

— C'est impossible, maman, bredouilla Otoh.

Il pivota sur les talons et fit le tour de sa mère dans l'autre sens.

— Je suis ta mère. Je te connais. Tu te conduis comme quelqu'un qui songe à s'établir. Tu penses au mariage, pas vrai ?

Otoh s'arrêta net, mais ne répondit pas. Ou, plus exactement, il n'en eut pas le temps. Ravie d'avoir capté son attention, Elsie s'empressa de poursuivre :

— Il est temps, t'as bien raison. Il est plus que temps que tu te maries. Je suis sûre que Mavis, elle, s'intéresse à toi. C'est une gentille fille. Je m'entends bien avec elle et avec sa famille. Et puis elle est folle de toi. Si c'est Mavis que tu veux, j'irai parler à sa mère aujourd'hui.

Elle n'aurait pu voir plus juste ni se tromper davantage, pensa Otoh. Elle ne l'avait jamais contredit à ce sujet ; toutefois, cette histoire de mariage montrait qu'elle l'avait accepté comme homme beaucoup plus entièrement qu'il n'aurait cru. Il en fut heureux, mais trop étonné pour répondre. Il se contenta de la fixer du regard.

— Bon, je te dirai que je sais pas trop quoi penser, reprit-elle. Elle est au courant pour toi ?

De nouveau, elle l'avait pris par surprise. Cette fois, elle attendit sa réponse.

— Au courant de quoi ? demanda-t-il.

— Au courant de quoi ! Tu devines très bien de quoi je parle !

Otoh se tut.

— Elle sait que t'as rien entre ces deux allumettes qui te servent de jambes ? Me regarde pas comme ça. C'est pas parce que je dis jamais rien que j'oublie ce que t'es. T'es mon enfant. Je voulais juste savoir si elle était au courant. Elle l'est ?

— Maman... fut tout ce qu'Otoh, affreusement gêné, parvint à articuler.

— Quoi, *maman* ? Tu me prends pour une idiote ? T'es

ni le premier ni le seul de ton genre dans cette ville. T'as grandi à Paradise, mais tu comprends pas qu'ici presque tout le monde y voudrait être autre chose que ce qu'il est. C'est ça, la vie à Lantanacamara. Regarde ton père. Et cette fille, pourquoi qu'elle se retrouve dans cette situation, hein ? T'as qu'à voir son père à elle. Et sa mère...

Sa mère savait donc quelque chose sur Mala.

— C'est justement ce que je voulais... réussit à placer Otoh.

— Oui, mais ça, c'est une autre histoire. Moi, je veux te parler de ta situation à toi. Je te disais donc que, dans chaque village de cette île, y a une poignée de gens comme toi. Et c'est pas facile de dire qui est qui. Combien de personnes sont au courant pour toi, hein ? Quand je sors sur la véranda et que je regarde les passants, je me demande si *celui* que je vois est bien comme je le vois. Tiens, t'es sûr que Mavis est une femme ? Je te demande pas de me faire des confidences, mais, comme mère, je te conseille de t'assurer que c'est elle que tu veux. C'est une femme que tu veux ? Je voudrais pas aller parler à sa mère et ensuite être forcée à y retourner pour tout annuler. Qu'est-ce que tu veux, au juste ? Dans un cas comme le tien, l'important c'est de savoir *exactement* ce qu'on veut.

Otoh découvrit donc avec stupéfaction que sa mère avait réfléchi à sa situation beaucoup plus sérieusement que lui-même ne l'avait jamais fait. Il se hâta de lui assurer qu'il suivrait son conseil, puis il la supplia de n'en souffler mot à la mère de Mavis avant qu'il ait pu prendre une décision.

Le jour où Ambrose E. Mohanty se leva de son fauteuil roulant et redevint un homme normal fut le plus fâcheux de la vie d'Elsie Mohanty. Elle n'avait pas compris que les longues périodes où son mari dormait lui assuraient paix et tranquillité. À présent, elle l'avait toujours dans les jambes, il mettait la maison sens dessus dessous, laissait traîner ses vêtements, qu'elle devait ensuite plier et ranger.

Elle trébuchait sur ses chaussures, se heurtait à lui, était obligée de préparer trois repas par jour, de faire trois fois la vaisselle et, le pire, d'écouter ses discours. Il encombrait cet espace qu'elle avait fini par considérer comme sien. En outre, il différait à peine de l'homme qu'elle avait épousé il y avait de nombreuses années, alors que, pour sa part, elle avait changé et vieilli. En dehors de son aspect physique, Ambrose était resté le même. Elle aurait voulu qu'il se rendorme. Quand il apparut que son mari n'en ferait rien, elle prit ses affaires, embrassa son fils et lui arracha la promesse de venir lui rendre visite au nord de l'île où elle avait des amis. Elle griffonna un mot qu'elle laissa sur la table de la cuisine et, sans discuter du problème avec Ambrose, elle s'en alla.

« T'était plus facile à vivre quand tu dormait. » À la lecture du message, Ambrose versa quelques larmes, puis il prit un crayon rouge, corrigea les fautes d'orthographe et garda le papier pour le cas où sa femme reviendrait un jour. Alors, il pourrait lui expliquer ses erreurs.

5.

Mala Ramchandin a reçu une visite des plus inattendues : celle du juge Bissey.

À l'insu d'Otoh et de moi-même, M. Mohanty avait pris contact avec son ancien persécuteur et camarade de classe et fait appel à ses bons offices pour retrouver Asha Ramchandin. On peut se demander ce qui a été le plus extraordinaire : qu'Ambrose se soit résolu à agir ou qu'on ait eu des nouvelles d'Asha Ramchandin.

Sans doute poussé par des remords personnels, le juge Bissey a mis ses employés sur l'affaire. La piste a abouti à une étagère supérieure, couverte de poussière, au bureau de poste local. Bissey est monté à l'hospice, tenant un carton à chaussures avec le nom de Mala Ramchandin crayonné dessus.

Pendant huit ans, Asha avait envoyé assez de lettres pour remplir cette boîte. La plupart d'entre elles avaient été expédiées du nord de l'île. Certaines provenaient des Terres humides septentrionales et une carte portait un timbre canadien. Au bout des six premières années, la fréquence de cette correspondance avait diminué. Aucune de ces lettres n'avait été distribuée : estimant que la maison des Ramchandin était un lieu de perdition, le vertueux facteur avait refusé de les monter là-haut.

Le juge s'est enquis de la santé de la vieille dame, mais

semblait incapable de la regarder dans les yeux. Il est bientôt parti, promettant de faire une enquête sur ce courrier bloqué.

Pohpoh, ma très chère sœur,

Je n'étais pas partie depuis deux minutes que je voulais déjà retourner en courant à la maison pour t'emmener avec moi. Le seul regret que j'aie, c'est que tu ne m'aies pas accompagnée. C'est ce qui me tracasse le plus en ce moment. Pohpoh, j'espère que nous nous reverrons bientôt. Il faut que nous nous revoyions. Je ne comprends pas que tu t'inquiètes tant pour papa. Il nous a fait tant de mal, pourtant tu continues à le ménager. Le lendemain de mon arrivée ici, j'ai trouvé du travail chez une femme très gentille. Je lui fais les courses et un peu de cuisine. Elle m'a dit que je n'y connaissais rien et qu'elle allait m'apprendre à cuisiner. Tu peux m'écrire à l'adresse ci-dessus. Je n'y habite pas, mais j'y reçois mon courrier parce que j'ai peur que papa ne vienne me chercher. Je t'enverrai de l'argent pour que tu puisses me rejoindre. Je ne reviendrai jamais...

Ma très chère, mon unique sœur,

As-tu reçu ma lettre ? Réponds-moi, s'il te plaît. Ne m'en veux pas. Je pense à toi tous les jours et toutes les nuits. Je t'aime. Tu me manques. Ci-joint, je t'envoie assez d'argent (j'espère que tu le recevras !) pour que tu puisses prendre le train et venir me rejoindre. C'est simple. Quand papa sort le matin, tu fourres une robe et quelques sous-vêtements dans un sac en papier. N'oublie pas la photo de maman et de tante Lavinia. Tu n'as besoin de rien d'autre. On s'arrangera. Puis tu vas à la gare. Il y a un train qui va de Paradise à Upnorth Junction tous les jours à dix heures du matin. Je te conseille celui-là. Je peux prendre quelques heures de congé et quel que soit le jour pour venir te chercher à la gare. J'ai parlé de toi à ma patronne. Elle est très gentille. Elle m'a dit que tu pouvais habiter ici jusqu'à ce que tu aies du travail. Peut-être qu'elle t'en trouvera. Elle connaît beaucoup de monde. J'attends de tes nouvelles. Alors, écris-moi la date de ton arrivée. Il faut compter dix jours avant que ta lettre me parvienne. Ne parle à personne de ton projet. Pohpoh, je meurs d'envie de te voir. Je voudrais aller chercher maman. J'ai l'impression que je peux faire tout ce que je veux maintenant. Je me débrouillerai même pour aller la chercher dans les Terres humides septentrionales. Allons-y ensemble. J'attends ta réponse...

Ma chère Pohpoh,

Cela fait un mois que je t'ai écrit et je n'ai toujours pas de réponse de toi. Je t'en prie, ne m'en veux pas. Je pense tout le temps à toi... J'épargne tout ce que je gagne pour que nous puissions aller chercher maman à l'étranger. Écris-moi, je t'en prie. Je suis très triste de n'avoir aucune nouvelle de toi...

Dans sa première lettre envoyée des Terres humides, Asha écrivait :

Ma sœur adorée,

J'ai trouvé du travail ici. Je t'enverrai de l'argent tous les mois. Il fait froid dans ce pays. Je n'aurais jamais cru que le froid pouvait être aussi froid. Je pensais qu'il serait facile de trouver maman, mais la ville, ici, est plus grande que toute l'île de Lantanacamara.

Comment vas-tu ? Je suis trop têtue pour te demander des nouvelles de papa, mais parfois je pense à lui. J'espère que tu vas bien. Pourquoi ne m'écris-tu pas ? Tu m'as toujours protégée, Pohpoh, et je croyais pouvoir te rendre la pareille. Comme tu ne réponds pas, j'ai l'impression qu'au lieu de te protéger je t'ai abandonnée. Je commence à comprendre pourquoi maman est partie. J'espère qu'un jour tu comprendras pourquoi moi je suis partie...

Dans d'autres lettres, Asha parlait de son travail — j'ai le plaisir de vous dire qu'elle était infirmière — dans les Terres humides septentrionales. Jamais elle ne mentionnait un quelconque progrès dans la recherche de sa mère et de l'amante de celle-ci. Certaines de ces lettres contenaient de l'argent étranger. Dans la dernière, Asha écrivait :

Ma très chère sœur,

J'ai quitté mon pays, il y a très longtemps, et maintenant je quitte aussi celui-ci. Je traverse l'océan pour me rendre au Canada. Je ne sais même pas si tu reçois mes lettres. Je crains le pire. Je t'écrirai de nouveau une fois installée là-bas. Que fais-tu de ta vie ? Je continue à penser tout le temps à toi. Je t'aime. Je suis sûre que maman, où qu'elle soit, éprouve la même chose à notre égard. Je ne renonce pas à l'espoir de te voir. Dis-moi seulement quand est-ce que tu veux venir, même si ce n'est que pour des vacances, et je t'enverrai ton billet...

Finalement, il y avait une carte expédiée du Canada :

Ma chère Pohpoh,

Tous les jours, je pense à toi. Si tu reçois cette carte, réponds-moi.

Je veux te voir. Tu me manques. Je vais bien et je suis heureuse... sauf que j'aimerais avoir de tes nouvelles.

Avec tout mon amour,

Asha.

Pendant que je lui lisais ces lettres, l'une après l'autre, Mala Ramchandin se balançait dans son fauteuil à bascule en caressant le chat pelotonné sur ses genoux. Quand j'eus terminé, elle semblait dormir. Ses joues étaient mouillées de larmes.

Dernièrement, la discrétion et moi n'avons pas fait bon ménage. Je me surprends à braver toute contrainte. Au diable Toby ! J'ai poudré mon nez les jours où nous n'avions pas de visites. Au diable, mais en douceur, *madame* la directrice et les infirmières ! Mettre du parfum au creux de mes coudes est pour moi une question de vie ou de mort. Je suis plus disposé que jamais à me présenter au monde comme un paon en chaleur.

Le maintien d'Otty — les choses en sont au point où il m'appelle Ty et moi je l'appelle Otty — a changé lui aussi. Je reconnais et apprécie la démarche assurée du colon solitaire de la brousse qu'il a adoptée depuis notre rencontre. Vu son incapacité masculine à mettre son cœur à nu, je considère cette attitude comme une éloquente déclaration.

Otty et son adorable père continuent à venir souvent à l'hospice. M. Mohanty profite de l'occasion pour mettre son habit à queue — quel que soit le temps —, un nœud papillon beaucoup trop grand pour son petit corps et un chapeau melon qu'Otty lui a récemment acheté.

Les jours de visite, elle range ses marmonnements et moi mon cahier et ma plume. Avant l'arrivée de nos visiteurs, je la lave et lui frotte doucement la peau avec des pétales de frangipanier cueillis sur la haie de M. Hector. Je l'habille avec un soin tout particulier. Elle reste assise sur un tabouret pendant que je lui relève les cheveux en une sorte de cascade ou les lui tresse, les ornant d'un petit ruban ou de fleurs. Elle rit et agite les pieds. Les jours de visite, elle porte un collier de coquilles d'escargot ou une couronne de guirlandes confectionnée avec des plumes et des ailes d'insectes morts. Des heures avant la venue des visiteurs, nous nous mettons sur notre trente et un et commençons à attendre.

Ce moment ne pouvait que se produire. J'ai décidé de « sortir du placard », pour ainsi dire.

Aussi, lors de la dernière visite, ai-je mis une couche de

rouge plus épaisse que d'habitude et beaucoup plus claire que mes lèvres sombres. J'ai poudré mon nez et mes joues qui ont tendance à briller par temps chaud. J'ai noué un foulard à fleurs autour de mon cou et inondé mes tempes d'une telle quantité de parfum qu'un puritain aurait croisé les jambes et se serait évanoui. À mon entrée dans sa chambre, Mlle Mala m'a applaudi en souriant. Quand elle m'a vu tirer l'uniforme d'infirmière de derrière la commode et le mettre, elle a poussé de petits cris de plaisir.

Ils sont arrivés. À la pensée que j'étais sur le point de me déclarer, j'ai eu du mal à regarder Otty en face. J'ai guidé Mlle Mala par le coude tandis qu'Ambrose lui prenait l'autre bras. Subtilement vêtu d'un large pantalon crème et d'une chemise de coton blanc presque transparente, Otty tenait le bras libre de son père.

Nous nous sommes approchés lentement d'un banc. J'ai vu que les infirmières s'étaient arrêtées et nous observaient. J'ai gardé la tête haute. Le moulin à ragots a commencé à tourner, mais moi j'ai écouté le bruissement des feuilles dans les arbres. Otty m'a pris par le bras et nous nous sommes éloignés, laissant nos compagnons en tête à tête. Nous nous sommes dirigés vers le jardin des pensionnaires. M. Hector y travaillait. En nous voyant, il a laissé tomber son outil et nous a regardés fixement.

— Ça alors ! C'est incroyable... Si seulement mon frère y pouvait faire votre connaissance ! Seigneur ! Où c'est qu'il peut bien être ? Vous le connaissez, par hasard ?

Des bourgeons roses pendaient au bout des longues tiges des cereus. Otty s'est agenouillé et, sans se soucier de son pantalon clair, s'est mis à tasser la terre autour des cactées. Il l'a tapotée de ses tendres mains nues, non par besoin de s'occuper, mais plutôt pour accorder de l'attention à ces plantes et, j'imagine, honorer l'importance qu'elles avaient dans la vie de Mala Ramchandin. Quand il s'est relevé, j'ai tendu le bras pour brosser son pantalon. J'ai senti la forme de ses jambes fines. Il s'est raidi et je l'ai entendu retenir son souffle. Lui aussi était troublé. Je me suis redressé, les jambes molles. J'ai réussi tant bien que mal à marcher dans le jardin et à cueillir un bouquet de lilas, de roses et d'ixoras. Je l'ai offert à Otty. Il m'a pris les mains et les a posées sur sa poitrine. Avec une élégance étudiée, j'ai humecté mes lèvres sans le quitter des yeux.

— Les cereus fleuriront d'ici quelques nuits. Peux-tu attendre ? lui ai-je murmuré.

— Oui. Difficilement, mais j'attendrai.

Quand nous sommes revenus vers le banc, M. Mohanty et Mala Ramchandin étaient toujours assis côte à côte. Le vieil homme regardait autour de lui. Hochant la tête d'un air approbateur, il a dit :

— Il n'y a pas de temps, pas une minute à perdre.

Mala Ramchandin faisait de petits bonds sur son siège. Un doigt pointé vers le ciel, elle dessinait le tracé du vol d'un oiseau qu'elle était seule à voir. Suivant des yeux la courbe que décrivait son index, elle a ri et salué de la main un point lointain à l'horizon. Elle tremblait de joie. Dans un murmure, elle a prononcé ses premiers mots en public :

— Poh, Pohpoh-poh, Poh, Poh, Poh.

Les cereus fleuriront sûrement d'ici quelques jours, plaisir attendu avec une impatience que seule gâte l'absence de nouvelles d'Asha Ramchandin. Le juge Walter Bissey s'est mis en rapport avec un confrère canadien qui lui a promis d'employer tous les moyens légaux existants pour découvrir si une certaine Asha Ramchandin résidait toujours dans ce froid pays.

Asha, si ces mots sont déjà tombés sous vos yeux, pour l'amour de votre sœur qui vénère votre mémoire, revenez et rendez-lui visite : hospice de Paradise, Paradise, Lantanacamara. Si, pour une raison quelconque, vous ne pouvez vous déplacer, écrivez, s'il vous plaît. Envoyez un message ou une photo. Je vous répondrai aussitôt de la même façon. Et si vous avez retrouvé votre mère, Sarah, et Lavinia Thoroughly, dans les Terres humides ou au Canada, donnez-nous, s'il vous plaît, de leurs nouvelles. Il ne se passe pas un jour sans que nous pensions à vous. Nous attendons votre lettre et, mieux encore, votre visite. Votre sœur espère vous voir d'un jour à l'autre. Pour elle, vous êtes la promesse d'une brise qu'embaument les fleurs de cereus, par une douce nuit, à Paradise.

Remerciements

On pense souvent qu'écrire est une occupation solitaire. Cependant, si un certain nombre de personnes ne m'avaient encouragée, aidée — et même distraite —, *Fleur de nuit* serait encore en moi, luttant pour voir le jour. J'ai senti que mes parents et mes quatre frères et sœurs, qui vivent dans des pays aussi lointains que l'Angleterre ou la Trinité, attendaient ce livre avec impatience. On pourrait presque dire que c'est leur intense curiosité qui m'en a fait accoucher. Mes amis — heureusement, ils me permettent encore de les appeler ainsi — m'ont écoutée avec patience chaque fois que, tout excitée, je modifiais mon texte, parfois juste un mot ou une phrase. Leur constant intérêt m'a aiguillonnée ; j'avais souvent l'impression d'écrire pour chacun d'eux. Quand j'eus dépensé tout l'argent de ma bourse, alors que je n'avais pas encore expédié mon manuscrit, ils m'ont apporté des provisions, invitée au restaurant — et pas dans des gargotes, croyez-moi. Ils ont même acheté mes tableaux pour me permettre de continuer à écrire sans trop de soucis financiers. Quand ils me voyaient engloutie par mon livre, ensevelie sous une montagne de papier ou sur le point de devenir abominablement rasoir, ils m'arrachaient à mon travail, me conviaient à boire d'excellents cafés ou m'emmenaient faire des randonnées à pied, à bicyclette ou en canoë. J'ai d'ailleurs fini par m'apercevoir que c'était pendant ces « récréations » que j'arrivais à débrouiller mes problèmes d'écriture.

Mes parents, mes frères et sœurs, mes chères amies Persimmon Blackbridge, Lorna Boschman, Cyndia Cole, Monika Kin Gagnon, Angie Joyce, Larissa Lai, Shannon McFarlane, Zaphura Mohamed, Hidemi Nishibata, Shelina Velji et Zara Velgi sont ma vraie richesse.

En lisant et en critiquant mon manuscrit, Larissa Lai m'a fait l'honneur de partager avec moi l'expérience qu'elle avait acquise en rédigeant et en corrigeant son roman *When Fox is a Thousand*.

J'ai beaucoup apprécié le soutien actif de Cynthia Flood qui, en m'invitant par deux fois à lire des extraits de mon manuscrit à sa classe, à Langara College, a accru ma confiance en moi et mon désir de continuer à écrire.

Inventer cette histoire, construire les personnages et être obsédée par eux ont constitué l'une des expériences artistiques les plus intéressantes que j'aie jamais connues. Cependant, ce n'est que lorsque Jennifer Glossop et Nancy Pollak ont commencé à réviser mon texte que j'ai vraiment compris la magie envoûtante de ce genre d'écriture. J'aimerais les couvrir d'éloges et de remerciements, mais j'hésite un peu, car je les imagine biffant presque tous les adjectifs que je pourrais employer. Bref, en transformant le travail de la mise au point en un exercice vital et enrichissant, elles ont attisé mon plaisir d'écrivain.

Admiratrice du travail de Val Speidel, je considère comme un privilège qu'elle ait conçu la maquette de ce livre.

Della McCreary et Barbara Kuhne de Press Gang Publishers ont maintenu avec moi des rapports étroits et chaleureux, même si, en privé, elles s'arrachaient peut-être les cheveux, se demandant si je terminerais jamais mon roman.

La dernière personne que l'on nomme dans les remerciements est le plus souvent celle qu'on aurait voulu mentionner en premier. Kathy High m'a soutenue dans mes sombres moments de doute, toujours prête à les dissiper par son enthousiasme et sa confiance en mon talent. Elle a eu la gentillesse de discuter longuement et d'approuver les modifications que j'apportais à mon livre sans jamais exprimer le moindre ennui. Je suis heureuse d'avoir cette dette de reconnaissance envers elle.

Jørn Riel

Le jour avant le lendemain

Dans le nord-est du Groenland, une vieille femme inuit rejoint l'île de Neqe, en compagnie de son petit-fils. Tout l'été, ils devront y faire sécher la viande et le poisson pour leur tribu. Même si le temps lui est compté, Ninioq trouve la force d'apprendre à Manik les gestes de la vie. Avec une énergie nouvelle, elle va transmettre à l'enfant l'héritage de son peuple. Jørn Riel fait de ce somptueux décor polaire le théâtre d'un conte magique, dans lequel l'enfant et l'ancêtre vont s'unir pour survivre.

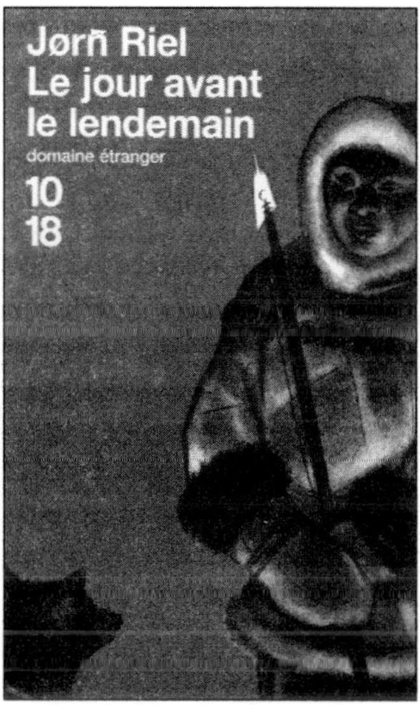

n°3456 – 6,40 €

DOMAINE ÉTRANGER, DES ROMANS D'AILLEURS ET D'AUJOURD'HUI

Chitra Banerjee Divakaruni

Ma sœur, mon amour

Anju et Sudha sont cousines, mais s'aiment comme des sœurs, unies par une force qui dépasse les liens du sang. Quand vient l'adolescence, l'amour de la belle et douce Sudha pour un inconnu l'éloigne de sa sœur révoltée et désabusée. La découverte d'un lourd secret de famille achève de creuser l'écart entre elles. Mais le temps et les épreuves se chargeront de les réunir à nouveau... Entre modernité, poids des traditions et légendes bengalies, l'Inde nous est ici transmise avec passion.

n° 3600 – 7,50 €

Impression réalisée sur Presse Offset par

BRODARD & TAUPIN

GROUPE CPI

La Flèche (Sarthe), 26885
N° d'édition : 3664
Dépôt légal : décembre 2004

Imprimé en France